KB042994

詩經의 사랑 노래
- 家庭篇 -

家庭篇 가정편

詩經의 시경
사랑노래

뚜안추잉 段楚英 편
박 종 혁 朴鍾赫 역

學古房

역자 서문

　　이 책은 중국 뚜안추잉(段楚英) 교수의 《詩經中的情歌 시경의 사랑노래》를 번역한 것이다. 그 내용은 사서삼경의 하나인 《시경》에서 애정시만을 선별하여 연애편, 혼인편, 가정편으로 크게 분류하고 각 시마다 시 번역, 시구 풀이, 작품 감상, 후대 문학비평가들의 평론을 담고 있다.

　　《시경》은 중국 최초의 시가 총집으로서 모두 305편이 수록되었다.

　　시기적으로는 지금으로부터 2천 5백년에서 3천년 이전인 B.C 11세기에서 6세기에 이르는 시기, 즉 서주(西周)시대로부터 춘추(春秋)시대에 이르기까지 대략 5,6백년간의 장기간에 걸쳐 창작된 작품이다.

　　지역적으로는 중화문화의 발생지인 황하를 중심으로 장강, 한수 유역을 비롯하여 감수성, 섬서성, 산서성, 하북성, 하남성, 산동성, 안휘성, 호북성, 사천성에 이르는 광범위한 지역을 배경으로 하고 있다.

　　이 시기 이 지역에서 유행했던 사랑의 노래는 당시 대륙에서 삶을 보냈던 남녀들의 연애와 혼인, 그리고 가정에서 얽힌 사랑의 상황을 생생하게 보여주고 있다. 그리고 이는 중국 서정시가의 근원으로서 후대 서정시가 발전의 전범이 되었다.

　　이 책의 저자 뚜안추잉(段楚英) 교수는 305수의 《시경》 가운데 애정시로 판정한 79수를 선별하여 애정시 유형을 크게 연애, 혼인, 가정의 세 유형으로 나누었다. 그리고 다시 각 유형마다 9종류로 더 세분하여 총 27개의 범주로 애정시를 분류하였다. 그리고 각 시마다 시 번역, 시구 풀이, 작품 분석을 한 다음, 후대 문학비평가들의 평론을 소개하고 있다.

근엄한 유교 경전의 하나였던 《시경》을 경전보다는 시가적 측면에서 주목하고, 당시 중국대륙에서 유행했던 노래의 가사인 《시경》에서 사랑노래를 분석하여 27종으로 나누고 풀이한 안목은 선구적인 업적으로 평가받고 있다.

우리는 작자의 이 같은 노력 덕분으로 수천 년 이전의 중국 대륙에서 유행했던 사랑의 노래를 감상하면서 시대와 지역을 초월하는 영원한 문학의 주제가 사랑인 이유를 새삼 확인하게 된다. 그때나 지금이나, 대륙에서나 이 땅에서나 시공을 뛰어넘는 사랑의 환희와 고통을 공유하고 공감하면서 음미하노라면 사랑의 속성이 지니는 영원성과 보편성에 저절로 깊은 탄복이 우러나온다.

사랑의 유형을 27개로 구분할 수 있느냐는 논리적 물음에는 선뜻 대답이 어려울 수 있지만, 한편으로는 《시경》에 담긴 애정시의 풍부함을 방증하기도 하고, 《시경》을 세밀하게 분석하고 선별한 작자의 깊은 고뇌와 노력이 가늠되기도 한다.

본 역서도 원서의 편제에 따라 연애편, 혼인편, 가정편으로 분권하여 출간하기로 하였다.

출간에 앞서 미안하고 애석한 일은 저자와의 연락이 닿지 못했다는 점이다. 각고의 노력을 기울였던 저작이 한국에서 완역되었음에도 번역판에 붙이는 저자의 서문을 싣지 못한 채 출간되기 때문이다. 저자가 재임했던 학교와 원서를 간행했던 출판사에 여러 차례 연락을 했지만 수년전 정년 퇴임한 저자의 근황을 알 수 없었다.

이 책을 번역하여 출간하게 된 경유를 간략히 언급하려고 한다. 역자가

담당하고 있는 중문과 4학년 강좌인 '시경초사강독'을 강의하면서 《시경》의 서정시를 통해서 수강생들이 중국고전에 흥미롭게 접근할 수 있다면 좋겠다는 생각을 품고 있던 차에 이 책을 접하게 되었다. 그리고 망설임 없이 이 책을 강의 교재로 사용하게 되었다. 몇 해 동안 강의면서 전공학생뿐 아니라 일반독자에게도 흥미로울 수 있는 시경의 사랑노래를 소개하는 것도 의미가 있을 것 같아 번역을 시작하게 되었다.

거친 초역을 마치고 몇 해가 지난 뒤, 연구기간으로 1년간 밖에 나가 있을 때 다시 초역을 다듬은 지도 몇 해가 지났다.

돌이켜보면 이 책은 번역의 착수에서 출간까지 꽤 긴 시간이 지나고 말았다. 그간의 과정에서 오랜 인내심으로 늘 중국학분야 출판의 버팀돌이 되면서 겪어야 했던 재정적인 어려움을 꿋꿋이 극복한 하운근 사장, 긴 편집과정의 책임을 도맡아 준 박은주 편집장이 고마울 뿐이다.

탈고를 하면서 보잘 것 없는 번역솜씨로 저자의 고뇌와 노력이 깃든 원서의 가치를 훼손시켰을까 저어된다.

그럼에도 수천 년 전 중국 대륙에서 창작되어 주고받았던 남녀 사이의 사랑과 이별의 노래에 담겨있는 기쁨과 슬픔의 정서가 오늘날 이 땅의 독자들에게 소통되고 공감될 수 있기를 바랄뿐이다.

2015년 6월
역자 박종혁

目次

서(序)를 대신하여

사랑이 없었다면 인류는 존재하지 못했을 것이다. 유구한 사랑의 강에서 이성간의 사랑은 한 송이 찬란하고 아름다운 꽃이다. 옛날 부터 지금까지 사랑은 인간이 줄곧 추구했던 것이기에 문학·예술 작품의 영원한 소재가 되고 있다.

《시경》의 사랑 노래는 중국 애정문학의 시조다. 시경 시대는 중국 애정시의 황금시대였다.

《시경》에는 사랑의 노래가 특별히 많다. 《시경》의 3백여 수 가운데 거의 4분의 1을 차지한다. 내가 이러한 사랑의 노래들을 이 책에 정리하고자 한 목적은 오늘날 독자들로 하여금 먼 옛 시대의 애정의 풍모 즉, 옛 사람이 연애하던 시절의 애모(愛慕)의 정, 결혼시절의 환락(歡樂)의 정, 결혼한 이후의 은애(恩愛)의 정 및 애정이 좌절을 당하는 원한(怨恨)의 정, 부부가 이별하는 우상(憂傷)의 정, 이미 세상을 떠난 사랑하는 사람의 죽음에 대한 도념(悼念)의 정을 이해할 수 있도록 하는 것이다. 더욱 중요한 것은 이러한 사랑의 노래가 연애의 자유와 감정을 한결같이 반영하고, 중화민족의 건강한 애정관을 나타냈다는 점이다. 오늘날의 독자들은 이러한 시를 통해 풍부하고 유익한 계시를 받을 수 있을 것이다.

《시경》의 사랑 노래의 가치는, 옛 사람들이 사랑한 방식, 당시의 연애,

혼인의 풍속을 생동적으로 반영했을 뿐 아니라, 후세의 애정시 창작을 위한 부, 비, 흥 등의 예술적 기법을 제공한 점에 있다. 이러한 예술적 기법은 오늘날 애정문학의 창작에도 참고가 된다.

≪시경≫의 사랑 노래는 귀중한 문화유산이다. 우리는 마땅히 마르크스주의 과학적 이론을 지침으로 삼고 '옛 것의 장점을 취하여 오늘에 유용하게 활용한다'는 원칙을 좇아서 중국 사회주의 정신 문화를 확립하기 위해 힘써 ≪시경≫의 정화를 발굴해야 할 것이다.

一.

≪시경≫은 중국 최초의 고대 시가 총집으로 모두 305편이다. 이러한 시가들은 시간적으로 말한다면, 서주(西周)로부터 춘추(春秋) 중엽까지 약 5~6백년의 긴 연대, 즉 기원전 11세기~6세기에 걸쳐 만들어졌다. 공간적으로는 ≪시경≫이 주로 황하 유역을 배경으로 만들어졌지만, 멀리 장강, 한수 일대 즉 대략 지금의 감숙, 섬서, 산서, 하북, 하남, 산동, 안휘, 호북, 사천 등의 지역에 까지 미친다. 시경의 사랑 노래는 지금으로부터 2천5백년~3천년 이전까지 이 지역의 연애, 혼인, 가정의 상황을 반영하고 있다.

1. 자유연애(自由戀愛)의 환상곡(幻想曲)

≪시경≫ 시대는 초기 봉건사회였다. 남녀가 연애와 혼인에서 어느 정도의 자유가 있고 특히 하층 사회에서는 남녀 사이에 연애와 혼인의 자유가 좀 더 많았다. 일정한 계절과 장소에서 젊은 남녀가 공개적으로 모여 스스로 애인을 찾았다. 당시 민간에서는 많은 이름의 명절 모임이 있었다. 예를 들면, 정(鄭)나라의 수계절(修禊節), 진(陳) 나라의 무풍무(巫風舞), 위(衛) 나라의 상림제(桑林祭) 등인데, 모두 청춘 남녀들이 모이는 좋은 기회였다.

〈진유 溱洧〉(정풍 鄭風)는 정나라 수계절의 풍속을 반영하고 있다. 매년 3월초가 되면 사람들은 진수와 유수의 강변에서 난을 캐어 불길함을 제거하면서, 동시에 봄나들이 하는 명절날로 삼기도 하였다. 청춘 남녀들은 서로 약속하고 강변에 이르러 맘껏 놀고 즐겼다. 모두들 이 좋은 기회를 이용하여 자신의 상대를 찾고 대담하게 애인과 대화를 나누었다.

維士與女	유사여녀	남녀가 짝을 이루어
伊其將謔	이기장학	서로 농지거리하며
贈之以勺藥	증지이작약	작약을 선물하는구나

작약은 강리(江蘺)라고도 하는데 장리(將離: 장차 이별함)와 중국어로 동음이다. 약(葯: 작약)과 약(約: 약속)도 동음이다. 작약을 줌으로써 이별할 때 다시 만날 약속을 정하여 친구로 사귀자는 것을 나타낸다.

한 쌍의 남녀가 민속 명절날에 서로 알게 된 이후로, 그들의 교제는 공개된 모임으로부터 숨고 가리는 밀회로 변하였다. 〈정녀 靜女〉(패풍 邶風)는 바로 한 쌍의 연인끼리 약속한 것을 묘사한 시다.

靜女其姝	정녀기주	얌전한 아가씨 예쁘기도 한데
俟我於城隅	사아어성우	나를 성 모퉁이에서 기다린다 했지

愛而不見	애이불견	짐짓 숨어서 아니 보여
搔首踟躕	소수지주	머리를 긁적이며 머뭇거리노라

숨어 있던 아가씨가 남자 친구의 초조하고 불안한 모습을 보고 있다. 이어지는 시구에서는 얼른 그의 앞으로 뛰어 나가자 금새 남녀가 함께 만난 분위기가 활기를 띤다. 소녀가 가져온 특별한 선물은 그녀의 남자친구를 더 기쁘게 한다.

《시경 詩經》 시대, 남녀가 연애할 때의 나이는 상당히 어려서 감정의 발전 속도가 꽤 빨랐다. 짧은 연애단계를 거쳐 급속하게 정혼의 단계로 들어갔다. 《시경》의 사랑 노래 가운데 많은 시구에서 남녀가 서로 선물을 주면서 애정 관계를 확인하는 것을 묘사했다. 〈목과 木瓜〉(위풍 衛風)는 남녀가 선물을 주면서 애정을 확인하는 시이다.

投我以木瓜	투아이목과	나에게 모과를 던져 주기에
報之以瓊琚	보지이경거	패옥으로 답례했네
匪報也	비보야	답례가 아니라
永以爲好也	영이위호야	영원히 잘 지내고자

아가씨가 그녀의 사랑하는 남자에게 모과를 던져 주어 애정을 표시한다. 그 남자는 흔쾌히 받고나서 몸에 지닌 패옥을 풀어 그녀에게 준다. 아가씨가 던져 준 모과는 평범한 것이고, 남자가 답례한 것은 귀한 것이다. 이것은 무슨 까닭일까? 그 남자가 회답을 잘 한 것은 보답이 아니라 우리 두 사람이 영원히 잘 지내자는 것을 표시한다. 진정한 애정은 독촉하여 받아내는 것이 아니라 봉사하고 헌신하는 것이다. 아가씨가 나에게 한 개의 정을 주면 나는 그녀에게 반드시 천 개의 사랑을 주는 것이다.

자유 연애를 노래하는 애정시 가운데 어떤 시는 남녀가 한눈에 반하여 한 마음으로 맺어지는 정경을 묘사했다.

예를 들면 〈야유만초 野有蔓草〉 (정풍 鄭風)이다.

有美一人	유미일인	아리따운 그 사람
淸揚婉兮	청양완혜	맑은 눈과 시원한 이마
邂逅相遇	해후상우	우연히 서로 만나니
適我願兮	적아원혜	내가 바라던 바로 그 사람

중춘 2월에 들판에서 한 남자가 우연히 한 여자를 만난다. 그녀는 초롱초롱한 눈을 가지고 있고 아름다웠다. 이 남자는 아가씨의 미모에 빠졌다. 그래서 대담하게 구애한다. 아가씨 역시 이 남자를 사랑한다. 쌍방이 의기투합하고 부부로 맺어진다.

≪시경≫ 시대 우연히 만나는 기회를 이용하여 짝을 구하는 것은 당시 청춘 남녀들의 공통된 요구였으며, 또한 주대(周代) 통치자가 시행한 관매제도(官媒制度: 관가에서 중매를 서는 제도)에도 부합된다. 이러한 유형의 제도적 규정으로 매년 봄 2월이 되면 미혼의 청춘 남녀는 자유롭게 짝을 고르고 자유롭게 동거한다. 통치자가 시행한 이러한 제도의 목적은 인구를 증가시키기 위한 것이다. 그러나 그것은 객관적으로 볼 때 청춘남녀의 연애와 결혼에 꽤 많은 자유를 안겨다 주었다.

2. 한결같은 애정의 희비극(喜悲劇)

≪시경≫ 시대의 청춘 남녀는 자유 연애를 추구하고 애정이 한결같기를 갈망했다. 비록 소수의 남녀가 행복한 애정의 단맛을 맛보지만, 다수의 남녀는 마침 형성된 봉건 예교의 간섭과 훼손으로 어쩔 수 없이 사랑이 가로막히는 쓴 열매를 삼킨다. 그래서 ≪시경≫의 사랑 노래에는 적지 않게 '한결같은 애정'의 희비극이 출현한다.

《시경》에서 한결같은 사랑을 노래한 시편에는 처음 연애하던 때부터 결혼한 이후까지의 사례가 적지 않다. 예를 들면 〈백주 柏舟〉(용풍 鄘風)가 있다. 이 시에서는 한 소녀가 '머리카락을 양쪽으로 가른' 소년에 대한 사랑을 묘사한다. 그러나 그녀의 사랑은 모친으로부터 이해를 구하지 못했고, 심지어 모친은 다른 사람에게 시집을 보내려고 한다. 가장의 압력에 직면한 이 소녀는 굴복하지 않고 의연하게 말한다.

髧彼兩髦	담피양모	머리카락을 양쪽으로 가른 님
實維我儀	실유아의	진실로 나의 짝이니
之死矢靡他	지사시미타	죽어도 변하지 않으리

이 소녀는 한결같이 애정에만 집착하여 마치 세상에 한결같은 애정을 쪼갤 수 있는 날카로운 칼은 존재하지 않는 것 같다.

《시경》에는 또 결혼 후 한결같은 애정을 반영한 시편이 있다. 예를 들면 〈출기동문 出其東門〉(정풍 鄭風)이다.

出其東門	출기동문	동쪽 성문을 나서니
有女如雲	유녀여운	예쁜 아가씨들 구름처럼 많네
雖則如雲	수즉여운	비록 구름처럼 많으나
匪我思存	비아사존	내 마음속의 여인은 아니어라

그의 마음속의 사람은 누구인가? 바로 집에서 일하며 소박한 옷을 입고 있는 아내다. 많은 미녀들 앞에서도 그는 시련을 견딜 수 있기에, 결코 새 것이 좋다고 옛 것을 싫어하거나 색다른 것을 본다고 그것에 마음이 쏠리지 않는다. 이것은 참으로 사랑이 깊고 진지하다고 말할 수 있다. 아마도 세상에서 이 부부의 애정을 가를 수 있는 날카로운 칼은 없을 듯하다.

≪시경≫의 어떤 애정시에서는 부부가 '백발이 될 때까지 함께 늙어' 삶과 죽음으로도 갈라놓을 수 없는 감정을 표현했다. 예를 들면 〈갈생 葛生〉(당풍 唐風)은 슬프고 처량한 도망시(悼亡詩: 죽은 이를 슬퍼하는 시)다. 어떤 부녀자는 남편의 죽음 뒤에도 여전히 어느 때이고 남편이 생각나지 않은 적이 없었다. 그녀는 죽은 남편의 유물을 보고 마음속에 끝없는 슬픔이 일어난다.

冬之夜	동지야	겨울의 춥고 긴 밤
夏之日	하지일	여름의 덥고 긴 해
百歲之後	백세지후	백년이 지난 뒤엔
歸于其室	귀우기실	그의 무덤으로 돌아가겠지

이 부녀자의 남편을 잃은 슬픔은 겨울의 긴 밤부터 여름의 긴 낮까지 일년 내내 그침이 없다. 그녀는 단지 죽어서 남편과 황천 아래에서 함께 잠들기를 바랄뿐이다. 변함없이 곧은 지조를 다하는 사랑과 슬프고 아픈 마음이 구슬프고 은은하게 사람을 감동시킨다.

≪시경≫에서 뛰어나게 아름다운 숱한 사랑 노래는 한결같은 사랑을 찬미 하고 자유연애의 추구를 표현하여 자유와 한결같음을 긴밀하게 하나로 통일시켰다. 행복한 애정은 진지함, 충실함, 한결같음을 벗어나지 않는다. 만약 벗어난다면 남녀지간의 관계는 필연코 얄팍한 사랑이나 저속함으로 흐르고 심지어 남녀지간의 방탕한 행위로 변한다. 아름다운 애정은 반드시 자유연애를 기초로 한다. 왜냐하면 애정은 두 사람의 친밀한 영혼의 조화와 묵계이지, 완고한 강박과 억지의 결합이 아니기 때문이다. 만약 자유연애라 는 기초를 떠나 단편적으로 혼인에서만 한결같기를 강조한다면 반드시 '한 남편만을 섬기며 일생을 마치는' 봉건적인 정조 관념에 빠진다. ≪시경≫의 사랑 노래는 자유연애의 추구와 한결같은 사랑의 찬미를 고도로

통일시켜 중화민족의 고상한 애정관을 충분히 표현하고 있다.

3. 다정한 남녀들의 저항과 투쟁

《시경》 시대, 봉건 예교가 점점 하나의 제도로 형성되어 남녀간 자유연애와 한결같은 애정은 제한과 훼손을 당한다. 통치자는 제정된 예교 제도를 수단으로 삼아 사람들의 결혼을 통제한다. 예를 들면《주례·매씨 周禮·媒氏》에서는 사람들의 배우자 문제에 어떻게 관여했는지를 전문적으로 말해준다. 남녀의 결합은 반드시 '중매인의 말, 媒妁之言(매작지언)'과 '부모의 명령, 父母之命(부모지명)'을 거쳐야 하고, 또 그 구체적인 혼인형식은 육례(六禮)로 규정하였다.

1. 납채(納彩): 남자 집에서 여자 집으로 사람을 보내 선물을 전한다. 이는 여자 집과 혼인을 원한다는 것을 표시하는데, 여자 측에서 받지 않으면 더 이상 진행하지 못한다.

2. 문명(問名): 남자 집에서 여자 집으로 사람을 보내 생년월일과 이름을 묻는다.

3. 산명(算命): 만약 점을 보아 불길하게 나오면 혼인을 중지하고 다른 집을 고른다.

4. 송례(送禮): 만약 모든 것이 길하고 이롭게 나오면 남자 집에서 사람을 통해 돈과 물건을 보내어 약혼의 예를 치른다. 약혼은 여기서 정식으로 이루어진다.

5. 정혼(定婚): 남자 집에서 결혼 길일을 정하면 예물을 준비하여 편지와 함께 여자 집에 보내어 통보한다. 만약 여자 측에서 이 예를 받아들이면

응답하는 것이고, 받지 않으면 다시 날짜를 바꿔야 한다.

6. 영친(迎親): 결혼식 날 신랑은 신부를 맞으러 가서 먼저 신부 집의 조상에게 절을 하고 신부를 부축하여 수레에 오른 다음 자신의 집으로 돌아온다. 영친 이후에야 비로소 '함께 자고 먹고, 함께 마시고 기뻐할 수 있는 것'이다.

≪시경≫ 시대의 혼례는 비록 이처럼 완비되거나 엄격한 수준에 아직 도달하지는 않았지만, 봉건시대의 혼인제도의 기초는 이미 형성되었다. 그것은 소년, 소녀의 자유연애와 자주 혼인의 권리를 빼앗아 애인끼리 함께 살지 못하고 정이 없는 사람끼리 결합을 강요당하는 혼인의 비극을 조성했다. ≪시경≫에서 많은 사랑 노래가 청춘남녀가 받는 연애의 장벽과 혼인의 부당한 고통·분노를 묘사했다.

〈장중자 將仲子〉(정풍 鄭風)에서는 여자 주인공이 중자(仲子)라는 소년을 깊이 사랑한다. 그러나 그들의 사랑은 부모의 동의를 얻지 못하고 단지 남몰래 서로 사랑하였다. 당시 소년이 담을 넘어 소녀와 밀회할 때 소녀는 매우 두려워하여 중자에게 다시 오지 말라고 부탁하며 이렇게 말한다.

仲可懷也	중가회야	중자님 그립기는 하지만
父母之言	부모지언	부모님 말씀이
亦可畏也	역가외야	역시 두려울 뿐이예요

소녀는 비록 마음속으로 중자를 사랑하지만 밀회를 어쩔 수 없이 거절한다. 사사로운 애정이 폭로되면 부모의 힐책과 이웃의 비난을 초래하여 뒤따르게 될 결과를 상상조차 할 수 없다. 이 시는 남녀간의 자유 연애가 봉건 예교의 제한을 받는 사회 정황을 반영한다.

〈대거 大車〉(왕풍 王風)에서는 청춘 남녀가 자주적으로 결혼하지 못하는 고통을 반영한다. 시의 주인공은 한 남자를 사랑한 나머지 그가 아니면 결혼할 수 없는 지경에 도달한다. 그들의 결합이 극심한 방해를 받게 되자 처녀는 남자와 함께 사랑의 도피를 하여 함께 살기를 바란다. 그러나 유감스럽게도 남자가 감히 도망치지 못하여 애정의 비극이 발생한다. 처녀가 말한다.

穀則異室	곡즉이실	살아서는 서로 다른 집에 있지만
死則同穴	사즉동혈	죽어서는 한 무덤에 묻히리라
謂予不信	위여불신	그대 내 말 믿지 못한다면
有如皦日	유여교일	하늘의 밝은 해를 두고 맹세하리

아가씨는 그녀의 연인에게 하늘을 두고 맹세하고 있다. 사랑의 한결같음을 위해 끝까지 맞서 나갈 것을 결심한다. 〈장중자 將中子〉의 아가씨와 비교해 볼 때, 성격이 더욱 강건하다.

사실 한 쌍의 연인들이 성공적으로 사랑의 도피를 하고 자주적으로 결혼하여 가족을 이룬다고 해도 꼭 행복을 얻을 수 있는 것은 아니다. 그들은 결국 봉건 예교에 의해 비참히 헤어지게 된다.

〈구역 九罭〉(빈풍 豳風)은 이러한 혼인의 비극을 반영하고 있다. 이 시에서 여주인공은 마침 다행스럽게 마음에 맞는 남자에게 스스로 시집을 갔지만 뜻밖에 비극이 발생하였다. 남자가 그녀를 버려두고 돌보지 않은 것이다. 이것은 어찌 된 일인가? 알고 보니 그들은 부모를 저버리고 사사로이 동거했다. 그러나 현재는 부모의 압력에 굴복하여 남편이 어쩔 수 없이 신혼의 아내를 버리고 말았다. 이것은 청천벽력과도 같아서 여주인공으로 하여금 매우 당황스럽고 어찌할 줄 모르게 하였다. 그녀는 단지 고통스러워 남편에게 애원하게 된다.

是以有哀衣兮 시이유곤의혜 그래서 님의 곤룡포를 감추었으니
無以我公歸兮 무이아공귀혜 내 님이 돌아가지 못하시어
無使我心悲兮 무사아심비혜 내 마음 슬프게 하지 말았으면

그녀는 억지로라도 남편을 머무르게 하기 위해서 남편의 옷을 숨겨 떠나가지 못하게 한다. 그러나 사물을 남겨 둔다고 해서 마음까지 붙들기는 어려운 법이다.

연애의 자유와 애정의 한결같음을 쟁취하기 위해 많은 젊은 남녀는 봉건 예교에 대항하여 여러 가지 방법으로 맞서 싸우다가 크나큰 대가를 치르기도 했다.

4. 부부가 헤어진 후 그리워 흘린 눈물

≪시경 詩經≫ 시대에는 불행한 가정마다 여러 가지의 불행한 일들이 있었다. 어떤 가정은 봉건 예교에 의해 파괴되지는 않았어도, 병역과 부역 때문에 커다란 고난을 당하게 된다. '춘추 시대에 정의로운 전쟁은 없었다 春秋無義戰(춘추무의전)' 당시에는 각 나라가 서로 침략하여 병탄하였다. 강자가 약자를 능멸하고, 다수가 소수를 폭압하여 전쟁이 빈번하였다. 전방의 병사들은 생사를 넘나들며 아내와 집을 그리워했다. 후방의 근심에 잠긴 부녀자들은 먼 곳의 남편을 생각하면서 걱정하고 마음을 졸였다. 〈격고 擊鼓〉(패풍 邶風)는 오랫동안 변방에서 전쟁하던 한 병사가 아내를 그리워하는 정을 표현하고 있다. 그가 일찍이 집을 떠날 때 아내의 손을 잡고 그녀와 백발이 되어 늙을 때까지 함께 하겠다고 맹세했고, 그녀를 영원히 포기하지 않기로 했다. 그러나 지금 그는 자신이 살아서 돌아갈 희망이 없음을 예감하고, 아내와 헤어진 것이 영원한 이별이

되리라 생각되니 침통한 장탄식을 금할 수 없다.

于嗟闊兮	우차활혜	아아 끝없이 멀리 떨어져 있으니
不我活兮	불아활혜	우리는 다시 만나 살 수 없구나
于嗟洵兮	우차순혜	아아 영원히 헤어질 곳에 있으니
不我信兮	불아신혜	우리의 언약을 지킬 길이 없구나

이 병사는 멀리 고향 땅을 바라보며, 부부가 같이 살지 못함을 한탄한다. 백발이 되어 늙을 때까지 함께 한다는 맹세는 실현될 방법이 없다.

춘추시대 전쟁은 대다수가 정의롭지 못했다. 그래서 전쟁에 출정한 남편과 사모하는 아내가 이별하여 서로의 그리움을 반영한 많은 시편들에서 모두 강렬한 반전 정서를 표현했다. 그러나 춘추시대에도 정의로운 전쟁은 있었다. 당시 주(周) 나라 민족은 종종 사이(四夷) 민족의 침략을 받았다. 외세의 침략에 저항한 전쟁도 때때로 발생하였다. ≪시경≫의 사랑 노래에서 정의로운 전쟁에 대한 영웅주의의 태도에 호응하는 표현도 있다. 〈백혜 伯兮〉(위풍 衛風)를 예로 든다.

伯兮朅兮	백혜흘혜	내 님은 위풍당당
邦之桀兮	방지걸혜	나라의 영웅호걸
伯也執殳	백야집수	내 님이 긴 창을 쥐고
爲王前驅	위왕전구	임금의 선봉장이 되었네

그리움으로 가득 찬 아내는 남편의 영웅적 기개와 종군의 장엄함에 대한 긍지와 자부심이 적지 않다. 그러나 긍지와 자부심 뒤에는 남편을 생각하는 정이 뭉게뭉게 일어난다. 남편이 떠난 이후 그녀의 머리는 봉두난발이 되었다. 남편이 집에 없으니 얼굴을 꾸며 누구에게 보이겠는가? 그녀는 머리가 아플 정도로 남편을 생각했는데도 여전히 생각이 나는 것이다.

그녀는 또 망우초라는 풀이 고통을 덜어준다는 얘기를 들었으나, 어디에서 그것을 구할지 알지 못했다. 그래서 어쩔 수 없이 뼈를 깎는 듯한 그리움에 자신을 맡겨 자기를 학대하고 있다. 이 애정시는 나라를 사랑하는 한 부녀자가 노래한 사부곡(思夫曲)이라 할만하다.

춘추시대에는 잔혹한 병역 이외에도 번잡한 부역이 수많은 가정의 행복을 파괴했다. 남편은 밖에서 끊임없이 노역의 고통을 당하고, 아내는 집에서 끝없이 그리움의 눈물을 흘렸다.

〈군자우역 君子于役〉(왕풍 王風)의 주인공은 농촌의 부녀자다. 그녀의 남편은 밖으로 부역을 나가 오랜 시간 돌아오지 않는다. 매일 황혼녘이 되면 그녀는 아주 절실하게 남편을 그리워하여 항상 문에 기대어 먼 곳을 바라보며 남편이 돌아오길 기다렸다. 그러나 매번 닭이 닭장에 들고, 소와 양이 우리에 돌아오는 것을 기다리게 될 뿐이다. 그녀는 밖으로 부역 나간 남편이 언제 돌아올지 모른다. 마음으로는 그가 밖에서 굶주리지 않고, 빠른 시일 내에 평안히 돌아오기를 축원한다.

이 농촌 부녀자의 바람은 실현될 수 있을까? 여러분은 보지 못했는가? 번잡하고 무거운 부역이 무수한 "맹강녀가 너무 많이 울어 만리장성이 무너졌다"는 고사의 비극을 만들어내고, [맹강녀(孟姜女): 진시황 때 제(齊)나라 사람. 범양기(范梁杞)의 아내. 그의 남편이 만리장성으로 사역을 나간 후 죽었다는 것을 알고서 너무 애통하게 우는 바람에 장성이 무너졌다는 비극적인 전설의 여주인공: 역자쥐 부역을 나간 많은 남편들은 황야에서 시체로 버려지며, 남편을 생각하는 많은 부녀자들은 눈물이 마를 때까지 흘렸음을.

5. 고대의 버림 받은 아내의 회한

옛 시대의 부녀자들은 어떠한 커다란 기대도 없었던 것 같다. 그녀들의 유일한 희망은 믿을만한 남편에게 시집가서 화목한 가정을 이루고 평화로운 생활을 보내는 것이다. 그러나 이러한 기본적인 요구조차도 실현되기는 매우 어려웠다. 많은 여성들이 결혼 후에 남편의 버림을 받아 '버림받은 아내 棄婦(기부)'가 되었다. 〈곡풍 谷風〉(패풍 北風)과 〈맹 氓〉(위풍 衛風)은 시경 중에서 가장 널리 알려진 '버림 받은 아내'에 관한 시다. 버림 받은 두 아내의 운명은 매우 비슷해서 우리들이 비교 분석하는 것도 무방할 것이다.

첫째, 부부지간에는 일정한 감정의 기반이 있다.

〈맹 氓〉 시에서 버림 받은 아내와 그의 남편은 결혼 전 관계가 친밀하여 그들 두 사람은 같이 허물없이 어울리며 지내는 즐거운 어린 시절을 보냈다. 성장한 이후에는 자유로운 연애를 통해 부부가 되었다. 그 둘의 결합은 스스로 느끼고 스스로 원한 것이다. 어떠한 간섭과 강요도 받지 않았다. 결혼 후 3년 동안은 부부간의 감정이 계속 좋았으나, 4년 째 부터는 급격히 변하였다. 이 남녀의 결혼에는 감정의 기반이 있다고 말할 수 있다.

〈곡풍 谷風〉 시의 버림 받은 아내도 이와 같다. 그녀가 버림받았을 때 남편에게 말했다.

| 不念昔者 | 불념석자 | 지난 날 생각하지 않네 |
| 伊余來墍 | 이여래기 | 오직 날 사랑한다더니 |

둘째, 남편은 일찍이 영원한 사랑을 굳게 맹세하였다.

〈곡풍 谷風〉에서 버림 받은 아내는 결혼 후, 부부가 서로 사랑하는 생활을 했고, 그녀는 남편이 자기의 언약을 잊지 않도록 일깨워 주었다.

| 德音莫違 | 덕음막위 | 그 달콤했던 약속 어기지 않는다면 |
| 及爾同死 | 급이동사 | 당신과 죽음까지 같이할 텐데 |

〈맹 氓〉에서 버림 받은 아내는 소꿉장난하던 어린 시절의 즐거움과 결혼 후 부부간의 애정에 대한 기억이 아직도 새롭고, 남편이 자신에게 상냥하고 친절하며, '당신과 더불어 늙을 때가지 함께, 급이해로 及爾偕老' 한다는 언약을 드러낸다.

〈곡풍 谷風〉과 〈맹 氓〉 시에서 일찍이 굳은 언약을 했던 남편들은 나중에 모두 얼굴을 바꾸어, 결혼을 인정하지 않고 아내를 버렸다. 그들이 한 처음의 언약은 모두 거짓말이란 말인가? 아마 그렇지 않을 것이다. 남녀 두 사람의 감정이 서로 좋은 단계에 있을 때 "백발이 되어 늙을 때까지"라는 것은 양 쪽 모두의 공통된 바람이기 때문이다. 적어도 당시 남자의 언약이 가정과 화목에 대한 위협이 될 수 없고, 가정이 분열될 원인은 더욱 아니다.

셋째, 아내는 알뜰하게 집안 살림을 꾸렸고 행실에서 어떤 잘못도 없다.

〈맹 氓〉 시의 버림 받은 아내는 시집간 이후에 어려움과 힘든 노동을 참고 견디며, 온 힘을 다하여 가사를 돌보았다.

三歲爲婦	삼세위부	삼 년 동안이나 아내로서
靡室勞矣	미실로의	집안 일 도맡으며 수고롭다 하지 않았네
夙興夜寐	숙흥야매	일찍 일어나고 늦게 잠들어서
靡有朝矣	미유조의	어느 하루 아침이고 여유가 없었네

〈곡풍 谷風〉의 버림 받은 아내는 결혼한 이후에 품행이 단정하고 최선을 다해 집안 일을 돌보았다. 그녀는 남편에게 일편단심으로 대하였다. 희망이 없음을 분명히 알면서도 차마 남편과 헤어지는 것에 동의하지 못한다. 심지어 남편이 떠나가는데도 배회하고 주저한다. 중국 고대의 부녀자들은

육체 노동을 하면서 '현모양처'의 미덕을 갖추었다. 부부가 헤어지게 된 책임은 당연히 그녀들에게 있지 않았다.

넷째, 남편이 새로운 것을 좋아하고 오래된 것을 싫어하여 아내와 그만두고 다시 장가를 드는 것이다.

봉건사회에서 남권이 중심이 되고 여자의 지위가 낮아서 불합리한 혼인제도가 만들어졌다. 어떤 남자들은 봉건 법률의 보호아래 왕왕 여자가 자신에게만 한결같기를 바라면서도, 그들은 오히려 다른 여성을 유혹하며, 아내와 그만두고 다시 장가든다.

〈맹 氓〉에서 여주인공은, 남편이 '처음에 사랑하였으나 나중에 버린' 희생물이다.

總角之宴	총각지연	처녀 총각 즐거운 시절에는
言笑晏晏	언소안안	다정하게 웃고 얘기했었지
信誓旦旦	신서단단	굳은 맹세 아직도 간곡한데
不思其反	불사기반	이렇게 딴판이 될 줄 생각도 못했네

〈곡풍 谷風〉의 여주인공 역시 남편에 의해 '처음엔 사랑 받았으나 나중엔 버림받는' 운명에 마주친다. 생각해보니 처음에는 남편이 그렇게 그녀를 사랑했다. 그러나 그녀의 용모가 점차 늙어가자, 남편은 '나를 좋아하지 않을 뿐만 아니라, 오히려 나를 원수처럼 대하게' 되었다.

고대의 부녀자들은 종종 좋은 남편에게 시집가기가 쉽지 않음을 한탄하는데, 정말 '열 명중의 아홉 명은 후회한다.' 왜 남자는 애정에 있어서 시종일관할 수 없을까? 왜 여자는 사랑하는 사람에게 시집갔어도 백발이 되어 늙을 때까지 함께 할 수 없는가? 그 원인을 단순히 남자의 인품 때문이라고 귀결지을 수는 없을 것 같다. 오히려 더욱 심각한 사회 경제적 근원에 그 원인이 있다.

다섯째, 가정 생활이 빈궁했다가 부유하게 바뀌고, 부부의 감정이 진했다가 점점 엷어졌다.

〈곡풍 谷風〉의 여주인공이 처음 결혼했을 때 남편은 매우 가난했다. 그녀는 고생하며 남편을 도와 생계를 운영하고, 가정 형편을 점점 좋아지게 했다. 그러나 가정이 부유해진 이후에 남편이 은혜를 원수로 갚을 것이라고 그녀는 도저히 생각하지 못했다. 그녀가 말했다

昔育恐育鞠	석육공육국	이전에 살림이 너무도 곤궁하여
及爾顚覆	급이전복	당신과 고생하며 힘들게 보냈지
旣生旣育	기생기육	이렇게 살만하고 좋아지자
比予于毒	비여우독	나를 독충으로 취급하는구려

〈맹 氓〉의 여주인공 역시 이러한 운명이다. 갓 결혼했을 때, 가정은 매우 어려웠다. 그녀는 부지런히 일하며, 남편을 도와 가정 생활을 개선하였다. 그러나 뜻밖에도 '가정 형편이 좋아지자 나에게 얼굴빛을 바꿔 흉악하게 대했다. 언기수의 지우폭의 言旣遂矣 至于暴矣' 남편은 그녀를 때리고 욕하며, 심한 노동을 시키고, 학대하였으며, 나중에는 그녀를 집에서 쫓아낸다. 그녀는 떠날 때, 무정한 남편이 멀리 배웅하지 않더라도 겨우 문 앞까지만이라도 나와 줄 것이라고 생각했다. 사람들은 모두 씀바귀가 쓰다고 말한다. 그러나 그녀는 씀바귀보다 더 쓴 맛을 보았다.

고대 부녀자들은 경제적으로 독립할 수 없고 자주적이지도 못하며 어떠한 지위도 없었다. 이것은 그녀들이 결혼 후 불행하게 되는 주요한 근원이다. 그녀들은 부지런히 일하여 가정 생활을 개선하지만, 오히려 남편으로 하여금 더 부유한 상황 아래에서 따로 새로운 정부(情婦)를 사귀게 되는 조건을 만들어 준 꼴이었다. 〈곡풍 谷風〉과 〈맹 氓〉은 버려진 여인의 시로서

고대 부녀자가 결혼의 비극을 맞게되는 경제상의 근본적인 문제를 상당히 심각하게 반영하고 있다. 경제적 지위를 떠나서는 부녀자의 결혼은 보장될 수 없었다.

二.

《시경》의 애정시는 《시경》에서 뗄 수 없는 구성요소로서, 다른 시가와 똑같은 유형의 예술적인 특색을 지닌다. 그러나 애정의 내용을 표현하는데 있어서는 여타 시가의 유형과 다 같을 수는 없는 예술적인 풍모를 가진다.

여기서는 《시경》의 애정시에서 자주 쓰인 일련의 예술적 기교를 아래와 같이 소개한다.

1. 비(比)의 예술

《시경》의 '비 比'에 관해서, 주희(朱熹)는 "비는 저 사물로 이 사물을 비유하는 것 比者, 以彼物比此物也"이라고 해석하였다. 이는 곧 '비 比'를 비유하는 것이라고 일컬은 것이다. 《시경》의 비 比는 두 가지 형식이 있는데, 하나는 비유체의 시다. 시 전체가 "저 사물로 이 사물을 비유하는" 것이다. 이러한 시는 아주 적은 편이다. 다른 하나는 수사의 용법으로 비유하는 것이다. 이것은 또한 명유(明喩: 직유), 암유(暗喩: 은유), 차유(借喩: 풍유)의 세 가지가 있다.

(1) 명유[明喩: 직유]

비유의 구성은 본체(本體), 비유사(比喩詞), 유체(喩體) 세 가지다. 명유는
그 본체, 비유사, 유체, 이 세 가지의 빈틈없는 비유를 가리킨다. 예를
들어, 〈간혜 簡兮≫(패풍 邶風)에서는 어느 아가씨가 마침 춤을 추고 있는
무용수에 대한 사랑을 묘사한다.

碩人俁俁	석인우우	키 크고 신체 좋은 사람
公庭萬舞	공정만무	궁궐 뜰에서 무인 춤을 추는구나
有力如虎	유력여호	범 같은 힘을 지니고
執轡如組	집비여조	고삐 쥐기를 실끈 잡듯이 하네

여기서는 두 개의 직유를 사용하였다. 특히 '유력여호 有力如虎'와 같은
직유는, 남자 무용수의 강건한 아름다움을 표현한 것이다. 바로 이러한
아름다움이 아가씨의 연모의 정을 자극하는 것이다.

또 예를 들자면 〈야유사균 野有死麕〉(소남 召南)에서는 어느 사냥꾼이
숲 속에서 사냥할 때를 묘사하는데 돌연히 '아름다운 옥같은 아가씨, 유녀여
옥 有女如玉'의 시구를 발견하게 된다. 여기에서 아름다운 옥의 순결하고
부드러운 속성을 이용해서 아가씨의 용모가 아름답고 성격이 온유함을
비유하였다. 이러한 부드러운 여성의 아름다움이 사냥꾼으로 하여금 한
눈에 사랑으로 빠지게 한다.

(2) 암유[暗喩: 은유]

'암유 暗喩'는 곧 은유(隱喩)라고도 한다. 그것은 비유의 흔적을 드러내지
않고, 본체와 유체가 동시에 나타난다. 예를 들어 〈맹 氓〉(위풍 衛風)에서는
버림받은 아내가 현재의 상황을 얘기하는 방식으로 아직 결혼하지 않은

여자에게 자신의 비참한 고통의 교훈을 하소연하고 있다.

于嗟鳩兮	우차구혜	아 비둘기들이여
無食桑葚	무식상심	오디를 쪼아 먹지 마라
于嗟女兮	우차녀혜	아 젊은 여자들이여
無與士耽	무여사탐	사내들에게 빠져들지 마라

버림받은 여자를 뽕나무 열매를 먹는 비둘기로 비유했다. 비둘기가 오디를 먹다가 취한 나머지 사람들이 설치해 놓은 그물에 걸려드는 구체적인 현상을 가지고, 젊은 여자들이 남자의 달콤한 말을 믿고 사랑의 그물에 떨어지는 추상적인 이치를 비유하기 위한 것이다. 앞의 두 구는 유체이고 뒤의 두 구가 본체의 형식을 이루고 있어서 어떤 사람들은 '대유(對喩)'라고도 하는데, 사실은 은유다.

(3) 차유[借喩: 풍유]

차유는 은유보다 더 진일보 된 비유로써, 그것은 직접 유체로 본체를 대신하여 본체와 비유사가 모두 나타나지 않는다. 예를 들면 〈곡풍 谷風〉(패풍 邶風) 에서, 여주인공은 남편으로 하여금 그녀를 버리지 말아달라고 남편에게 완곡하게 말한다.

采葑采菲	채봉채비	순무 뽑고 고구마 캤는데
無以下體	무이하체	뿌리라서 안된다네
德音莫違	덕음막위	그 달콤했던 약속 어기지 않는다면
及爾同死	급이동사	당신과 죽음까지 같이할텐데

여기서 '채봉채비 무이하체 采葑采菲, 無以下體'는 바로 차유다. '비 菲'는 무우인데, 무우의 잎은 비록 먹을 수 있지만 무우 몸체가 더 중요한

부분이다. 시의 여주인공은 잎으로써 사람의 외모를 비유했고, 무우로써 인품을 비유했다. 그녀가 남편에게 아내의 용모가 시들었다고 해서 그녀의 인품조차 무시하여 버리지 말라고 당부한다. 그리고 남편에게 그날의 맹세를 잊지 말라고 깨우쳐 준다.

비유 이외에도 비의(比擬: 비유사)의 묘사법은 ≪시경≫의 사랑 노래 중에서도 비교적 많이 쓰였다. 소위 비의는 바로 사물로써 사람을 비교하고 사람으로써 사물을 비교하고, 사물로써 사물을 비교하는 것이다.

2. 흥(興)의 예술

주희가 말했다. "흥이란 먼저 다른 사물을 언급하여 읊조리고자 하는 말을 이끌어내는 것이다. 興者, 先言他物以引起所咏之辭也" '흥'은 또 '기흥 起興'이라고도 하며, 종종 시의 시작 부분에 있는데, 바로 주희가 말한 "먼저 다른 사물을 언급한다"고 한 부분이다. 흥구와 읊조리고자 하는 말과의 관계는 아래의 두 가지 종류가 있다.

첫째 유형은 '불취기의(不取其義: 그 의미를 취하지 않는다)'의 기흥 방법이다.

흥구는 단지 실마리로써 감정을 일으키는 작용만 있으며, 그것과 그 아래 시문은 의미상 직접적인 관련이 없다. 예들 든다.

〈은기뢰 殷其雷〉[소남 召南]

殷其雷	은기뢰	우르릉 천둥소리
在南山之陽	재남산지양	남산의 남쪽에서 울리는데
何斯違斯	하사위사	어이해 그이는 이곳을 떠나
莫敢或遑	막감혹황	휴가조차 감히 못내는가

어떤 아내가 산 남쪽에서 그치지 않고 울리는 천둥소리를 듣고서 속으로 매우 두려워한다. 그녀는 외지로 부역을 나가 있는 남편을 생각하고, 남편이 그 시간 그 시각에 집에 없는 것을 원망한다. 처음 두 구 '은기뢰 재남산지양 殷其雷 在南山之陽은 흥(興) 구로서, 천둥소리는 남편을 생각하는 부녀자의 마음을 이끌어 내지만, 천둥소리와 부녀자의 생각에 있어서 양자 간의 의미상의 관계는 없다.

둘째 유형은 반드시 비유작용을 하는 기흥(起興) 방법이다.

흥구의 형상은 '읊조리고자 하는 말', 즉 '소영지사 所咏之辭와 의미상으로 유사한 어떤 특징이 있어서, 비유의 관계를 이루고 있다. 이것은 실제로 흥이면서 비이므로 '흥이비 興而比의 용법이다. 예를 든다.

〈관저 關雎〉[주남 周南]

關關雎鳩	관관저구	관관 지저귀는 징경이는
在河之洲	재하지주	황하의 모래톱에 있고요
窈窕淑女	요조숙녀	품성 좋고 아름다운 숙녀
君子好逑	군자호구	군자의 좋은 배필이지요

'관관저구, 재하지주 關關雎鳩, 在河之洲는 시인의 눈앞에 펼쳐진 실재의 경물로써 정을 일으키는 발단이 되었다. 징경이 숫새와 암새의 짝을 찾는 소리를 듣고, 마음에 둔 사람에 대한 시인의 생각을 불러 일으켰다. 게다가 물새가 관관 울며 화답하는 것은 남녀가 짝을 찾는 것에 비유할 수 있으므로 이는 곧 다음 구의 '요조숙녀, 군자호구 窈窕淑女, 君子好逑와 의미상으로 연관되어 흥구는 다음 구와 비유관계를 이루고 있다.

이처럼 비유의 작용이 있으면서 흥을 일으키는 것은 ≪시경≫의 애정시에서 가장 보편적이다. 예를 든다.

〈도요 桃夭〉[주남 周南]

桃之夭夭	도지요요	복숭아나무 하늘하늘한 가지에
灼灼其華	작작기화	고운 분홍 꽃 활짝 터뜨렸네
之子于歸	지자우귀	그 색시 시집가서
宜其室家	의기실가	그 집안을 화목케 하리라

시인이 활짝 핀 복숭화 꽃을 통해 어떤 아가씨가 시집을 가려고 하는 것을 연상하였으므로 이는 원래 흥구다. 그러나 흥구의 복숭화 꽃이 또 다음 시구에 묘사한 아가씨와 비유관계를 형성하여 그녀도 마치 복숭화 꽃 처럼 곱고 아름다운 것 같다. 그러므로 이것도 일종의 '흥이비 興而比의 용법이다.

3. 부(賦)의 예술

주희가 말했다. "부(賦)는 어떤 일을 펼쳐서 직설적으로 말하는 것이다. 賦者, 賦陳其事而直言之者也" 바꾸어 말하면 부(賦)는 서술이고 묘사이며 서정이므로 그것은 애정시에서 상용하는 표현 수법이다. ≪시경≫의 애정시에서 부의 형식은 다양하다.

첫 번째 유형은 시 전체가 부체(賦體)를 사용한 것이다.

〈여왈계명 女曰鷄鳴〉(진풍 秦風)은 대화형식을 채용한 부체다. 이 시는 흥, 비가 없이 완전한 부체의 수법으로써 한 쌍의 수렵하는 부부가 서로 경애하며 행복하게 생활하는 것을 묘사하였다.

≪시경≫의 애정시에서 이처럼 한편의 시 전체에서 부를 사용한 편명은 꽤 많다. 예를 들면, 〈완구 宛丘〉, 〈진유 溱洧〉, 〈정녀 靜女〉, 〈건상 褰裳〉, 〈장중자 將仲子〉, 〈교동 狡童〉, 〈야유사균 野有死麕〉, 〈목과 木瓜〉, 〈유녀동

거 有女同車〉, 〈풍 豊〉, 〈준대로 遵大路〉, 〈계명 鷄鳴〉, 〈동산 東山〉, 〈군자우역 君子于役〉 등이다.

두 번째 유형은 부와 비, 흥의 겸용이다.

부는 가장 기본적인 표현 수법으로서 비, 흥 이외에는 모두 부다. ≪시경≫에서 한 편의 시 전체에서 부를 사용한 예는 꽤 많지만, 시 전체에서 비를 사용한 것은 매우 적고, 시 전체에서 흥만을 사용한 것은 없다. 부와 비, 흥은 늘 함께 결합되었다.

어떤 애정시는 흥을 일으킨 이후에 바로 이어서 부의 수법을 써서 사건을 서술하고 감정을 펴냈기 때문에 '흥이부 興而賦'라고 일컫는다. 예를 든다.

〈겸가 蒹葭〉 [진풍 秦風]

蒹葭蒼蒼	겸가창창	갈대가 푸르고 푸르니
白露爲霜	백로위상	흰 이슬이 서리가 되었네
所謂伊人	소위이인	이른바 그 사람은
在水一方	재수일방	저 물가의 한쪽에 있는데

이 시는 겸가창창(蒹葭蒼蒼), 백로위상(白露爲霜)으로 흥을 일으켜 시인이 깊은 가을 새벽에 물가의 갈대 위에 이슬이 맺혀 서리가 된 것을 보고 '그 사람'을 생각하는 정서를 촉발시킨 것이다. 이어서 시인은 '그 사람'이 있는 곳을 묘사하여 자기가 '그 사람'과 소통할 길을 그토록 찾았다는 것을 서술하고, '그 사람'을 볼 수 없는 처량한 심정을 펴냈다. 흥구 이후의 묘사, 서술, 서정은 모두 부의 수법이다.

어떤 애정시는 시작부분의 흥구와 그 아래 구의 '읊조리고자 하는 말, 소영지사 所咏之辭'가 비유관계를 형성한다. 흥을 일으킨 이후에 다시 서술하고 묘사한다. 우리는 그것을 '비이부 比而賦'라고 일컬어도 무방하다.

예를 든다.

〈표유매 摽有梅〉[소남 김南]

摽有梅	표유매	매실이 떨어져
其實七兮	기실칠혜	그 열매 일곱 개 남았네
求我庶士	구아서사	나에게 구혼할 총각들
迨其吉兮	태기길혜	좋은 날 골라봐요

여기 네 구의 시에서는 처음 두 구로 흥을 일으키고 끝의 두 구로 부를 사용했다. 시에서 여주인공은 매실이 어지러이 땅에 떨어져 나무 가지 위에 단지 열에 일곱 개 밖에 남아 있지 않는 것을 보고서 때 맞춰 시집을 갈 수 없는 후회의 심정이 촉발되었다. 흥구에서 매실이 땅에 떨어지는 자연 풍경을 묘사한 의미는 아가씨의 청춘이 쉽게 지나가버리는 추상적인 이치를 설명하는 데 있다. 그래서 이 시는 흥이면서 비이다(興而比). 부구(賦句)는 직접적으로 여주인공의 결혼을 갈망하는 절박한 심정을 서술하고 있다. 전체 네 구는 '흥이면서 비'이고 '비이면서 부'인 예술수법을 채용하였다.

4. 중장첩창(重章疊唱)의 예술형식

중장 첩창(重章疊唱)은 ≪시경≫에서 허다한 애정시의 예술형식이다. 한 수의 애정시는 약간의 장으로 나뉘는데 각 장의 결구는 서로 같고 어구도 서로 비슷하다(다만 소수의 몇 글자만 바뀐다). 시 전편에서 같은 내용을 반복하여 노래함으로써 일창 삼탄(一唱三嘆)의 예술효과를 거둔다.

≪시경≫ 애정시의 중장 첩창은 주로 아래의 몇 유형이 있다.

첫 번째 유형은 매장의 끝이 중복되는 경우다.

이러한 애정시는 단지 끝 부분만 중복된다.

예를 들면, 〈한광 漢廣〉(주남 周南)은 제1인칭의 방식으로 한 청년이 강가에 있는 뱃사공의 집 처녀에게 구애하는 것을 묘사했다. 전편이 세 장인데 제1장은 찾아도 이룰 수 없는 심정을 펴냈고, 제2장과 제3장은 그가 처녀와 결혼하는 환상의 정경을 묘사했다. 매 장의 끝마다 모두 아래와 같은 네 구가 중복되었다.

漢之廣矣	한지광의	한수가 하도 넓어
不可泳思	불가영사	헤엄쳐 갈 수도 없고
江之永矣	강지영의	강수가 하도 길어
不可方思	불가방사	뗏목 타고 갈 수도 없네

두 번째 유형은 매장의 처음이 중복되는 경우다.

이러한 애정시는 각 장마다 단지 처음 몇 구만이 중복된다.

예를 들면, 〈동산 東山〉(빈풍 豳風)에서는 제대하는 사병이 귀가 도중의 견문과 감정을 일인칭 어투로 묘사했다. 이 사병은 신혼생활을 한 지 얼마 안 되어 집을 떠나 원정을 갔는데 삼년이 지나서야 요행히 생환하였다. 귀가하는 길에서 그는 종군의 괴로움을 한탄하고(1장), 집안 정원의 황량함을 아득히 생각하며(2장), 아내의 안위를 걱정하고(3장), 신혼의 행복을 회상한다(4장). 줄곧 그는 희비가 교차하여 집에 가까워질수록 집안이 어떻게 되었는지 알지 못해서 마음속으로 걱정이 된다. 시 전편에서 매 장마다 시작 부분에서는 모두 아래 네 구가 중복되었다.

我徂東山	아조동산	내 동산으로 간 뒤에
滔滔不歸	도도불귀	오랜 세월 돌아오지 못했노라
我來自東	아래자동	내 이제 동쪽에서 올 제
零雨其濛	영우기몽	가랑비 부슬부슬 처량하더라

시 전체의 각 장은 고르게 이 네 구로 시작된다. 이는 각 장의 내용을 모두 환향하면서 보고 듣고 느끼고 생각하는 범위에 한정시켜 각 장을 긴밀하게 연계시킴으로써 하나의 예술 체계를 이루었다.

세 번째 유형은 장 전체가 중복되는 경우다.

어떤 애정시는 전편의 각 장마다 내용이 똑 같다. 단지 몇 글자만을 바꾸어 장절이 반복되는 형식을 이루었다. 이렇게 장이 중복되는 형식은 또 아래의 두 가지 격식으로 나뉜다.

첫 번째 격식은 중복을 통하여 시의 의경(意境)을 강화하는 것이다.

이러한 격식의 중복은 비록 시의(詩意)에서는 변화가 없으나 시의 감화력은 더욱 강화된다. 예를 든다.

〈준대로 遵大路〉 [정풍 鄭風]

遵大路兮	준대로혜	큰 길가를 따라 가며
摻執子之袪兮	삼집자지거혜	당신의 소매를 부여잡네
無我惡兮	무아오혜	날 미워하지 마오
不寁故也	부잠고야	오래된 아내를 버릴 수는 없는 법

전체 시는 모두 두 장인데, 이 시는 제 1장이다. 제 2장은 제 1장의 '거 袪', '오 惡', '고 故'를 각기 '수 手', '추 醜', '호 好'로 바꾸어 비슷한 단어를 중복시킴으로써 한 여자가 남편에 대해 그녀를 버리지 말아 달라고 고통스럽게 갈구하는 심리 상태를 표현한 것이 절실하게 사람을 감동시킨다.

두 번째 격식은 중복을 거쳐서 시의 의경을 발전시키는 것이다.

이러한 격식의 중복은 비록 각 장에서 몇 글자만 바꾸었지만 시의(詩意)는 매 장마다 발전되고 감정도 매 장마다 더 깊어진다. 예를 든다.

〈채갈 采葛〉[왕풍 王風]

彼采葛兮	피채갈혜	그 사람 칡 캐러 가서
一日不見	일일불견	하루라도 못보면
如三月兮	여삼월혜	석 달이나 된듯하네

이 시는 모두 세 장인데 매 장마다 두 개의 글자만을 바꾸었을 뿐이다. '갈 (葛: 칡)', '소 (蕭: 쑥)', '애 (艾: 약쑥)'는 모두 식물로써 시에서는 아가씨가 식물을 캐러 가는 것을 묘사했다. '월 月', '추 秋', '세 歲'는 비록 시간을 표시하지만 시간이 점점 길어져 처녀에 대한 총각의 연모의 정이 점점 더 깊어지는 것을 표현하였다.

≪시경≫의 사랑 노래는 내용과 형식에서 상당히 완성된 미적 통일을 이루었다. 그것은 중국 고대 노동 인민들의 건강한 애정관을 반영했을 뿐 아니라 애정을 묘사하는 예술형식을 창조했다.

≪시경≫의 사랑 노래에서 불가피하게 존재하는 얼마간의 봉건적인 잔재에 관해서는 물론 말을 거리낄 필요가 없을 것이다. 우리는 마땅히 '찌꺼기를 버리고 정수를 취한다. 거기조박 취기정화 去其糟粕 取其精華'는 원칙을 좇아서 이러한 진귀한 문학유산을 비판적으로 계승해야 한다.

뚜안추잉(段楚英)

一

은애(恩愛: 충실한 애정)

　　충실한 애정은 행복한 가정의 기반이며 또한 즐거운 부부의 행진곡이다. 만약 남편이 아내를 사랑하는 것과 아내가 남편을 사랑하는 것이 같다면 사랑의 빛은 장차 갈수록 더 찬란해질 것이다.

　　〈출기동문 出其東門〉(정풍 鄭風)에서는 한 남자가 동문으로 나가 외출했다. 이때 무리를 이룬 많은 아가씨들이 봄놀이 하러 나온 것을 보게 되는데 외모가 모두 아름답다. 많은 여인들이 아름답지만, 아무도 그의 마음을 차지하지는 못한다. 왜냐하면 그는 한 마음으로 자신의 검소한 아내를 사랑하고 있으며, 새로운 것을 좋아하여 오래된 것에 싫증내고 색다른 것을 보면 그것에 마음이 쏠리는 가벼운 사람이 아니기 때문이다.

　　〈택혜 蘀兮〉(정풍 鄭風) 중의 한 여자는 낙엽이 가을 바람에 나부끼는 광경을 보고 노래하고 춤추고 싶은 흥취가 생긴다. 그녀는 남편이 바람에 나부끼는 나뭇잎 처럼 자신을 데리고 빙빙 돌며 춤추기를 바란다. 그리하여 그녀는 다정하게 남편에게 말한다. "당신이 앞장서서 노래하세요, 춤추세요. 제가 당신과 함께 할께요, 당신을 따를께요!"

　　〈채록 采綠〉(소아 小雅) 중의 한 부녀자는 교외에서 나물을 뜯을 때, 외출한 남편이 내일이면 곧 돌아온다는 생각이 들어 서둘러 집으로 가서 씻고, 머리 빗고, 화장한다. 다음날이 되었는데 그녀는 아직도 남편이 돌아오는 것을 보지 못하자 마음이 매우 초조해진다. 그녀는 결심 하였다. 다음에는 남편이 어딜 가든지 그가 무엇을 하든지간에 자신도 그와 함께 해야겠다고, 다시는 떨어지지 않으리라고!

1. 〈출기동문 出其東門〉 [정풍 鄭風]①

出其東門②	출기동문	저 동문을 나서니
有女如雲③	유녀여운	구름 같은 아가씨들
雖則如雲	수즉여운	비록 구름처럼 많아도
匪我思存④	비아사존	내 마음 둘 바 아니요
縞衣綦巾⑤	호의기건	흰옷에 녹색수건 걸친 그녀만이
聊樂我員⑥	요락아운	나를 즐겁게 하리

出其闉闍⑦	출기인도	저 성문 밖을 나서니
有女如荼⑧	유녀여도	띠 꽃 같은 여자들
雖則如荼	수즉여도	비록 띠 꽃 처럼 예뻐도
匪我思且⑨	비아사저	내 그리움 둘 바 아니요
縞衣茹藘⑩	호의여려	흰옷에 붉은 수건 걸친 그녀만이
聊可與娛⑪	요가여오	함께 즐길 수 있으리

시구 풀이

① 〈出其東門 출기동문〉: 애정이 한결같음을 표현한 시다.

　鄭風(정풍): 정나라의 민간 가요.

② 東門(동문): 정나라 유람객이 운집하는 지방이다.

③ 如雲(여운): 여자가 많음을 형용한다.

④ 匪(비): "非(비)"와 같다.

　存(존): 있다. "思存(사존)"은 생각하고 그리워하는 바이다.

⑤ 縞(호): 흰색.

　綦(기) : 초록색.

　巾(건) : 수건을 허리에 차다. "綦巾(기건)"은 여자가 착용하는 것
이다.

⑥ 聊(료): 장차. 또한.

　員(원) : 우애, 친애.

⑦ 闉闍(인도): 성문 밖의 문을 막기 위한 작은 성문.

⑧ 荼(도): 하얀 띠꽃. "如荼(여도)"는 아가씨가 아름답고도 많음을 형용한다.

⑨ 且(저): 있다. "思且(사저)"는 생각함이 있다.

⑩ 茹藘(여려): 꼭두서니. 이것으로 빨간 물을 들일 수 있다. 여기서는 허리에 찬 수건의 색이 진홍색임을 가리킨다. 글을 줄여 시구를 이루기 때문에, "巾(건)"자가 생략되었다. "綦巾(기건)"이 "茹藘(여려)"로 변한 것은 장을 나누어 운을 바꾸었기 때문에 글자를 고친 것이다. 가리키는 바는 여전히 동일한 한 사람이다.

⑪ 聊可與娛(요가여오): 비로소 나와 함께 즐거울 수 있다.

감상과 해설

〈출기동문 出其東門〉은 사랑 노래로서 한 남자의 애정에 대한 한결같음과 충정함을 표현하였다.

전체 시는 모두 2장이다.

제 1장에서 동쪽 성문을 걸어나가니, 아름다운 아가씨들이 흘러가는 구름처럼 많은 것을 보게 된다고 말했다.

"비록 구름처럼 많아도 내 마음 둘 바 아니요, 수즉여운 비아사존 雖則如雲 匪我思存", 이 뜻은 아름다운 아가씨들이 비록 많지만, 모두가 자신의 마음에 두는 대상은 아니라는 것이다.

"흰옷에 녹색수건 걸친 그녀만이 나를 즐겁게 하리, 호의기건 요락아원 縞衣綦巾 聊樂我員"은 흰옷을 입고 배에 녹색의 앞치마를 두른 아가씨만이 자신이 기뻐하는 사람이라고 말하고 있다. 여기서 "호의 縞衣"는 상당히 조잡한 의복을 가리키고, "기건 綦巾"은 그 여자가 걸치고 있는 것이다. 보아하니, 시에서 남자가 열렬히 사랑하는 대상은 검소한 옷을 입은 가난한 집의 아가씨이다. 동문 밖의 놀러온 많은 여자들은 비록 예쁜 옷을 입고 있지만, 그의 마음을 움직이게 할 수는 없다.

제2장의 첫 두 구인 "저 성문 밖을 나서니 띠 꽃 같은 여자들, 출기인도 유녀여도 出其闉闍 有女如荼"의 "인(闉)"은 성문 밖의 문을 보호하는 작은 성이고, "도(闍)"는 인(闉)의 문이다. 제1장의 출문(出門)은 내성의 문을 나오는 것이고, 제2장의 출인도(出闉闍)는 성문밖의 문을 보호하는 작은 성의 문을 나오는 것이니, 바로 외성(外城)의 문이다. 이 남자가 외성문을 나올 때, 그는 아름다운 아가씨들이 하얀 띠꽃처럼 무리를 이루고 있는 것을 보게 된다.

"비록 띠 꽃 처럼 예뻐도 내 그리움 둘 바 아니요, 수즉여도 비아사저 雖則如荼 匪我思且"는 성문 밖에서 노는 여자가 꽃처럼 모두 아름답고 많지만, 모두가 자신의 마음을 움직일 수 없음을 말한다. "흰옷에 붉은 수건 걸친 그녀만이 함께 즐길 수 있으리, 호의여려 요가여오 縞衣茹藘 聊可與娛" 이는 그 검소한 옷을 입고 배에 붉은 색 앞치마를 두른 아가씨만이 자신을 즐겁게 할 수 있음을 말한다. 여기의 "호의여려 縞衣茹藘"는 앞 장의 "호의기건 縞衣綦巾"과 같이 의탁하는 수사기법을 운용한 것이다. 가리키는 것은 한 사람으로서 바로 시 가운데서 남자의 마음속에 있는 사람이다. 흰옷에 녹색 치마 혹은 붉은 색 치마를 배색한 것은 일종의 검소한 아름다움을 표현한 것이다. 그것이 그 남자로 하여금 사모하고 그리워하게 하여 많은 미녀들도 모두 그의 눈에 차지 않도록 하는 것이다.

이 시는 반촌(反襯 문예·회화 등에서 그 반대면을 묘사함으로써 정면을 표현하는 것)의 수법을 운용하였다. 구름처럼 꽃처럼 노니는 여자들이 도리어 자신의 심중에 있는 소박한 옷을 입은 가난한 집의 아가씨를 돋보이게 하고 있다. 이 남자는 즉 가난을 싫어하지 않고 부유함을 좋아하지 않는다. 또한 쉽게 마음이 변하지도 않는다. 이렇게 사랑에 대한 진실함과 곧고 바름은 독자에게 깊은 인상을 남겨 줄 수 있다.

역대 제가의 평설

《모시서 毛詩序》: "〈출기동문 出其東門〉은 혼란을 근심한 것이다. 정나라 공자(公子)들이 다섯 번이나 임금의 자리를 다투어 전쟁이 그치지 않아 남녀가 서로 버려지니 백성들이 자기 가정을 보전할 것을 생각한 것이다."

공영달(孔穎達) 《모시정의 毛詩正義》: "〈출기동문 出其東門〉 시를 지은 자는 난리를 고민한 것이다. 홀(忽)을 임금으로 세운 이후에 공자들이 다섯 번이나 나라를 다투어 전쟁이 그치지 않자 백성이 곤궁하고 남녀가 서로 버려지며, 백성들이 전쟁에 핍박을 당하여, 부부가 서로 헤어지니 그 집안을 보존하고자 생각한 것이다."

주희(朱熹) 《시집전 詩集傳》: "어떤 사람이 음분한 여자를 보고 이 시를 지었다. …… 이때 음란한 풍속이 크게 유행했으나 그 가운데 여전히 이와 같은 사람도 있어서, 자신을 잘 지켜 당시의 음란한 풍속에 물들지 않았다고 이를 만하다."

요제항(姚際恒) 《시경통론 詩經通論》: "〈소서〉에서는 '난리를 걱정함'이라고 여겼지만, 시에는 절대로 이러한 뜻이 없다. 내가 보건대 정나라에서 봄철에, 여자와 남자가 놀러 나왔는데 남자가 그것을 보고 스스로 말하길, 그녀를 마음에 품지 않고 오히려 아내와 충분히 즐거워할 수 있다고 한다. 남자가 충정을 지키니, 여자도 반드시 음란하지 않을 것이다."

오개생(吳闓生) 《시의회통 詩義會通》: "유진옹(劉辰翁)이 말했다. '나

를 즐겁게 해줄 것이네 聊樂我員, 나와 함께 즐길 것이라네 聊可與娛'
이 시구는 전쟁이 그치지 않고, 남녀가 서로 버려질 때를 말한 것이 아니다.
《회찬 滙纂》에서 말했다. '경문 단어의 뜻은 조용하고 부드러워서 방패와
창으로(전쟁으로) 소란을 일으킴이 없고, 남녀가 난리를 피해 달아나는
광경도 없다.' 주자는 정나라의 풍속이 음란한데도, 이 사람이 더러운
풍속에 오염되지 않고 그 집안의 가난함과 누추함을 편안히 여길 수
있어서, 예의로써 스스로 즐거워함이라고 말했는데, 이것은 시인으로서
바른 해석을 체득했다."

진자전(陳子展) 《시경직해 詩經直解》: "〈출기동문 出其東門〉은 시인이
고생을 견디고 검소함을 지키는 것에 만족하는 부부가 지조를 바꾸지
않음을 자술하여 지었다. 시의 뜻은 자명하다. 《서 序》에서는 난리를
걱정하여 사람들이 그 집안을 보호할 것을 생각함이라고 말했으나 이
시의 의미를 손상시킨 것은 아니다. 《시경 詩經》 금·고문가들 사이에
쟁론이 없다. 주자는 《변설 辨說》에서 말했다. '이것은 여전히 음분한
자를 미워하는 가사다. 《서 序》는 틀렸다.' 또 《주전 朱傳》에서 말했다.
'어떤 사람이 음분한 여자를 보고 이 시를 지었다. 여기에 비록 여자가
아름답기도 하고 많기도 하지만 내 마음에 담아둔 사람이 아니라고 여겼다.
그리고 이것은 자신의 집안이 비록 가난하고 누추하지만 스스로 즐거워
할 수 있는 것만 못하다.……' 《시경 詩經》에 의거하면 〈동문 東門〉 밖의
구름같고 띠꽃같은 여자들은 스스로 번화가에 왕래하는 많은 여자들이지만
꼭 모두가 음분한 여자라고 보이지는 않는다. 하물며 인지상정이란 서로
먼 것이 아니므로, 마땅히 또한 어떤 귀족 부인이 '수레타고 나가 노닐며
나의 시름을 푼다(駕言出游, 以寫我憂)'라는 구절도 있다. 그런데 어찌 도학
가들의 좁은 속과 질투하는 뜻, 간사한 생각과 편견 때문에 스스로 절제하지
못하고 여성을 모욕하여 이와 같음에 이르렀는가? 이와 같이 시를 논하면

시인의 뜻을 자못 어그러지게 한다."

여관영(余冠英)《시경선 詩經選》: 대의를 말하자면, 동문의 노니는 여자들이 비록 '구름과 같고' '띠꽃과 같지만', 모두 내가 바라는 바가 아니다. 나의 마음속에는 오직 '흰옷에 녹색수건 걸친'(縞衣綦巾), 소박하게 치장한 사람만이 있을 뿐이다."

정준영(程俊英)《시경역주 詩經譯注》: "이것은 한 남자가 아내에게 충정을 지녀 변심하지 않는 시다."

원유안(袁愈荌), 당막요(唐莫堯)《시경전역 詩經全譯》: "남자가 자신의 사랑에는 오직 한 사람만이 있음을 표현했다."

원매(袁梅)《시경역주 詩經譯注》: "이 시는, 한 청년이 애인에게 순정을 다바치는 사랑을 표현했다. 그는 숱한 미녀에 대해서는 아무에게도 마음이 끌리지 않았지만, 오직 소박한 옷을 입은 아가씨만을 사랑한다. 비록 그녀가 화려하게 입지 않았지만, 그의 마음속에는 가장 고상하고, 가장 사랑스럽다. …… 그 사랑은 한결같아서 고귀하며, 또 사랑하는 대상은 일하는 여자다."

고형(高亨)《시경금주 詩經今注》: "이 시는 한 남자의 사랑에 대한 충정으로서 두 마음을 갖지 않음을 스스로 고백한 것이다."

김계화(金啓華)《시경전역 詩經全譯》: "이것은 애정시다. 동문밖에 노니는 여자가 비록 많지만, 그는 단지 소박하게 치장한 그 아가씨만을 사랑한다."

번수운(樊樹雲)《시경전역주 詩經全譯注》: "이것은 한 수의 연시(戀詩)다. 한 청년이 구름처럼 수많은 아가씨들 사이에서 아름답게 치장한 귀족 처녀를 사랑하지 않고, 또한 옷을 화려하게 입고 호화로운 아가씨도 사모하지 않으며, 오직 소박한 농가의 여자를 선택하였다. 이것은 그의 진실하고 바르며 건강한 연애관을 표현한 것이다."

강음향(江陰香)《시경역주 詩經譯注》: "남자가 부정한 이성 관계를 탐내지 않음을 말한 것이다."

2. 〈탁혜 蘀兮〉 [정풍 鄭風]①

蘀兮蘀兮②	탁혜탁혜	나뭇잎이여 나뭇잎이여
風其吹女③	풍기취여	바람이 너에게 부는구나
叔兮伯兮④	숙혜백혜	숙 님이여 백 님이여
倡, 予和女⑤	창, 여화여	먼저 노래하면, 나도 당신에게 화답하리

蘀兮蘀兮	탁혜탁혜	나뭇잎이여 나뭇잎이여
風其漂女⑥	풍기표여	바람이 너를 흩날리는구나
叔兮伯兮	숙혜백혜	숙 님이여 백 님이여
倡, 予要女⑦	창, 여요여	먼저 노래하면, 나도 당신에게 합류하리

시구 풀이

①〈蘀兮 탁혜〉: 여자가 남편에게 함께 노래 부를 것을 요구하며 쓴 시다.

　　鄭風(정풍): 정 나라의 민간 가요.

② 蘀(탁): 풀과 나무에서 떨어지는 껍질이나 잎.

③ 女(여): 즉 汝(여: 당신)이다. 탁(蘀)을 가리킨다.

④ 여자가 사랑하는 사람을 叔(숙) 혹은 伯(백) 혹은 叔伯(숙백)이라고 불렀다. 《시경 詩經》에서 항상 보인다. "叔兮, 伯兮(숙혜, 백혜)"의 어기는 두 사람을 대한 것 같지만 실제로는 한 사람을 말한다.

⑤ 倡(창): 앞장서서 노래를 부른다.

　　女(여) : 숙백(叔伯)을 가리킨다.

⑥ 漂(표): 표(飄)라고 되어 있기도 하다. 바람이 불어 흩날리는 것이다.

⑦ 要(요): 회합. 노래 소리로서 서로 합류하는 것이 화(和)이다.

감상과 해설

〈탁혜 蘀兮〉 시는, 여자가 남편에게 함께 노래함으로써, 서로의 애정을
표현할 것을 요구하며 썼다.

시는 2장으로 나눈다.

제 1장은 바람이 불어 나뭇잎이 흩날리는 것으로 흥을 일으켜, 여자가
남편에게 함께 노래하자고 요구하는 것을 썼다. 그녀는, 바람이 나뭇잎을
흩날리게 하니, 당신이 먼저 노래하세요, 제가 화답하지요 라고 말한다.

제 2장 역시 바람이 불어 나뭇잎이 흩날리는 것으로 흥을 일으켜 그녀가
남편에게 함께 노래하자고 요구하는 것을 썼다.

제 1, 2장이 모두 바람이 불어 나뭇잎이 흩날리는 것으로써 흥을 일으켰다.
왜냐하면 사람이 노래와 춤을 즐길 때는 종종 마음이 상쾌하고 경쾌한
느낌이 있기 때문이다. 혹자는 말한다. '사람들은, 나뭇잎이 바람따라 흩날리
며 춤추는 광경을 보고, 노래하고 춤추는 즐거움을 연상하기가 쉽다.' 시
전체에서 비록 여자가 남편에게 함께 노래하자고 초청하는 태도를 묘사했지
만, 부부의 화목하며 행복한 분위기로 충만되어 있다.

역대 제가의 평설

《모시서 毛詩序》: "〈탁혜 蘀兮〉는 홀(忽)을 풍자했다. 임금이 약하고
신하가 강하니, 임금이 앞장서서 이끌지도 않는데도 신하가 화답을 한다."

《모전 毛傳》: "숙백(叔伯)은 여러 신하의 순서를 말한다. 임금이 앞장서니
신하가 화답한다."

주희(朱熹) 《시집전 詩集傳》: 이것은 음녀의 노래다. 말하자면 탁혜탁혜

(탁혜탁혜(蘀兮蘀兮)는 바람이 장차 너에게 분다는 것이고, 숙혜백혜(叔兮伯兮)는 나에게 노래하면 왜 내가 너에게 화답하지 않겠는가 하는 말이다."

《전소 傳疏》: "창여(倡予)는 '내가 노래 부르면(여창 予倡)'이다. 여(予)는 나이고, 나는 임금이다. 그러므로 전(傳)에서는 '임금이 노래 부르면(군창 君倡)'으로써 내가 노래 부르면 (창여 倡予)을 해석했다. 화여(和女)는 '네가 화답하리라(여화 女和)'라는 뜻이다. 여(女)는 너이고, 너는 위아래의 여러 신하들(숙백군신 叔伯群臣)이다. 그러므로 전(傳)에서는 '신하들이 화답한다(신화 臣和)'로써 화여(和女)를 해석했다."

오개생(吳闓生) 《시의회통 詩義會通》: "내가 창도하면 네가 거기에 화답하여 같은 마음으로 임금을 도울 것을 바란 것이다."

진자전(陳子展) 《시경직해 詩經直解》: "〈탁혜 蘀兮〉는 낙엽을 영탄한 노래이다. 시의 뜻은 분명하니 왜곡된 말을 할 필요가 없다. 말할 수 있는 바는, 이것은 대개 서리 내린 추운 아침과 달 밝은 밤에 뜰앞의 나무 아래에서 백성들이 형처럼 아우처럼 한번 노래하고 한번 화답하면서 춤추고 노래하며 마음껏 즐기는 것을 지은 것이다. …… 〈탁혜·서 蘀兮·序〉에서 이르기를, '홀(忽)을 풍자함이다'라고 했으나 실제로 홀(忽)의 일과 무관하다. '삼가(三家)도 모두 이의가 없다' 《주전 朱傳》에서는 '이것은 음녀의 말이다.'라고 했다. 이제 살펴보니 시의 언어에는 외설된 뜻이 없으므로, 실제로는 그렇게 해석할 수 없다. 하해(何楷)가 말했다. '네가 비록 아주 음탕하여 숙혜(叔兮)라고 부르거나 또는 백혜(伯兮)라고 불러도 나는 응답하지 않겠다. 거의 사람이 지켜야할 도리가 아니고 다른 사람의 이와 뺨을 더럽히는 말이다!' 그는 《소전 蘇傳》, 《여기 呂記》, 《엄집 嚴緝》처럼 이것은 걱정하며 두려워하는 가사로써 대신들이 서로 약속하여 화합을 제창하고 국가의 어려움을 의논한 시라고 여겼다."

여관영(余冠英) 《시경선 詩經選》: "이 시는 여자가 사랑하는 사람에게 함께 노래 부를 것을 요구하며 쓴 것이다. 그녀는 바람이 불어 나뭇잎이 흩날리자, 당신이 먼저 노래하세요, 제가 화답하지요 라고 말한다. 시 전체의 분위기는 유쾌하다."

원매(袁梅)《시경역주 詩經譯注》: "이것은 한 여자가 사랑하는 사람과 함께 즐겁게 모였을 때에 부른 노래다."

원유안(袁愈荌), 당막요(唐莫堯)《시경전역 詩經全譯》: "여자가 사랑하는 사람에게 함께 노래할 것을 요구한 것이다."

번수운(樊樹雲)《시경전역주 詩經全譯注》: "이것은 한 수의 사랑 노래다. 깊은 가을, 한 농촌 처녀가 교외에 서서, 나뭇잎이 바람에 날려 떨어지는 것을 보고, 애인에게 노래하고 화답할 것을 요청하여, 그들의 순박하고 진실한 사랑을 표현했다."

김계화(金啓華)《시경전역 詩經全譯》: "남녀가 노래하고 화답하는 즐거움이다"

정준영(程俊英)《시경역주 詩經譯注》: "이것은 민간 집단의 가무(歌舞) 시다. 한 무리의 남녀가 즐겁게 노래하고 춤추는 장면을 묘사했다. 여자가 먼저 노래하자 남자가 이어서 합창한다."

고형(高亨)《시경금주 詩經今注》: "시의 주인공은 여자다. 그녀는 남자들에게 함께 노래할 것을 요구하였다. 청년들에게는 항상 이런 일들이 있다. 반드시 연애의 뜻이 있는 것은 아니다."

강음향(江陰香)《시경역주 詩經譯注》: "정나라의 임금은 약하고 신하는 강하자, 누군가가 나와서 구국을 제창할 것을 희망한 말이다."

3. 〈채록 采綠〉[소아 小雅]①

終朝采綠②	종조채록	아침 내내 모시풀을 캐도
不盈一匊③	불영일국	한 줌도 못 채우는구나
予髮曲局	여발곡국	내 머리 헝클어져서
薄言歸沐④	박언귀목	돌아가 머리 감아야지

終朝采藍⑤	종조채람	아침 내내 쪽풀을 캐도
不盈一襜⑥	불영일첨	앞치마 하나에도 차지 않는구나
五日爲期	오일위기	닷새면 돌아온다고 기약했건만
六日不詹⑦	육일불첨	엿새가 되어도 도착하지 않는구나

之子于狩	지자우수	그 사람 사냥을 할 적엔
言韔其弓⑧	언창기궁	그 활을 활집에 챙겨주고
之子于釣	지자우조	그 사람 낚시를 하면
言綸之繩⑨	언륜지승	그 낚싯줄을 추려줘야지

其釣維何	기조유하	낚은 것은 어떤 것일까
維魴及鱮⑩	유방급서	방어와 연어네
維魴及鱮	유방급서	방어와 연어라
薄言觀者	박언관자	보고 보아도 모자라네

시구 풀이

① 〈采綠 채록〉은 어떤 부인이 기일이 지나도록 돌아오지 않는 남편을
   그리워하는 시다.

② 綠(록): 식물 이름. 또는 조개풀이라고 부른다.

③ 匊(국): 즉 掬. 양손으로 받쳐 들다. 양손으로 물건을 받치다.

④ 沐(목): 머리를 감다.

⑤ 藍(람): 식물 이름. 염료를 만들 수 있다.
⑥ 襜(첨): 의복의 앞부분에 매는 앞치마.
⑦ 詹(첨): 도착하다.
⑧ 韔(창): 고대에 활을 담던 주머니.
⑨ 綸(륜): 고기를 낚을 때 쓰는 낚싯줄.
⑩ 魴(방): 물고기. 외관은 모살치와 비슷하고, 몸이 납작하다. 은회
색이며, 가슴부분은 좀 평평하고, 배 부분의 가운데가 높이 솟아
올랐다. 담수에서 살고, 고기 맛이 대단히 좋다.
鱮(서) : 연어.

감상과 해설

〈采綠 채록〉 이 시는, 어떤 부녀자가 남편이 밖에 나가서 기일이 지나도록
돌아오지 않자 그리움의 정을 표현한 시다.

시 전체는 4장이다.

제 1장은 그녀가 남편을 그리워하기 때문에 조개풀을 캘 마음이 없음을
썼다. 아침내내(동틀 무렵부터 아침식사 때까지의 시간) 캐어도 캔 것이
많지 않아서, 양손을 모아서 받쳐들만큼도 안된다. 그녀는 남편이 반드시
오늘 돌아올 것이라고 생각한다. 자신도 머리를 빗고 세수하며 단장하여
돌아오는 남편을 기다려야 한다고 생각한다.

제 2장은 그녀가 "아침 내내 쪽풀을 캐도, 종조채람 終朝采藍" 의복 앞부분
에 매여있는 앞치마에 담아도 차지 않는다고 썼다. 이것은 그녀가 남편을
그리워하여, 쪽풀을 캘 마음이 없기 때문이다. 남편이 떠날 때에는 "닷새면
돌아온다고 기약했건만, 오일위기 五日爲期"이라고 말했지만, 엿새가 되어
도 여전히 그림자도 보이지 않는다. 그녀가 어제 조개풀을 캘 때에는 남편이

돌아올 것을 예측하여, 집으로 돌아가 머리 빗고 세수하고 단장을 하였다. 결국 남편은 기일이 지나도 돌아오지 않고, 자기만 헛되이 한바탕 단장을 한 것이다. 오늘 쪽풀을 캘 때에도 남편에 대한 염려만 더해질 뿐, 캘 마음은 없다.

제 3장은 그녀가 기다리는 남편이 돌아온다면, 사냥이나 낚시를 막론하고, 언제나 그와 함께 있겠다는 결심을 썼다. 남편이 만약 사냥을 나가면 그를 위하여 활과 화살을 들어주고, 남편이 만약 낚시를 나가면 그를 도와서 낚시줄을 정리할 것이다. 요컨대, 그가 어디에 있든지 다시는 그와 떨어지지 않을 것이다.

제 4장은, 그녀가 남편의 낚시하는 광경을 상상하여 스스로 본 것처럼 썼다. 그녀는 남편이 한번은 방어를 낚고, 또 한번은 연어를 낚는 것을 보고 있다. 그녀는 남편이 낚시하는 것을 보고 있는 것이 남편을 지키는 것이라고 생각한다. 그래서 보고 또 보아도 성이 차지 않는다.

이 시의 앞부분 두 장에서 조개풀을 캐는 아내가, 남편이 집을 떠난 이후의 그리움을 썼다. 그녀는 남편이 집으로 돌아오기를 한시도 지체하지 않고 기다리지만, 그가 기일이 지나도록 돌아오지 않자 원망을 품고 있다. 뒷부분의 두 장은 남편이 돌아온 이후의 생활을 구상한 것이다. 그녀는 남편과 같이 사냥하고 함께 낚시하는 즐거움을 누릴 것을 결심한다. 마지막 장은 비록 낚시하는 것을 썼지만, 사냥하는 것을 쓰지는 못했다. 그러나 남편의 모든 활동 안에 사냥하는 것도 포함되어 있다. 그녀가 모든 것을 함께 할 수 있다는 것은 상상을 통해서 알 수 있다. 앞의 두 장은 이별의 고통을 썼는데 이것은 사실을 쓴 것이다. 뒤의 두 장은 함께하는 즐거움을 썼는데 이것은 허구를 쓴 것이다. 사실과 허구가 대비되어 조개풀을 캐는 부인의 남편에 대한 그리움의 정을 두드러지게 표현했다.

역대 제가의 평설

《모시서 毛詩序》: "〈채록 采綠〉은 배우자가 없는 남녀들을 풍자한 시다. 유왕(幽王)의 시기에 배우자가 없는 남녀들이 많았다."

정현(鄭玄)《모시전전 毛詩傳箋》: "배우자가 없는 사람은 남편이 부역을 나가 기일이 지났기 때문이다. 그래서 그것을 풍자한 내용은, 단지 근심하고 생각하는 것을 비방한 것뿐 아니라 남편을 좇아서 외역으로 가려는 것은 예가 아니라는 데 있다."

주희(朱熹)《시집전 詩集傳》: "아내가 그 남편을 그리워하는 것이다. 아침내내 조개풀을 캐고도 한 줌이 안되는 것은 그리움이 깊어 일에 전념할 수 없음을 말한 것이다. 또한 그 머리가 헝클어지자 조개풀을 캐는 것을 멈추고 집으로 돌아가 머리를 감고 돌아올 남편을 기다리고자 한 것이다."

방옥윤(方玉潤)《시경원시 詩經原始》: "유왕(幽王)의 시대에 정치가 번잡하고 세금이 과중하자, 징집당한 남편이 오래도록 밖에서 노역하며 기일이 지나도록 돌아오지 않았다. 그러므로 그 아내가 그를 생각함이 이와 같았다. …… 비록 왕정에 대한 말은 한마디도 없지만, 왕정이 백성들을 고통스럽게 한 것은 언어 밖에서 저절로 드러난다. 그러므로 풍자라고 일컫는다."

진자전(陳子展)《시경직해 詩經直解》: "〈채록 采綠〉은 남편이 부역을 나가서, 기일이 지나도 돌아오지 않자, 부인이 원망하여 지은 것이다.《서 序》의 학설이 틀리지 않다. '삼가(三家)의 뜻은 아직 들어보지 못했다.'

주자(朱子)는《변설 辨說》에서 말했다. '이 시는 배우자가 없는 사람들이 스스로 지은 것이지, 다른 사람이 그것을 풍자한 것이 아니다. 또한 배우자가 없는 사람들이 윗사람을 풍자한 것도 아니다.' 이것은《서 序》의 말을 반박한 것이다.

진계원(陳啓源)은 '《서 序》에서는 배우자가 없는 사람들을 풍자한 것이다라고 말했는데, 이는 그 시대에 배우자가 없는 사람들이 많았음을 풍자한 것이라고 여겼을 뿐이다. 부역으로 징집을 당해 기일이 지난 것은 왕정이 실패한 것이다. 그러므로 그것을 반복하여 말하였다고 했다. 유왕(幽王)의 시기에는 배우자가 없는 사람들이 많았다. 즉 배우자가 없는 사람들을 풍자하는 것은 바로 유왕(幽王)을 풍자하는 것이다.' ……

《공소 孔疏》와 강병장(姜炳璋)의 《광의 廣義》에 이르기까지 '이 시는 아내가 지은 것이다.'라고 여겼다.

공등(龔橙)의 《시본의 詩本誼》에서 '이것은 〈소아 小雅〉 중에서 서주(西周) 민요의 하나라고 여겼다. 모두 틀리지 않다고 말할 수 있을 것 같다."

여관영(余冠英) 《시경선 詩經選》: "시 에서 여주인공은 남편이 나가서 기일이 지나도록 돌아오지 않자, 걱정하는 마음을 달래기 어렵다. 그녀는 기다리던 남편이 돌아온 이후에는 사냥이나 낚시를 막론하고 모두 그와 함께 하여 다시는 떨어지지 않을 것을 결심하게 된다."

강음향(江陰香) 《시경역주 詩經譯注》: "이것은 아내가 집에서 남편을 그리워하는 것이다. 왜냐하면 그가 약속한 기일이 지나도록 오랫동안 돌아오지 않기 때문이다."

고형(高亨) 《시경금주 詩經今注》: "시의 주인공은 어떤 아내로서, 밖에 나간 남편에 대한 그녀의 간절한 그리움을 썼다. 또한 남편이 돌아온 후, 사냥하고 낚시할 때 그를 위하여 공구를 정리하고, 그와 함께 낚시하는 것을 구상하는 것은 남편에 대한 그녀의 진실한 사랑을 반영한다."

김계화(金啓華) 《시경전역 詩經全譯》: "남편이 외출하여 기일이 지나도록 돌아오지 않자, 아내의 근심이 그치지 않는다. 남편이 돌아와서 낚시하고 사냥하는 즐거움을 상상하고 있다."

    정준영(程俊英) 《시경역주 詩經譯注》: "이것은 한 아내가 외출한 남편을
그리워하는 시다. 남편이 기일이 지나도록 돌아오지 않자, 그녀는 조개풀을
캐거나 쪽을 캐는 데는 마음이 없고 또한 단장하는 데도 마음이 없다.
그녀는 만약 남편이 돌아오면 서둘러 씻고 단장하여 환영하고, 그가 사냥하
고 낚시할 때 함께 하여, 어느때고 그와 함께 서로 떨어지지 않을 것을
상상하고 있다."

    원유안(袁愈荌), 당막요(唐莫堯) 《시경전역 詩經全譯》: "남편이 기일이
지나도록 도착하지 않자 아내가 그리워하며 지은 것이다."

    번수운(樊樹雲) 《시경전역주 詩經全譯注》: "이것은 남녀의 애정시다.
시는 한 처녀가 한 남자를 연모하여 낮이나 밤이나 생각하는 것을 썼다.
심리를 매우 세심하게 묘사했다."

二

현처(賢妻: 어진 아내)

아내는 한 가정의 주부로서, 가정생활의 중요한 지위를 차지한다. 위로는 노인을 모셔야하고, 아래로는 아이들을 정성껏 키워야 한다. 남편에게는 두루두루 배려하여 세세한 것까지 극진히 돌보아야 한다. 중국에서 일하는 아내에게는 예로부터 "현처양모 賢妻良母"의 아름다운 이름이 있었다.

〈여왈계명 女曰鷄鳴〉(정풍 鄭風)에서 한 쌍의 사냥꾼 부부는 서로 아끼고 사랑한다. 특히 아내는 남편에 대한 관심과 돌보는 것이 미세한 곳까지 이르지 않음이 없어 가정 생활을 매우 행복하게 꾸려 나간다. 이른 아침 그녀는 남편을 재촉하여 깨운다. 남편이 사냥하고 돌아오면, 그녀는 포획물을 입에 맞는 맛있는 요리로 만들어 남편과 함께 술을 마시며 맛본다. 남편은 아내에게 매우 만족하고 대단히 감격한다.

〈계명 鷄鳴〉(제풍 齊風)에서 한 부녀자는 매일같이 남편이 아침에 지각할까 봐 걱정하여 밤새 잠도 제대로 자지 못한다. 하늘이 아직 밝지 않았는데도, 그녀는 깨어나 파리 소리를 닭 소리로 착각하고, 달빛을 햇빛으로 착각하여 몇 번이나 남편을 재촉하여 깨운다. 그녀는 남편에게 잠을 탐하지 말라고, 지각해서 다른 이들의 비평과 비웃음을 초래하지 말라고 충고한다.

〈초료 椒聊〉(당풍 唐風) 이 시는 산초나무로써 한 현명한 아내를 비유한다. 시인은 그녀가 산초나무와 같이 높고 크고 견실하다고 찬미한다. 산초나무의 열매처럼 자식이 많고 행복함을, 산초나무의 향기처럼 자애롭고 아름다운 이름이 사방으로 퍼짐을 찬미하고 있다.

1. 〈여왈계명 女曰鷄鳴〉[정풍 鄭風]①

女曰鷄鳴	여왈계명	아내가 말하기를 "닭이 우네요",
士曰昧旦②	사왈매단	남편이 말하기를 "하늘이 아직 어두워요"
子興視夜③	자흥시야	"당신 일어나서 하늘을 좀 보세요
明星有爛④	명성유란	샛별이 반짝이고 있어요"
將翱將翔⑤	장고장상	"밖에 나가 돌아다니며
弋鳧與雁⑥	익부여안	들오리 기러기를 쏘아 잡겠소"
弋言加之⑦	익언가지	"그것들을 쏘아 맞춘 다면
與子宜之⑧	여자의지	당신을 위해 요리를 만들지요
宜言飮酒	의언음주	요리를 만들어 놓고 술 마시며
與子偕老	여자해로	당신과 백년해로 하리오
琴瑟在御⑨	금슬재어	거문고와 비파도 옆에 있으니
莫不靜好⑩	막불정호	화목하지 않음이 없지요"
知子之來之⑪	지자지래지	"당신이 살뜰히 돌보는 줄 아니
雜佩以贈之⑫	잡패이증지	온갖 패옥으로 선물 하리오
知子之順之⑬	지자지순지	당신의 유순함을 아니
雜佩以問之⑭	잡패이문지	온갖 패옥으로 선사 하리오
知子之好之⑮	지자지호지	당신의 사랑함을 아니
雜佩以報之	잡패이보지	장신구로 보답하리오"

시구 풀이

① 〈女曰鷄鳴 여왈계명〉은 부부간의 연구(聯句: 각자가 한 구씩 이어
   가며 지은 시)시다.
   鄭風(정풍): 정나라의 민간 가요.
② 昧旦(매단): 날이 밝아지려 하지만 아직 밝지 않을 때.
③ 興(흥): 잠자리에서 일어나다.

　　視野(시야): 날이 얼마나 밝은지 어두운지 살펴보다.

④ 明星(명성): 금성(金星)이다. 이른 새벽에는 금성이 동쪽에 나타나
　는데 이를 계명성 혹은 명성이라고 부른다.

　　有爛(유란): 반짝반짝 빛나다. 환하다. 하늘이 밝아올 때는 별들이
　어슴푸레한데, 유독 계명성만이 더욱 환하게 빛난다.

⑤ 翶翔(고상): 본래는 새가 나는 모양이나, 여기서는 가탁하여 사람
　이 밖에 나가 돌아다니는 것을 가리킨다.

⑥ 弋(익): 옛날에 견사로 끈을 만들어 화살 앞에 매어 새를 쏘는 것
　을 "익(弋)"이라고 부른다.

　　鳧(부): 들오리.

⑦ 言(언): 조사.

　　加(가): 쏘아 맞추다.

⑧ 宜(의): 요리하다.

⑨ 在御(재어): 옆에 있다.

⑩ 靜好(정호): 화목하다.

⑪ 子(자): 이 장의 "子(자)"는 모두 아내를 가리킨다.

　　來(래): 온화하고 부드러우며 자상하게 돌보다.

　　뒤의 "之(지)": 어기사. 아래 모두 동일하다.

⑫ 雜佩(잡패): 옛날 사람들이 몸에 찼던 장신구.

⑬ 順(순): 유순하다.

⑭ 問(문): 증정하다. 선사하다.

⑮ 好(호): 사랑하다.

감상과 해설

〈여왈계명 女曰鷄鳴〉이 시는 부부가 아침에 일어나기 전후에 서로 간단한 대화를 통하여, 이 부부간의 애정과 화목한 가정생활을 반영한 것이다.

시 전체는 모두 3장이다.

제 1장은 남편과 아내의 대화를 썼다. 아내가 말하길 : "닭이 울었어요." 남편이 말하길 : "날이 아직 밝지 않았소." 아내가 말하길 : "일어나 하늘을 보세요. 샛별이 저렇게 밝아요." 남편이 자리에서 일어나면서 말하기를 : "밖에 나가 들오리와 기러기를 잡아야겠소."

제 2장에서는 아내가 남편에게 말한 것을 썼다 : "당신이 만약 들오리와 기러기를 쏘아 맞춘다면, 나는 당신에게 맛있는 요리를 만들어 드릴께요. 우리 함께 술 마시고 거문고 타고 비파를 연주하며 우리 부부의 사랑과 백년해로를 축원해요."

제 3장에서는 남편이 돌아와서 아내에게 한 말을 썼다 : "나는 나에 대한 당신의 살뜰한 보살핌과 따뜻하고 상냥함, 사랑을 알고 있소. 나는 당신에게 패옥을 주어 당신에 대한 사랑을 표시하겠소."

이 애정시는 한 쌍의 청춘부부의 간단한 대화를 통해, 그들 서로간의 화목한 가정 생활을 반영하였고, 순수하고 아름다운 사랑의 감정을 표현하였다. 시에서 묘사한 내용을 보면, 그 둘은 한 쌍의 사냥꾼 부부일 수 있다. 그들은 부지런히 일하고 소박하여 닭울음 소리를 듣고 일어나, 하루의 일을 시작하고, 자신들의 두 손으로 행복한 생활을 창조한다. 동시에 이 부부는 남존여비의 예교 관념이 없고, 서로간에 공경하고 사랑하며 돕고 격려하며, 같이 일하면서 행복한 가정을 세운다.

역대 제가의 평설

《모시서 毛詩序》: "〈여왈계명 女曰鷄鳴〉은 덕을 기뻐하지 않음을 풍자한 것이다. 옛 뜻을 진술하여 지금을 풍자한 것은 덕을 기뻐하지 않고 색을 좋아했기 때문이다."

공영달(孔穎達) 《모시정의 毛詩正義》: "장공(莊公)의 시대에 조정의 선비들이 덕 있는 군자를 기뻐하지 않았다. 그러므로 이 시를 지어 옛날의 현명한 선비는 덕을 좋아하고 색을 좋아하지 않은 뜻을 말함으로써, 지금 조정의 선비들이 덕 있는 빈객을 기뻐하지 않고 아름다운 색을 좋아하는 자가 있음을 풍자한 것이다. …… 제1장은 먼저 옛 사람이 미색을 좋아하지 않음을 말하고, 다음 장은 덕이 있는 자를 좋아함을 말한다. 그러나 덕 있는 자를 기뻐하지 않음을 위주로 지었기 때문에 서(序)에서는 덕을 기뻐하지 않음을 풍자하여 말한 것이라고 지적하였다."

주희(朱熹) 《시서변설 詩序辨說》: "이 시 역시 옛 뜻을 진술하여 지금을 풍자한 뜻이 보이지 않는다."

엄찬(嚴粲) 《시집 詩緝》: "옛날에 부부는 서로 잘못을 고치도록 경계하면서 부지런히 살았다. 또 마음을 함께하여 화목할 수 있었다. 덕을 좋아하고 색에 음란하지 않았다."

요제항(姚際恒) 《시경통론 詩經通論》: "단지 부부안방(침실)의 시다. 그러나 이 남자와 아내의 현명함이 보인다."

문일다(聞一多) 《풍시유초 風詩類抄》: "신혼을 즐거워한 것이다."

진자전(陳子展) 《시경직해 詩經直解》: "〈여왈계명 女曰鷄鳴〉은 사냥꾼 가정의 부부가 이른 새벽에 일상적인 가정 생활에 관계된 것을 묻고 답하는 것을 서술한 시다. 시의 뜻은 분명하다. 가요로부터 채집한 것이다. 이 시의 사냥꾼은 흡사 〈숙우전 叔于田〉의 사냥꾼처럼 당시 사회의 무사로서 선비 계층에 속한 것이 분명하다. 그러나 집에 거문고와 비파를 가지고 있고, 옥석의 장신구를 다른 사람에게 주는 것으로 보아 아래로는 결코 서인과 같지 않음을 알 수 있다. 또한 닭울음에 일어나고 들오리와 기러기를 잡는 것을 보아 위로는 대부에 오르지 못함을 알 수 있다. 《시서 詩序》는 아마도 시를 채집한 의미와 시의 교화의 의미에서 본 것 같다. 송나라 유학자 주희의 일설에 옛날 현명한 부부가 서로 잘못을 고치도록 경계한 시라고 했으니 바로 《서 序》의 학설과 크게 어긋나지는 않는다."

여관영(余冠英) 《시경선 詩經選》: "이 시는 시에 나오는 인물의 대화를 통해 한 쌍의 부부가 일을 분담하고, 서로 사랑하며, 화목하고 따뜻하게 생활하는 것을 썼다."

원매(袁梅) 《시경역주 詩經譯注》: "이것은 아내와 남편의 베갯머리 수다이다. 감정이 소박하고 진지하다."

원유안(袁愈荌), 당막요(唐莫堯) 《시경전역 詩經全譯》: "사냥꾼 부부가 서로 경계하여 일찍 일어나고 서로 사랑하는 것이다."

번수운(樊樹雲) 《시경전역주 詩經全譯注》: "이것은 부부가 서로 사랑하는 한 편의 대화를 서술한 시다. 시 전체는 소박한 대화를 통하여 사냥꾼 가정의 평안하고 고요하며 화목하고 행복한 것을 표현하였다."

김계화(金啓華) 《시경전역 詩經全譯》: "남녀가 함께 생활하는 즐거움이다."

강음향(江陰香) 《시경역주 詩經譯注》: "이것은 현명한 아내가 남편을 경계한 말이다."

고형(高亨) 《시경금주 詩經今注》: "이 시는 사대부 계층에 있는 한 쌍의 부부의 생활을 서술한 것이다. 시 전체를 통해 대화의 형식을 사용하였다."

정준영(程俊英) 《시경역주 詩經譯注》: "이것은 신혼 부부의 연구시(聯句

詩)다. 시에 사용된 대화와 연구의 형식은 한 쌍의 신혼 부부가 의기투합하는 즐거운 가정 생활을 표현하고 있다. 시의 대화와 연구(聯句)의 형식은 후세 시가에 끼친 영향이 크며, 연구시(聯句詩)의 원조로 높일 만하다."

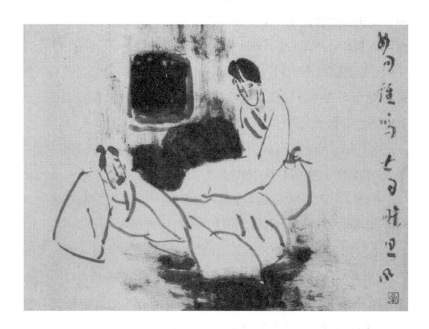

2. 〈계명 鷄鳴〉[제풍 齊風]①

鷄旣鳴矣	계기명의	"닭이 벌써 울었어요
朝旣盈矣②	조기영의	조정엔 이미 가득찼겠어요"
匪鷄則鳴③	비계즉명	"닭이 우는 소리가 아니오
蒼蠅之聲④	창승지성	쉬파리 소리일거요"

東方明矣	동방명의	"동녘이 밝았어요
朝旣昌矣⑤	조기창의	조정엔 벌써 많이 모였겠어요"
匪東方則明	비동방즉명	"동녘이 밝은 것이 아니오
月出之光	월출지광	달이 떠서 비치는 것이요"

蟲飛薨薨⑥	충비횡횡	"벌레가 윙윙 나는데
甘與子同夢⑦	감여자동몽	당신과 함께 누워 단꿈 즐기고 싶소"
會且歸矣⑧	회차귀의	"조회가 끝나 벌써 돌아가려는데
無庶予子憎⑨	무서여자증	남들이 당신을 미워하지 않기를"

시구 풀이

① 〈鷄鳴 계명〉이 시는 한 남편과 한 아내의 대화이다.

　齊風(제풍) : 춘추시대 제나라(지금의 산동성 태산 이북)의 시가.

② 朝(조): 조당(朝堂) 임금과 신하가 회합하는 곳.

　盈(영) : 가득차다. 조정에 나아가는 사람들이 다 모인 것을 가리킨다.

③ 匪(비): "非(비)"와 같다. 아니다.

　則(즉) : 之(지), ～이, ～가.

④ 이상의 두 구는 남편이 아내에게 답하는 것이다. 시간이 아직 이르다는 것을 말한다.

⑤ 昌(창): 대단히 많다. 사람이 많음을 가리킨다.

⑥ 薨薨(횡횡): 벌레들이 나는 소리. "쇠파리 소리(蒼蠅之聲 창승지 성)"를 가리키는 것과 같다.

⑦ 甘(감): 좋아하다. 기뻐하다.

⑧ 會(회): 조회.

　旦(차) : 곧, 장차.

　歸(귀) : 조회가 끝나 돌아가는 것을 가리킨다.

⑨ 庶(서): ～을 바라다. 희망을 지니고 있는 뜻. 無庶(무서)는 "庶無 (서무)"의 도치문이다. ～을 바라지 않는다.

　予(여): "與(여)"와 같다. 베풀어주다.

　子(자): 남편을 가리킨다.

　憎(증): 미워하다.

감상과 해설

〈계명 鷄鳴〉은 아내가 남편을 일찍 일어나도록 재촉한 시다. 남편이 침대를 차마 떠나지 못하자, 아내는 그가 아침 조회에 늦을까봐 걱정되어 일어나도록 재촉한다.

시는 3장으로 나뉜다.

제 1장은 아내가 쇠파리의 윙윙거리는 소리를 듣고, 멀리서 닭이 우는 소리로 오인하여, 일찍이 조회에 나아가는 사람들이 벌써 다 도착하였다고 생각했기 때문에 남편이 일어나 조회에 가도록 황망히 재촉한 것을 썼다.

제 2장은 아내가 방밖의 밝은 달빛을 보고, 날이 이미 훤히 밝았다고 오인하여, 조회에 나아가는 사람들이 조당에 가득 찼을 것이라고 예상해서, 남편이 일어나 조회에 나가도록 다시 한번 급하게 재촉한 것을 썼다.

제 3장은 아내가 남편이 일어나도록 세 번째 재촉한 것을 썼다. 남편이

말하기를 "잠이 오게 하는 벌레 소리 속에서 나는 당신과 함께 꿈나라로 가는 것이 좋겠소." 라고 할 때, 아내는 남편을 일깨우며 말했다. "사람들이 모두 조회가 끝나 돌아가기 전에 빨리 가보세요. 모두가 당신을 미워하지 않게 하세요."

시에서 묘사된 아내는 남편이 아침 조회시간에 늦을까 봐 걱정하여 밤새도록 편안하게 잠잘 수 없었다. 파리 소리를 닭울음 소리로 오인하고, 달빛을 햇빛으로 오인하여, 남편이 일어나도록 몇 번이나 재촉하는 것은 남편에 대한 관심을 표현한 것이다.

예술 형식상에서 보면 이 시는 묻고 답하는 연구체(聯句體)다. 대체로 조회를 언급한 구절은 모두 아내가 말한 것이고, 능글맞게 일어나려고 하지 않는 이유는 모두 남편이 말한 것이다. 아내가 밤새도록 잠자기 어려운 것을 묘사하면서 먼저 귀에 들리는 소리가 있고, 나중에 눈으로 보이는 빛이 있어서라는 것을 두 장으로 나누어 썼다.

아내가 남편이 일어나도록 재촉한 것을 묘사하면서 먼저 "旣盈(기영)"(사람들이 모두 모였다)라고 말하고, 다음에 "旣昌(기창)"(사람들이 가득 찼다)라고 말하고, 나중에는 "且歸(차귀)"(사람들이 돌아가려고 한다)라고 말하여 세 장으로 나누어 썼다. 층층이 전진하면서 과장의 말이 차츰차츰 격상되어 남편의 긴장을 일으킨다.

마지막 구의 "남들이 당신을 미워하지 않기를 …… (無庶予子憎 무서여자증)"은 남편의 앞길과 사업에 대한 아내의 관심을 더욱 표현하고 있다.

시에서 아내와 남편은 군왕과 왕비이거나 혹은 대부와 부인일 수 있다. 그러나 시 전체에서 묘사하고 있는 것은 잠에서 차마 일어나지 못하는 남편이나, 남편이 일어나기를 재촉하는 아내의 사정은 오히려 아주 부유한 생활의 기색이 있고 부부간의 진지한 애정을 표현하고 있다.

74   二. 현처(賢妻: 어진 아내)

역대 제가의 평설

《모시서 毛詩序》: 〈계명 鷄鳴〉은 어진 왕비를 그리워한 것이다. 애공(哀公)이 방탕한 생활을 하며 태만하였으므로 어진 왕비와 정숙한 여인들이 밤낮으로 잘못을 고치도록 경계하여 서로 잘 되도록 하는 길을 말하고 있다."

공영달(孔穎達)《모시정의 毛詩正義》: "〈계명 鷄鳴〉 시를 지은 것은 어진 왕비를 그리워한 것이다. 그것을 그리워하는 까닭은 애공(哀公)이 주색에 빠지고 나랏일에 태만했지만 안으로는 서로 경계할 것을 말하는 어진 왕비가 없었기 때문이다. 군자가 이와 같은 것을 보고 이 시를 지었는데, 옛날의 어진 왕비와 정숙한 여인들이 밤낮으로 남편을 경계하여 서로 보탬이 되는 길을 말하였다.

주희(朱熹)《시집전 詩集傳》: "옛날의 어진 왕비는 임금의 처소에서 모시고 있으면서 날이 새려고 할 때가 되면 반드시 임금에게 고하였다. '닭이 벌써 울었습니다. 조회에 신하들이 가득할 것입니다.' 이는 임금으로 하여금 일찍 일어나 조회를 보도록 하려는 것이다. 그러나 사실은 닭이 운 것이 아니라 쇠파리의 소리였다. 대개 어진 왕비는 아침 일찍 일어났을 때 마음속으로 늦는 것을 걱정하여 그와 비슷한 것을 듣고도 진짜라고 여겼다. 그 마음속에 경외함을 지니지 않고 편안해지려는 욕심을 버리지 않았다면 어떻게 이렇게 할 수 있겠는가? 그러므로 시인이 그 사실을 서술하고 찬미한 것이다."

요제항(姚際恒)《시경통론 詩經通論》: "이 시의 중요한 요점에 대해서 나는 엄씨(즉, 엄찬 嚴粲)의 설을 따른다. 엄씨의 말을 빌린다. '옛 학설에서는 이렇게 여겼다. 옛날의 어진 왕비가 그 남편을 깨워 아침에 일찍 일어나게 하려다가 쇠파리 소리를 닭울음 소리로 오인하였다.'"

　진자전(陳子展)《시경직해 詩經直解》: "〈계명 鷄鳴〉은 시인이 왕비와 임금의 문답을 만들어서 밤낮으로 경계하고 임금이 아침에 늦게 일어나는 것을 풍자하여 지은 것이다. 고문《모서 毛序》의 학설은 완전히 이 시와 합치된다고 말할 수 있다. …… 송 유학자 이래로 새로운 의론은 보이지 않는다.《공소 孔疏》가《정보 鄭譜》를 인용한 것에 따르면 '주나라 무왕(武王)이 주(紂)를 정벌하고, 태사(太師) 여망(呂望)을 제(齊) 땅에 봉하니, 이것을 제태공이라 이른다. 후세 5대[태공(太公), 정공(丁公), 을공(乙公), 규공(癸公)까지 모두 4대]인 애공(哀公)이 정치를 쇠퇴시키고 방탕하며 태만하였다. 기후(紀侯)가 주나라에 그것을 참소하자 의왕(懿王)이 애공을 팽(烹)시키도록 했다. 이에 제나라 사람들이 〈변풍 變風〉을 비로소 짓기 시작했다."

　전종서(錢鍾書)《관추편 管錐編》: "가만히 생각해보니 남녀가 대답하는 말을 지은 가사는 더욱더 흥취를 풍요롭게 한다. 여자가 남자를 일어나도록 재촉하지만, 남자는 오랫동안 머무르고 싶어한다. 여자가 닭이 울었다고 말하자, 남자는 그것을 반박하여 쇠파리 소리라고 말한다. 여자가 동녘이 밝았다고 말하자, 남자는 그것을 반박하여 달빛이라고 말한다. 이 또한 〈여왈계명 女曰鷄鳴〉시의 남자와 여자의 대답과 같다."

　주석복(周錫馥)《시경선 詩經選》: "이것은 부부가 대답하는 말이다. 남자는 아마도 관직에 있는 것 같은데 아내가 몇 번이나 재촉을 했어도 여전히 더 자고 싶어하고 일어나지 않는다. 결과적으로 아침 조회에 늦게 되었다."

　정준영(程俊英)《시경역주 詩經譯注》: "이것은 아내가 남편을 일찍 일어나도록 재촉한 시다. 남편이 조회에 나아가야 하는 것은 사대부이기 때문이다. 전체 시가 〈여왈계명 女曰鷄鳴〉과 같이 모두 묻고 답하는 연구체(聯句体)

를 쓰고 있다."

김계화(金啓華)《시경전역 詩經全譯》: "남편이 일어나 아침 조회에 가도록 아내가 재촉하는 것은 부부가 사모하는 모습의 대화다."

여관영(余冠英)《시경선 詩經選》: "이것은 부부간의 대화다. 남편이 잠자리에 눌러있자 아내는 그 아침 조회에 늦는 것을 걱정하여 거듭 남편이 일어나도록 재촉한다."

육간여(陸侃如)《중국시사 中國詩史》: "주나라 시대의 사랑 노래에서 어떤 것은 대창(對唱)의 기법을 채용했는데 〈제풍 齊風・계명 鷄鳴〉과 같은 것이다."

원매(袁梅)《시경역주 詩經譯注》: "이것은 주대의 한 관리와 아내의 안방 대화로써, 착취계급 인물의 내면 세계의 공허와 추악을 반영했다."

고형(高亨)《시경금주 詩經今注》: "이 시는 임금의 아내가 이른 아침 임금을 재촉하여 아침 조회에 나가도록 권면하지만, 임금은 더 자고 싶어서 일어나지 않으려 하는 것을 썼다."

강음향(江陰香)《시경역주 詩經譯注》: "옛날에 어진 왕비가 임금으로 하여금 일찍 일어나 조회를 보도록 권한 시라고 한다. 일설에는 현명한 아내가 남편을 권면하여 일찍 조회에 가도록 한 것이라고 한다."

원유안(袁愈荌), 당막요(唐莫堯)《시경전역 詩經全譯》: "아내가 남편을 재촉하여 일찍 일어나 조회에 가도록 재촉한 것이다. 이 시의 의도는 조정에 있는 자들이 방탕한 생활을 하며 나태한 것을 풍자하는 데 있다."

번수운(樊樹雲)《시경전역주 詩經全譯注》: "이것은 한 수의 풍자시다. 한 쌍의 귀족 부부가 날 밝기 전에 하는 대화를 통하여 귀족의 음란하고 부패함을 풍자했다."

3. 〈초료 椒聊〉[당풍 唐風]①

椒聊之實②	초료지실	산초의 송이진 열매여
蕃衍盈升	번연영승	번창하게 열려 됫박에 가득 차네
彼其之子	피기지자	저기 저 사람은
碩大無朋③	석대무붕	건장하여 견줄 데가 없네
椒聊且	초료저	산초 송이여
遠條且④	원조저	그 향기가 멀리도 퍼지는구나

椒聊之實	초료지실	산초의 송이진 열매여
蕃衍盈匊⑤	번연영국	번창하게 열려 한 웅큼가득차네
彼其之子	피기지자	저기 저 그 사람은
碩大且篤⑥	석대차독	건장하고 키도 크다네
椒聊且	초료저	산초의 송이여
遠條且	원조저	그 향기가 멀리도 나는구나

시구 풀이

① 〈椒聊 초료〉: 아내를 찬미한 시다.

唐風(당풍): 춘추시대 당나라[후에 진(晋) 나라로 바뀌었다. 옛 땅은 지금의 산서성 익성(翼城) 일대]의 시가.

② 椒(초): 후추. *花椒(화초): 산초.

聊(료) : 모으다. 초목의 열매가 모여 관목을 이루는 것을 료(聊)라고 부른다.

③ 無朋(무붕): 비할 데가 없다.

④ 條(조): 멀다.

遠條(원조) : 향기가 멀리까지 냄새가 나는 것을 가리킨다.

⑤ 匊(국): 두 손을 합쳐 받들다.

⑥ 篤(독): 비대하다.

감상과 해설

〈초료 椒聊〉는 산초로써 한 부녀자를 비유한 시다.

전체 시는 2장으로 나뉜다.

제 1장의 맨 처음 두 구인 "산초의 송이진 열매여 번창하게 열려 됫박에 가득 차네, 초료지실 번연영승 椒聊之實 蕃衍盈升"은 산초나무의 열매가 동그랗게 송이를 이루어, 그 속에 쌓여있는 열매는 족히 한 되가 된다는 것을 묘사하였다. 세 번째, 네 번째 구인 "저기 저 사람은 건장하여 견줄 데가 없네, 피기지자 석대무붕 彼其之子 碩大無朋"은 부인이 키가 커서 견줄 데가 없고, 신체와 정신이 건장함을 찬미한 것이다. 다섯 번째, 여섯 번째 구인 "산초 송이여 그 향기가 멀리도 퍼지는구나, 초료저 원조저 椒聊且. 遠條且)"는 산초나무의 향기가 멀리 멀리 날리는 것을 말한다.

시에서 시인은 특별히 산초나무의 두 가지 특징을 묘사했다. 첫 번째는 열매가 많은 것이고, 두 번째는 향기가 사방으로 흘러 넘치는 것이다. 옛날 사람들은 자식이 많은 것을 복이라고 여겼다. 따라서 시인은 자식이 많은 것과 꽃다운 향기의 산초나무를 가지고 "건장하여 견줄 데가 없는(碩大無朋)" 부녀자를 비유하였다. 시의 뜻은 그녀가 후추나무와 같이 자손이 많고 다복하며, 그녀의 명성이 산초나무의 향기와 같이 사방으로 휘날리는 것을 설명하고 있다.

제 2장에서 말하는 것은 산초나무의 열매가 동그랗게 송이를 이루며, 그 속에 쌓여 있는 열매는 족히 한 웅큼이 넘치도록 있다는 것이다. 사람들은 "건장하고 키도 큰(碩大且篤)" 부녀자(옛날 사람들은 살찌고 큰 것을 아름다움으로 여겼다. 본 시에서 찬미되는 부녀는 임산부일 수 있다)가 양육한 자녀가 많음을 칭찬했다. 그녀의 좋은 명성은 산초나무의 향기처럼 멀리멀리 흩날린다.

중국의 고대에 산초는 아름다운 물건에 속하여 항상 여자를 비유하는데 쓰였다. 이 시에서도 한 부녀자를 산초에 비유하여 그녀의 굵은 허리와 큰 몸집을 찬미하였으며, 또한 그녀 자식들의 많은 행복과 좋은 명성이 멀리 드날리는 것을 찬미했다.

역대 제가의 평설

《모시서 毛詩序》: "〈초료 椒聊〉는 진(晉)나라 소공(昭公)을 풍자한 것이다. 군자가 옥(沃)의 강성함과 그 정치가 잘 다스려 지는 것을 보고, 번창하고 성대하여 그 자손이 장차 진나라를 소유할 것을 알았다."

공영달(孔穎達) 《모시정의 毛詩正義》: "산초의 본성은 향기와 적은 열매이다. 지금 산초의 열매는 번성하여 한 되를 가득채울 만큼 많은데, 정상적인 것은 아니다. 그것으로써 환숙(桓叔)이 진(晉) 임금의 방계인데도 지금 자손이 많은 것 역시 정상적인 것은 아님을 흥(興)했다. 환숙(桓叔)이 자손을 많이 두고, 또한 미덕을 지니고 있으므로 '저기 저 우리 님 彼其之子'은 환숙(桓叔)을 말하는 것이다. 그 인물형상이 건장하고, 미덕이 광대하며 아첨하는 악행이 없었다. 나무의 향기가 날로 더욱 퍼져나가는 것으로써 환숙(桓叔)의 덕이 더욱 더 두루 미침을 흥기시켰다. 환숙(桓叔)의 자손이 많고 덕이 더욱 두루 미치니, 반드시 장차 진나라를 소유할 것이다. 그러나 소공(昭公)은 알지 못했다. 따라서 그것을 풍자하였다."

주희(朱熹) 《시서변설 詩序辨說》: "이 시가 꼭 옥(沃)을 위하여 지은 것으로는 보이지 않는다."

요제항(姚際恒) 《시경통론 詩經通論》: "시를 보니 '번연(蕃衍)', '석대(碩大)', '원(遠)'이라고 말한 것은 환공을 가리키는 것 같다, 그러므로 의심할 바가 없다."

문일다(聞一多) 《풍시유초 風詩類抄》: "초료(椒聊)는 자식이 많은 것을
비유하여 아이를 많이 낳은 부녀자를 기뻐한 것이다."

진자전(陳子展) 《시경직해 詩經直解》: "〈초료 椒聊〉는 시인이 산초나무
의 무성함으로써 환숙(桓叔)이 강성하고 나라가 크며 백성을 많이 얻었음을
비유하였다. ……

《서 序》의 학설은 시인의 언외지의(言外之意)를 궁구하여 제대로 깨달았
다. '삼가(三家)에도 다른 뜻이 없다.' 주자(朱子) 《변설 辨說》에서 '이 시는
반드시 옥(沃)을 위하여 지은 것으로 보이지 않는다.'고 하였다.

시에 근거해서 말하자면 '저기 저 우리 님은, 건장하여 견줄 데 없네,
건장하고 키도 크다네(彼其之子, 碩大無朋, 碩大且篤)'는 그때 그 장소에서
말한 것이다. 실제로 곡옥(曲沃)의 환숙(桓叔)을 가리킨 것은 아니다. 누구를
가리킨 것인지 어떻게 알 수 있겠는가?

오개생(吳闓生)이 말했다. '이 시에 따르면 소공(昭公)을 풍자한 것을
절대 의심할 수 없다. 《서 序》의 끝의 세 마디 말은 시인의 언외지의를
더욱 설명해줄 수 있다. 그것에 대한 주자의 의견은 잘못됐다. 장 끝의
두 구의 영탄은 지나치게 넘치고 함축된 의미는 끝이 없다. 걱정이 깊고
생각이 넓은 취지는 줄곧 현(弦) 밖에 그것을 기탁한다. 삼대(三代)의 귀한
문장은 대략 이와 같다. 이런 종류의 시가 만약 《서 序》와 같은 평가를
얻지 못했다면 줄곧 그 취지가 어디에 있는지 알 수 없고, 많은 귀중한
문장이 매몰되었을 것이다.'

용암(容菴) 문인(*오개생을 가리킴)의 《시의회통 詩義會通》에서는 취할
만한 것이 아주 적지만, 이 시를 평론한 부분은 도리어 옳은 점이 있다."

여관영(余冠英) 《시경선 詩經選》: "이것은 부녀자를 찬미한 시다. 즉
그녀의 허리가 굵고 몸집이 큰 것을 찬미하였고, 또한 그녀가 자녀를 많이
양육했음을 찬미하였다."

원매(袁梅) 《시경역주 詩經譯注》: "고대의 노동 인민의 심미적 관념은 노동의 관념과 함께 연관되었다. 청년 남자가 선택한 애인은 체격이 건장하고 일하는 아가씨였다."

정준영(程俊英) 《시경역주 詩經譯注》: "이것은 부녀자에게 자식이 많은 것을 찬미한 시다. 산초는 씨가 많다. 따라서 한나라 조정의 사람들은 초방(椒房)이라는 명사로써 황후가 사는 건물을 일컬었다. 그 자식이 많고 상서로운 뜻으로 취했다. 고대에는 자식이 많은 것을 복으로 여겼다. 이 시 역시 산초를 사용하여 흥을 일으키고, 자식이 많은 부녀자를 축하했다."

번수운(樊樹雲) 《시경전역주 詩經全譯注》: "이것은 부녀자에게 자녀가 많기를 축복한 시다. 시는 산초나무로써 부녀자를 비유하였고, 산초나무 씨앗의 많음으로써 그녀의 자손이 많음을 비유했다. 더욱이 산초의 향기가 가득 풍기는 것으로써 그녀의 아름다운 명예가 장구한 것을 찬미했다."

고형(高亨) 《시경금주 詩經今注》: "이 시는 한 남자를 찬미한 것이다."

강음향(江陰香) 《시경역주 詩經譯注》: "환숙(桓叔)이 곡옥(曲沃)에서 날로 더욱 강성해지자, 그의 자손이 장차 진나라를 소유할 것을 예지하여 말한 것이다."

원유안(袁愈荌), 당막요(唐莫堯) 《시경전역 詩經全譯》: "부녀자를 찬미하였다. 산초나무로써 그녀가 자식이 많음을 비유하였고, 산초의 향기로써 그 아름다움을 비유하였다."

김계화(金啓華) 《시경전역 詩經全譯》: "부녀자의 건장하고 풍만함, 건강하고 자식이 많음을 찬양하였다."

정부(征夫: 원정 나간 남편)

춘추시대 제후간의 아귀다툼하는 통일전쟁은 매년 끊이질 않았다. 근거에 의하면 주대(周代) 초기 크고 작은 제후국들이 원래 1800개 국가가 있었는데, 춘추시대에 이르러서는 오직 30여 국가만이 남았다고 하니 전쟁의 지루함과 격렬함을 짐작할 수 있다. 제후간의 통일전쟁 이외에도 주나라 민족은 언제나 사방 이민족의 침략을 받아서 외침에 저항하는 전쟁 또한 수시로 발생하였다. 전쟁은 백성들에게 거대한 고난을 떠넘겨 주었다. 강제로 입대한 정부(征夫)들이 오랜 기간 밖에서 전쟁을 하는 동안 부부간의 이별이 장차 영원한 이별이 될지도 몰라서 걱정하였다.

〈격고 擊鼓〉(패풍 邶風) 중의 한 정부(征夫)는 강제로 이국땅으로 원정을 나가게 되어 고향으로 돌아갈 수 없었다. 그는 집을 떠날 때 일찍이 아내와 머리가 희어질 때까지 함께 늙기로 약속한 것을 떠올린다. 그러나 지금은 자신의 생존조차 희망이 없으니 그 맹세는 실현 가능성이 없어 침통한 탄식을 금할 길이 없다.

〈양지수 揚之水〉(왕풍 王風) 중의 한 정부(征夫)는 오랜 기간 밖에서 나라를 지키느라 아내와 함께 자리하지 못한다. 그는 "신(申)", "보(甫)"에서 "허(許)"까지 번번이 방어 임무를 전전하며 교대한다. 어느 곳에 가든지 집에 있는 아내를 그리워하지 않을 때가 없다.

〈동산 東山〉(빈풍 豳風) 중의 한 정부(征夫)는 출정한지 3년 후에 다행히 제대하여 고향에 돌아간다. 고향으로 돌아가는 길에서 그는 희비가 교차한다. 기쁨은 자신이 살아서 돌아간다는 것이고 걱정거리는 집안의 아내가 어떻게 되었는지 모른다는 것이다. 그는 돌아가는 도중에 농촌의 황량한 풍경을 보고서 한층 더 아내의 안위를 걱정하게 된다. 이 정부(征夫)의 마음은 바로 당나라 사람이 시에서 말한 "고향이 가까워지니 마음은 더 두렵네, 심부름꾼에게 감히 묻지 못하겠네"와 같은 것이다.

1. 〈격고 擊鼓〉[패풍 邶風]①

擊鼓其鐺②	격고기당	전쟁의 북소리 둥둥 울려
踊躍用兵③	용약용병	무기 들고 뛰어 오른다
土國城漕④	토국성조	수도와 조읍에서 공사하고 성을 쌓는데
我獨南行⑤	아독남행	나 홀로 남방으로 원정가네
從孫子仲⑥	종손자중	손자중 장군을 따라
平陳與宋⑦	평진여송	진과 송을 평정했건만
不我以歸⑧	불아이귀	나를 돌려보내주지 않으니
憂心有忡⑨	우심유충	걱정되는 마음에 불안하기만 하네
爰居爰處⑩	원거원처	어디에 앉고 어디에 누울까
爰喪其馬⑪	원상기마	어디서 말을 잃어 버렸는가
于以求之⑫	우이구지	어디서 그것을 찾을까
于林之下	우림지하	숲 속의 큰 나무 아래에 있네
死生契闊⑬	사생결활	죽으나 사나 영원히 같이 있자고
與子成說⑭	여자성설	당신과 함께 맹세했었지
執子之手	집자지수	당신의 손을 잡으면서
與子偕老	여자해로	당신과 함께 백년해로 하자고 했었지
于嗟闊兮⑮	우차활혜	아아! 너무나 멀구나
不我活兮⑯	불아활혜	우리 한자리에 모이지 못하리
于嗟洵兮⑰	우차순혜	아아! 영원히 헤어지는구나
不我信兮⑱	불아신혜	우리 맹세를 지키지 못하리

시구 풀이

① 〈擊鼓 격고〉는 위(衛)나라의 국경 수비병이 집으로 돌아가지 못함

을 생각한 시다.

邶(패) : 지금의 하남성 기현(淇縣)으로부터 북쪽으로 탕음현(湯陰縣)에 이르는 일대.

② 其鏜(기당): 즉 鏜鏜(당당). 의성어를 상징한다. 북치는 소리.

③ 踊躍(용약): 무술을 훈련할 때의 동작.

　兵(병) : 무기.

④ 土國(토국): 수도 안에서 복역하면서 토목공사를 하는 것.

　城(성) : 성벽을 축성하다. 土(토)와 城(성) 두 글자는 여기에서 모두 동사로 쓰였다.

　漕(조) : 위국(衛國)의 읍명. 지금의 하남성 활현(滑縣) 동남쪽.

⑤ 南行(남행): 출병하여 진(陳)과 송(宋)으로 가는 것을 가리킨다. 이 두 나라는 위국(衛國)의 남쪽에 있다.

⑥ 孫子仲(손자중): 당시 위나라에서 군대를 통솔하여 남쪽으로 정벌 나간 총사령관. "孫(손)"은 성이고, "子仲(자중)"은 자(字)다. 손씨는 위(衛)나라에서 대대로 경대부를 지낸 집안이다.

⑦ 平(평): 평정. 토벌하다.

　陳(진), 宋(송) : 모두 춘추시대 제후국.

⑧ 不我以歸(불아이귀): 이 구는 도치된 문장이다. 즉 "不以我歸(불이아귀)". "以(이)"와 "與(여)"는 통한다.

⑨ 有忡(유충): 즉 忡忡. 근심하는 모양. 심신이 불안한 모양.

⑩ 爰(원): 어느 곳에.

⑪ 喪(상): 잃어버리다.

⑫ 于以(우이): "爰(원)"과 같은 뜻이다. 즉 어느 곳에 있는가.

⑬ 契闊(결활): 결합하다. 契(결)은 합하는 것이고, 闊(활)은 소원하다는 뜻이다. 여기에서 契闊(결활)은 편중된 뜻의 합성사로서, 마음이 서로 맞다. 契(결) 자에 뜻에 편중되어 쓰였다.

⑭ 子(자): 작자가 그의 처를 가리킨다.

成說(성설) : 약속을 맺다. 맹세하다.
⑮ 于(우): "吁(우: 한숨 쉬다)"와 같다. 아아! 하는 감탄사.
　闊(활) : 두 곳의 거리가 아득히 멀다.
⑯ 活(활): "佸(활)"로 읽는다. 한자리에 집합하다. 한데 모이다.
⑰ 洵(순): 헤어진 지 이미 오래다.
⑱ 信(신): 약속을 지키다.

감상과 해설

〈격고 擊鼓〉는 원정 나간 남자가 아내를 그리워하는 시다.

시 전체는 모두 5장으로 되어있다.

제 1장은 강제로 출정 나간 것을 썼다. 전쟁의 북소리 둥둥 울리자, 칼과 창은 숲과 같고, 사병들은 출정을 나가야 한다. 시인은 바로 이 중의 한 사람이다. 그와 함께 징집 당한 사람들 중에 어떤 사람은 수도에 남아서 축성공사를 하고, 어떤 사람은 조읍(漕邑)에 성벽을 견고히 하는데, 유독 자기만 군대를 따라 남쪽으로 행군하여 다른 나라로 원정 가는 것을 생각한다. 즉 전쟁인 것이다. 살 수 있을지 막막하여, 내심 그 고통이 다른 사람보다 더 심하다.

제 2장은 고향을 그리워하는 것을 썼다. 시인은 위(衛)나라의 대장인 손자중(孫子仲)을 따라 진(陳)나라와 송(宋)나라간의 분쟁을 평정하러 간다. 《좌전 左傳》에 따르면, 노나라 선공(宣公) 12년, 송(宋)이 진(陳)을 치자, 위(衛)나라 목공(穆公)이 출병하여 진(陳)을 구했다. 13년, 진(晉)나라가 위(衛)나라의 진(陳)을 구한 일에 불만을 가져, 위(衛)를 토벌하러 전쟁을 일으키자, 위나라가 굴복했다. 당시, 진(陳)과 송(宋)에서 잔류하던 병사들은 매우 어려운 처지에 빠졌다. 군대를 거느리는 장교들이 사병들을 귀가

시키지 않아서 시인은 일명 장기 주둔자로 집에 돌아가지 못하는 상태가
되어버린다. 이번 행로에 안전하게 돌아올 수 있을지 알 수 없어서 매우
근심을 한다.

제3장은 군대 생활을 썼다. 부대는 정해진 처소가 없고 사기가 떨어졌으며,
적지 않은 병사들이 연이어 전쟁용 말을 잃어버렸다. 이 장에서 세 가지
질문 하는 시구는 대체로 "우리들은 어디에 머물러야 하는가? 우리들의
말은 어디로 달려갔는가? 우리들은 어디에서 잃어버린 말을 찾을 것인가?"이
다. 결과적으로 말을 잃어버린 것이 아니라 숲 속의 나무아래에 있는 것을
발견한다. 이것은 사병이 오래도록 외지에 있어 군인들의 마음이 풀어지고,
싸우려는 의지가 없는 상황을 쓴 것이다.

제4장은 아내를 그리워하는 것을 썼다. 시인은 집을 떠날 때 아내의
손을 잡고 서로 신신당부하며 백년해로하고 영원히 이별하지 말자던 약속을
회상한다. 이처럼 다시 만나기 어려운 이별의 상황은 그로 하여금 영원히
잊을 수 없게 한다.

제5장은 절망의 고통을 썼다. "아아! 너무나 멀구나 우리 한자리에 모이지
못하리, 우차활혜 불아활혜 于嗟闊兮 不我活兮"는 자기 집으로부터 너무
멀리 떨어져, 아내와 함께 하는 것이 불가능함을 탄식한 것이다. "아아!
영원히 헤어지는구나 우리 맹세를 지키지 못하리, 우차순혜 불아신혜 于嗟洵
兮 不我信兮"는 자신이 집을 떠난지 너무 오래되어 아내와 함께 "백년해로"의
맹세를 실현할 수 없음을 탄식한 것이다. 시인은 자신이 이번 원정길에서
살아돌아가기 어렵다는 것을 잠시 헤아리고 부부가 영원히 만날 날이 없을
것을 예감한다.

이 첫 시의 앞 세 장은 강제로 출정나가는 것부터 군심이 흩어지는
것까지 썼다. 제4장에서 필봉이 전환되어 자신이 집을 떠날 때 아내와
함께 손을 잡으며 서로 맹세하던 정경을 추술하였다. 앞에서 전란의 상황을

쓴 것과 대조되어 현재 처한 상태가 비극적임이 더욱 드러난다. 마지막 장은 장래를 전망하고 자신과 아내가 이미 영원한 이별이 되어버렸음을 예감한다.

역대 제가의 평설

《모시서 毛詩序》: "〈격고 擊鼓〉는 주우(州吁)를 원망한 것이다. 위나라의 주우(州吁)가 군대로 반란을 일으키고, 공손문중(公孫文仲)을 장군으로 삼아 진(陳)과 송(宋)을 평정하게 하였다. 나라사람들이 그 용맹하기만하고 무례한 짓을 원망하였다."

주희(朱熹)《시집전 詩集傳》: 첫 장은 "위나라 사람이 군에 종사하면서 그가 겪던 일을 스스로 말한 것이다. 위(衛)나라의 백성은 가을에 혹은 수도에서 토목공사에 부역하고, 혹은 조(漕)에서 성을 축성하는데 나 홀로 남쪽으로 행군한다. 전쟁으로 죽을까봐 걱정되어 다급함과 고통스러움이 더욱 심하다."

제 2장에 대해서 "옛 학설에는 이것을 춘추시대 은공(隱公) 4년에 주우(州吁)가 자립할 시기에, 송(宋), 위(衛), 진(陳), 채(蔡)가 정(鄭)나라를 정벌한 일이라고 여겼다. 아마도 그럴 것이다."

제 3장의 "어디에 앉고, 어디에 누울까? 어디서 말을 잃어버렸는가? 수풀나무아래에서 그것을 찾았네. 이것은 군대를 이탈하고 숙소를 떠나 싸울 의지가 없음을 보여준다."

제 4장은 "부역에 종사하는 자가 그 아내를 그리워한다. 그리고 처음 집안을 이루었을 때, 생사를 함께함으로써 서로 잊지 말자고 약속을 하고 또한 서로 손을 잡으며 백년해로를 약속한다."

제 5장은 "옛날에 함께하기로 한 약속이 이와 같지만 지금은 함께 할수 없다. 백년해로의 약속도 이와 같았지만 지금은 그것을 실천할 수 없다. 반드시 죽게 되어 다시 그 아내와 함께 하지 못하고 이전에 한 약속도 끝내 지키지 못할 것을 예상하였다."

요제항(姚際恒)《시경통론 詩經通論》: "살피건대, 이것은 바로 위나라목공(穆公)이 청구(淸丘)의 맹약을 배반하고 진(陳)을 구한 것인데, 이것은송(宋)나라에게 정벌당했기 때문이다. 진(陳), 송(宋)간의 전쟁을 평정하고서도 군대를 자주 일으켰으므로, 그 아래에 있는 사람들이 이를 원망하여이 시를 지었다."

진자전(陳子展)《시경직해 詩經直解》: "〈격고 擊鼓〉는 주우(州吁)가군대를 일으킨 것을 원망하여 지은 것이다. 시의 주인공이 고통을 호소하는데, 이는 실제로 당시 병사와 농민이 불법 전쟁에 대해 혐오하는 심리를반영하였다. 시인은 충분히 스케치할 수 있는 기술이 있는듯이 개인의입대, 출정, 집 생각, 도망쳐 뿔뿔이 흩어지는 전 과정을 개괄해서 다시부각시켰다. 간결하고 굳세며 느슨하지 않고, 진실로 힘이 있다. 지금그것을 읽으니 실감이 난다. …… 사실이《좌전 左傳》에 상술되어 있다.이 시는《춘추·좌전 春秋·左傳》과 바로 들어맞는다. 이것에 대한 종래의학자들간의 논쟁은 매우 적었다. 그러나 청나라 유학자 모기령(毛奇齡)의《국풍성편 國風省篇》, 요제항(姚際恒)의《시경통론 詩經通論》에서 그것을 의심하였는데, 틀린 것이다."

강음향(江陰香)《시경역주 詩經譯注》: "이것은 위나라에서 종군하는자가 지방을 수비하다가 한때 집으로 돌아가기 어렵게 되었다. 따라서짓게 된 시에는 원망의 뜻이 있다."

정준영(程俊英)《시경역주 詩經譯注》: "이것은 위나라의 수자리 사는병사가 집으로 돌아가지 못함을 생각한 시다. 시의 시대적 배경에 대해 옛날부터 학설이 통일되지 않았다. 방옥윤(方玉潤)은 《시경원시 詩經原始》에서 '이것은 수자리 사는 병사가 집으로 돌아가지 못함을 생각한 시'라고 여겼다. 여기서는 방옥윤의 설을 따른다."

여관영(余冠英) 《시경선 詩經選》: "이것은 위나라 사람으로서 멀리 진(陳), 송(宋)에 수자리 사는 병사가 집을 그리워하여 탄식한 시다. 《좌전 左傳》에 따르면, 노나라 선공(宣公) 12년에, 송(宋)이 진(陳)을 벌하자, 위나라 목공(穆公)이 출병하여 진(陳)을 구하였다. 13년, 진(晉)나라는, 위(衛)나라가 진(陳)을 도운 것을 못마땅하게 여겨 군대를 일으켜 위(衛)를 토벌하였다. 위나라가 굴복하였다. 본 시는 이러한 단락의 사실과 관계가 있을 수 있다. 당시에 잔류하던 진(陳) 송(宋)의 군사들은 아마도 진(晉)나라의 간섭과 위(衛)나라의 굴복으로 인해, 처지가 매우 어려웠음을 추측할 수 있다. 따라서 시에서 '어디에서 말을 잃어버렸는가?(爰喪其馬 원상기마)'와 같은 구절이 있다. 제3 장과 마지막 장은 모두 비관하고 절망하는 어기로서, 보통 정벌 나간 사람의 고향에 대한 그리움의 시와 아주 같지는 않다."

고형(高亨) 《시경금주 詩經今注》: "이 시는 기원전 720년에 지었다. 춘추 초년, 위나라의 공자 주우(州吁)가 위(衛) 환공(桓公)을 죽이고, 위나라 군주가 되었다. 그리고 진(陳)나라와 송(宋)나라를 연합시켜 정(鄭)나라를 침략하면서 일하는 백성들을 강제로 출정시켰다. 정벌을 마치자 군대를 통솔하는 장군은 전쟁을 반대하고 원망의 말을 꺼냈던 병사들을 국외에 버려두었다. 이 시는 바로 버려진 병사들의 노래이다."

원매(袁梅) 《시경역주 詩經譯注》: "위나라의 백성들은 노예주들에게 징집당하여 종군하였다. 어떤 자는 건설하는 공사를 하러 가고, 어떤 자는 전방으로 정벌하러 간다. 그들은 한없이 원망하는 가운데, 글자마다 피눈물이 맺힌 원망의 노래를 불렀다."

원유안(袁愈荌), 당막요(唐莫堯) 《시경전역 詩經全譯》: "위나라의 병사가 멀리 진(陳)과 송(宋)에 수자리를 살아 오랫동안 부역하여 돌아가지 못하자, 아내를 그리워하며, 떠나올 때 아내와 함께 나눴던 이별의 말을 회상하는 것이다."

김계화(金啓華)《시경전역 詩經全譯》: "전쟁하는 병사가 외지에서 오래도록 수비하며, 아내에 대한 그리움이 그치지 않는다. 백년해로할 수 없을까 걱정한다."

번수운(樊樹雲)《시경전역주 詩經全譯注》: "이것은 정벌 나간 남자가 집을 그리워하는 시다. 정벌 나간 남자가 진(陳)나라, 송(宋)나라를 정벌하고도 고향을 돌아가지 못하자, 당초 '당신과 함께 백년해로를 해야지.(與子偕老 여자해로).'라고 영원한 사랑을 굳게 맹세하던 것을 연상한다. 현재는 머나먼 외지에 있어, 헤어진 뒤 만날 수 없게 되자 정의롭지 못한 전쟁에 대한 원망과 분노가 더욱 심해졌다."

2. 〈양지수 揚之水〉[왕풍 王風]①

揚之水②	양지수	출렁이는 물이여
不流束薪③	불류속신	섶나무 한 단도 떠내려 보내지 못하네
彼其之子④	피기지자	저기 그 사람이여
不與我戍申⑤	불여아수신	나와 함께 신 땅에 수자리 살 지 못해
懷哉⑥	회재	그립고
懷哉	회재	그리워라
曷月予還歸哉⑦	갈월여환귀재	어느 달에나 나는 돌아가려나
揚之水	양지수	출렁이는 물이여
不流束楚⑧	불류속초	싸리 한단도 떠내려 보내지 못하네
彼其之子	피기지자	저기 그 사람이여
不與我戍甫⑨	불여아수보	나와 함께 보 땅에 수자리 살지 못해
懷哉	회재	그립고
懷哉	회재	그리워라
曷月予還歸哉	갈월여환귀재	어느 달에나 나는 돌아가려나
揚之水	양지수	출렁이는 물이여
不流束蒲⑩	불류속포	개버들 한단도 떠내려 보내지 못하네
彼其之子	피기지자	저기 그 사람이여
不與我戍許⑪	불여아수허	나와 함께 허 땅에 수자리 살지 못해
懷哉	회재	그립고
懷哉	회재	그리워라
曷月予還歸哉	갈월여환귀재	어느 달에나 나는 돌아가려나

시구 풀이

① 〈揚之水 양지수〉는 징집당한 남자가 고향을 그리워하며, 아내를 생각한 시다.

王風(왕풍) : 동주(東周)의 동도(東都)인 낙읍(洛邑) 왕성(王城)의 기내(畿內)(지금의 하남성 낙양시 주변일대)의 시가.

② 揚之水(양지수): 격양된 물. 출렁이는 물.

③ 束(속): 단. 묶음.

　薪(신): 땔감.

④ 彼其之子(피기지자): 그 여인. 수자리 사는 병사의 아내를 가리킨다.

⑤ 戍(수): 주둔하여 지키다. 수자리 살다.

　申(신) : 신(申)나라. 옛 땅은 지금의 하남성 남양현(南陽縣) 북쪽에 있다.

⑥ 懷(회): 그리워하다.

⑦ 曷(갈): 어찌.

　予(여) : 나.

　還歸(환귀) : 고향에 돌아가다 (집안 사람과 함께 모이다)

⑧ 楚(초): 가시나무의 줄기나 가지. 싸리나무.

⑨ 甫(보): 보(甫) 나라. 즉 呂(려) 나라. 옛 땅은 지금의 하남 남양의 서쪽으로 30 리에 있다. 지금의 명칭은 董呂村(동려촌)이다.

⑩ 蒲(포): 개버들로 된 땔나무.

⑪ 許(허): 허(許) 나라. 옛 땅은 지금의 하남성 허창현(許昌縣) 경계에 있다.

감상과 해설

〈양지수 揚之水〉는 고향에서 멀리 떨어져 외지에 수자리 살며 징집된 남자가 아내를 그리워하는 시다.

주대(周代)의 중엽에는 남방의 초(楚)나라가 날로 강대해지기 시작하여, 여러 차례 이웃의 신(申)나라를 침입하였다. 당시, 동주(東周)는 쇠약하여 제후에게 명을 내릴 수 없었고, 단지 경내의 백성들을 징발하여 신(申)나라 및 인근의 보(甫)나라와 허(許)나라에 주둔하여 지키게 하였다. 전쟁이 끊이지 않고 계속되자 주둔하던 전사는 오랜 기간 집으로 돌아가지 못해 아내와 만날 수 없었다. 〈양지수 揚之水〉 이 시는 이러한 역사적 배경 아래에서 만들어진 원망의 노래다.

전체 시는 모두 3장이다.

제 1장의 첫 머리 두 구인 "출렁이는 물이여 섶나무 한 단도 떠내려 보내지 못하네, 양지수 불류속신 揚之水 不流束薪"은 황하의 물이 비록 급하지만 섶나무 한 단도 흘려 보낼 수 없음을 말한다. 본 시는 "출렁이며 흐르는 물이여, 揚之水"로써 남편을 비유했고, "섶나무 한 단 束薪"으로써 아내를 비유했다.

첫 두 구는 경물로 비유를 삼았다. 그 뜻은 "남편이 멀리 정벌나가 있으나 아내는 함께 갈 수 없다. 출렁이는 물이, 떠다니는 섶나무 한 단도 떠내려보낼 수 없는 것과 같다."

3, 4구인 "저기 그 사람이여 나와 함께 신 땅에 수자리 살 지 못해, 피기지자 불여아수신 彼其之子 不與我戍申"은 신(申)나라에서 수자리 사는 전사의 마음이 표현되어있다. 멀리 있는 아내여, 그녀는 신(申)나라로 와서 나와 함께 수자리를 살 수 없다.

5, 6구인 "그립고 그리워라 어느 달에나 나는 돌아가려나, 회재 회재 갈월여환귀재 懷哉 懷哉 曷月予還歸哉"는 즉 수자리 사는 병사의 깊은 탄식이다. 그립고, 그립구나! 어느 달에나 나는 돌아갈 수 있을까?

제 2, 3장의 첫 두 구는 모두 경물로 비유를 삼았다. "싸리단 束楚", "개버들단 束蒲"으로써 아내를 비유했다. 이 수자리 사는 병사는 세차게 흐르는 하수가 싸리 한 단이나, 개버들 한 단도 떠내려보내지 못하는 것을 보고, 자신이 다른 나라로 멀리 원정 나가면서 아내를 데리고 갈 수 없는 것과 집 안의 식구들을 지킬 수 없는 것을 연상한다. 중간의 두 구인 "나와 함께 보 땅에 수자리 살지 못해, 불여아수보 不與我戍甫"와 "나와 함께 허 땅에 수자리 살지 못해, 불여아수허 不與我戍許"는 자신이 신(申)나라에 주둔하는 것으로부터 보(甫)나라와 허(許)나라에 주둔하는 것까지 여러 장소를 거치며 방어 임무를 교대하지만, 아내는 자신과 함께 할 수 없음을 말하고 있다.

마지막의 두 구는 이 수자리 사는 병사가 다시 한 번 아내를 그리워하는 마음을 표현한다. 그러나 또 언제 고향으로 돌아가 사랑하는 사람을 볼 수 있을지 알 수 없지 않는가?

이 시는 수자리 사는 병사가 오랫동안 아내와 함께 만나지 못해서 겪는 고통을 묘사하였다. 그러나 그것은 오히려 수자리 사는 수많은 병사들의 공통적인 운명을 반영했고, 춘추시기의 전쟁이 백성에게 끼친 심각하고 중대한 재난을 설명하고 있다.

역대 제가의 평설

《모시서 毛詩序》: "〈양지수 揚之水〉는 평왕(平王)을 풍자한 것이다. 그 백성을 어루만지지 않고, 멀리 외가의 나라에 주둔시켜 수자리 살게 하니 주나라 사람이 원망하고 그리워했다."

주희(朱熹)《시집전 詩集傳》: "평왕(平王)은, 신(申)나라가 초(楚)나라에 가까워 자주 침벌을 당하자, 기내(畿內)의 백성들을 보내어 수자리를 시켰다. 수자리 사는 자가 원망과 그리움에 이 시를 지었다."

구양수(歐陽修)《시본의 詩本義》"출렁이는 물은 그 힘이 약해 섶나무도 떠내려 보내지 못한다. 마치 동주(東周)의 정치가 쇠약하여 제후들에게 명령을 내리지 못하고, 오직 주나라 사람만 멀리 수자리 살게 하며, 오래

되었으나 교체하지 못하는 것과 같다. '저기 그 사람이여 彼其之子'는 주나라 사람이 생각하기에는 다른 제후국 사람들이 당연히 수자리를 살아야 됨을 일컫는 말이다. '어느 달에나 나는 고향으로 돌아갈 수 있을까 曷月予還歸哉'는 오래 되어도 교체할 수 없는 것을 이르는 것이다."

요제항(姚際恒) 《시경통론 詩經通論》: "신후(申侯)는 평왕(平王)의 외삼촌이나, 보(甫)와 허(許)쪽은 아니다. 어찌 실제로 평왕(平王)이 외가에 수자리 살도록 말했다고 지적할 수 있는가? …… '저기 그 사람이여 彼其之子'에 대해 정씨(鄭氏)는 '고향에 머무는 사람'이라고 여기고, 구양씨(歐陽氏)는 '국인들은, 제후가 신(申)에 수자리 살지 않는 것을 원망한 것이다'라고 여겼다. 모두 통할 수 있다.
《집전 集傳》에서는 '그 아내를 가리킨다'라고 말했으니 틀렸다!"

문일다(聞一多) 《풍시유초 風詩類抄》: "수자리 사는 병사가 귀향을 생각하는 것이다"

진자전(陳子展) 《시경직해 詩經直解》: "〈양지수 揚之水〉는 주나라 평왕(平王)이 외가인 신(申)나라에 수자리 살도록 파견된 병사가 지은 것이다. 시의 뜻은 분명하다. 당연히 당시 가요에서 채집하였다.

《시서 詩序》, 《전 箋》에서 말했다. '평왕(平王)의 은택이 백성들에게 행해지지 않고, 오랫동안 수자리를 살고서도 고향으로 돌아갈 수 없음을 원망하고, 고향에 있는 사람을 그리워한 것이다. 주나라 사람을 언급한 이유는 당시 제후들도 그 사람들로 하여금 거기서 수자리 살도록 했기 때문이다. 평왕(平王)의 외가는 신(申)나라로서, 진(陳)과 정(鄭)의 남쪽에 있었다. 이웃에 있는 강대한 초(楚)나라에게 압박을 당하였다. 왕실이 미약하여 여러번 침벌을 당하자 왕이 주나라 사람으로써 수자리를 살게 했다.' 《서 序》는 시(詩)와 사(史) (《사기 史記·주본기 周本紀》)를 모두 종합한 것이다. 3가에도 다른 의견은 없다.

왕선겸(王先謙)은 말했다. '신(申) 땅의 성은 강(姜)씨이고, 유왕(幽王)의 태자 의구(宜咎)의 삼촌이다. 왕이 신후(申侯)를 내쫓자, 태자는 신(申)으로 도망하였다. 왕이 신(申)을 정벌하자, 신후가 견융족을 불러 주나라를 치고 유왕(幽王)을 죽였다. 《정어 鄭語》의 위주(韋注)에 보인다. 태자가 즉위하여 평왕(平王)이 되었다. 신후(申后)는 비록 평왕(平王)의 외가친척이지만, 실제로는 아버지를 죽인 불구대천[하늘을 같이 머리에 이고 살 수 없는 원수]이다. 그 후 이웃나라가 신(申)을 침벌하자, 평왕(平王)이 자기를 왕으로 세워준 것만을 은혜로 여겨 신후를 위해 자기 나라 백성들로 하여금 신(申)땅에서 수자리 살게 하였다.' 이것은 〈양지수 揚之水〉 시의 출전독본이라고 여길 만 하다."

여관영(余冠英) 《시경선 詩經選》: "이것은 수자리 사는 병사가 고향을 그리워한 시다. 《죽서기년 竹書紀年》에 따르면, 주나라 평왕(平王) 23년(기원전 732)에 초나라가 신나라를 침입하였다. 36년(기원전 735)에 주왕(周王)이 병사를 수자리 살라고 파견 하였다. 이 시는 그 때 만들어졌을 것이다."

고형(高亨) 《시경금주 詩經今注》: "주나라 평왕(平王)이 동쪽으로 천도한 후에, 초나라가 강대해지기 시작하여, 때때로 신(申), 여(呂), 허(許) 등의 작은 나라들을 침범하였다. 평왕(平王)은 신(申)나라 등과 규벌(閨閥: 사돈 친척관계 또는 처가의 세력을 중심으로 결성된 파벌관계)이었기 때문에 [평왕(平王)의 어머니는 신후의 딸이었고, 여(呂)와 허(許)는 자세하지 않다], 동주(東周) 경내의 백성을 강제로 징발하여, 이 세 나라에 가서 변방 수비를 돕도록 했다. 이러한 병역을 맡아 일하는 백성들은 이 노래를 불러서 반항을 표현하였다."

정준영(程俊英) 《시경역주 詩經譯注》: "이것은 수자리 사는 병사가 귀향을 그리워한 시다. …… 왕도(王都)는 땅이 작고 사람들도 적어서, 파견나간 병사는 일정한 기한과 교대가 없었다. 백성들은 귀향을 그리워하고 원망하여 이 시를 지었다.”

양합명(楊合鳴), 이중화(李中華)《시경주제변석 詩經主題辨析》: “이것은 고향에서 멀리 떨어져 외지에서 수자리 사는 군사가 고향을 생각하며 부른 노래다.”

번수운(樊樹雲)《시경전역주 詩經全譯注》: “이것은 고향에서 멀리 떨어져 수자리 사는 병사가 연속으로 동원되어 집으로 돌아가지 못하자, 아내를 그리워하고 고향을 생각하면서 원망과 분노를 드러낸 시다.”

김계화(金啓華)《시경전역 詩經全譯》: “수자리 사는 병사이 고향을 그리워하는 원망과 호소다.”

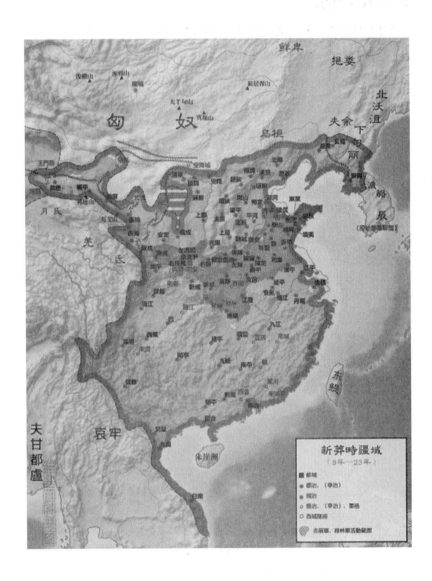

3. 〈동산 東山〉[빈풍 豳風]①

我徂東山②	아조동산	내 동산에 가서
滔滔不歸③	도도불귀	오랫동안 돌아오지 못했노라
我來自東	아래자동	내 동쪽에서 올 제
零雨其濛④	영우기몽	가랑비 부슬부슬 내리더라
我東曰歸⑤	아동왈귀	내 동쪽에서 돌아올 제
我心西悲⑤	아심서비	서쪽 생각에 내 마음 슬퍼지네
制彼裳衣⑥	제피상의	저 평상복을 지어입고
勿士行枚⑦	물사항매	다시는 전쟁터에 종사하지 않으리
蜎蜎者蠋⑧	연연자족	꿈틀거리는 뽕나무 벌레는
烝在桑野⑨	증재상야	들판의 뽕나무에 오래도록 있는데
敦彼獨宿⑩	퇴피독숙	저 홀로 웅크리고 잠자는 병사는
亦在車下	역재거하	또 수레 밑에 있구나

我徂東山	아조동산	내 동산에 가서
滔滔不歸	도도불귀	오랫동안 돌아오지 못했노라
我來自東	아래자동	내 동쪽에서 올 제
零雨其濛	영우기몽	가랑비 부슬부슬 내리더라
果臝之實⑪	과라지실	하눌타리 열매가
亦施于宇⑫	역이우우	처마 밑에 뻗어 맺혀 있네
伊威在室⑬	이위재실	쥐며느리는 방안에서 기어다니고
蠨蛸在戶⑭	소소재호	갈거미는 문에 줄을 치며
町畽鹿場⑮	정탄녹장	발자국 흔적있는 사슴 서식처에
熠燿宵行⑯	습요소행	반딧불은 반짝거리네
不可畏也	불가외야	두려울 수 없지
伊可懷也⑰	이가회야	여기를 그립다 했으니

我徂東山	아조동산	내 동산에 가서
滔滔不歸	도도불귀	오랫동안 돌아오지 못했노라
我來自東	아래자동	내 동쪽에서 올 제
零雨其濛	영우기몽	가랑비 부슬부슬 내리더라

鸛鳴于垤[18]	관명우질	황새는 개미둑에서 울고
婦歎于室[19]	부탄우실	아내는 집에서 탄식하며
洒掃穹窒[20]	쇄소궁질	방을 청소하고 벽 구멍을 메우네
我征聿至[21]	아정율지	출정했던 내가 막 돌아왔지
有敦瓜苦[22]	유퇴과고	주렁주렁 달린 여주여
烝在栗薪[23]	증재율신	저 여뀌 섶에 있구나
自我不見	자아불견	내 이것을 보지 못한 지
于今三年	우금삼년	지금 삼년이 되었구나

我徂東山	아조동산	내 동산에 가서
慆慆不歸	도도불귀	오랫동안 돌아오지 못했노라
我來自東	아래자동	내 동쪽에서 올 제
零雨其濛	영우기몽	가랑비 부슬부슬 내리더라
倉庚于飛[24]	창경우비	날아가는 꾀꼬리
熠燿其羽	습요기우	그 날개 곱고 빛나
之子于歸[25]	지자우귀	그녀가 시집올 때
皇駁其馬[26]	황박기마	황백색 적백색 말이 수레 끌었지
親結其縭[27]	친결기리	장모는 아내 허리에 수건을 매주며
九十其儀[28]	구십기의	온갖 의식 갖추어 시집보냈지
其新孔嘉[29]	기신공가	신혼 때 그토록 즐거웠는데
其舊如之何[30]	기구여지하	오래된 지금은 어떠할까

시구 풀이

① 〈東山 동산〉: 집나간 사람이 고향에 돌아오는 도중에 집을 그리워
　 한 시다.
　 豳(빈) : 나라 이름. 지금의 섬서성(陝西城) 순읍현(栒邑縣) 서쪽에
　 있다.
② 徂(조): 가다.

東山(동산) : 이 시에서 군사가 멀리 수자리 사는 땅. 본 시에서는 주공(周公)이 奄(엄)나라를 정벌한 것과 관계가 있다고 전해진다. 東山(동산)은 奄(엄)나라의 국경 내에 있다. 즉 지금의 산동성(山東城) 곡부현(曲阜縣) 구역이다.

③ 滔滔(도도): 오래 되다. 장구하다.

④ 零雨(영우): 가랑비. 보슬비.

其濛(기몽): 즉 濛濛. 가랑비가 부슬부슬 계속 내리는 모양.

⑤ 悲(비): 슬프고 마음이 쓰리다.

⑥ 裳衣(상의): 평상시에 입는 옷을 가리킨다. 병사의 복장이 아니다.

⑦ 士(사): "事(사)"와 같다. 종사하다.

行枚(항매): 즉 가로로 된 대나무 가지. "枚(매)"는 젓가락처럼 생긴 짧은 막대기. 행군할 때 사람과 말의 입에 물려서, 말하거나 말이 울어서 행적이 폭로되는 것을 모면한다.

⑧ 蜎蜎(연연): 연체동물이 꿈틀거리는 모양.

蠋(촉) : 뽕나무 사이에 있는 누에.

⑨ 烝(증): 오래되다.

⑩ 敦(퇴): 몸을 웅크린 모양.

⑪ 果臝(과라): 하눌타리. 식물의 줄기가 덩굴져 나는 조롱박과의 식물.

⑫ 施(이): 만연하다. 뻗다.

⑬ 伊威(이위): 흙바퀴 벌레(쥐며느리).

⑭ 蠨蛸(소소): 다리가 긴 일종의 작은 거미. 갈거미.

⑮ 町疃(정탄): 지면위에 길짐승과 날짐승이 밟은 흔적이 있는 곳을 가리킨다.

鹿場(녹장): 사슴 무리가 서식하는 곳.

⑯ 熠燿(습요): 번쩍번쩍 빛나는 모양.

宵行(소행) : 개똥벌레. 반딧불.

⑰ 伊(이): 여기. 고향의 황량한 상태를 가리킨다.

⑱ 鸛(관): 황새. 모양이 학과 비슷하다.

　　垤(질): 흙더미. 개미둔덕

⑲ 婦(부): 시인의 아내를 가리킨다.

⑳ 洒掃(쇄소): 방을 청소하는 것.

　　穹(궁) : 막다. 하늘.

　　窒(질): 메우다. 보충하다. 막히다.

㉑ 征(정): 가다. 행하다.

　　聿(율): 어조사. 막 ～ 하려 하다.

㉒ 有敦(유퇴): 즉 敦敦. 둥글둥글. 첫 장의 "敦彼獨宿(퇴피독숙)"의 "敦(퇴)"와 같은 뜻이다.

　　瓜苦(과고): 즉 苦瓜. 여주.

㉓ 栗(율): "蓼(요: 여뀌)"와 같다. 씀바귀. 씀바귀의 땔나무 위에 맺혀 있는 여주.

㉔ 倉庚(창경): 꾀꼬리.

㉕ 之子(지자): 아내를 가리킨다.

㉖ 皇(황): 황백색.

　　駁(박): 적백색.

㉗ 親(친): 아내의 모친을 가리킨다.

　　縭(리): 여자의 허리에 차는 수건.

㉘ 九十(구십): 허수. 많음을 말한다.

　　儀(의): 의식. 예절.

㉙ 新(신): 신혼.

　　孔(공): 매우.

　　嘉(가): 아름답고 원만하다.

㉚ 舊(구): 오래되다. 오래 이별한 이후를 가리킨다.

감상과 해설

〈동산 東山〉은 주공(周公)이 동쪽으로 정벌갔을 때 참가한 전사가 고향으로 돌아가는 도중에 집을 그리워한 시다. 기원전 1062년, 주공(周公)은 군대를 이끌고 동쪽으로 정벌을 나가 반란을 토벌하였다. 승리를 취한 이후에도 계속 동쪽을 향하여 군대를 몰아 50여국을 멸망시켰다. 이곳의 전쟁은 3년간 지속되었다. 시인은 이번 동쪽 정벌에 참가한 사람으로써 그는 집으로 돌아가는 중에 이 시를 썼다.

전체 시는 모두 4장이다.

제1장에서 말하기를, 그는 이전에 동산(東山) 일대에서 전쟁을 하느라 오랫동안 집으로 돌아갈 수 없어서 집으로 돌아갈 날을 기다리는 것도 쉽지 않았다. 게다가 부슬부슬 보슬비가 내리자, 그는 평상복을 만들면서 장차 자신이 군장을 벗으면 이후로부터 다시는 군대에 가서 말에 재갈 물리고 달리며, 전쟁하지 않겠다고 생각한다.

돌아가는 길에서, 그는 야생의 누에가 들판의 뽕나무 위에 몸을 웅크리고 있는 것처럼, 매일 저녁 추워서 움츠리며 병거 아래에서 노숙하였다. 그러나 누에가 붙어 있는 뽕나무는 누에가 살기에 적합한 곳이지만, 사람이 들에서 노숙하는 것은 사람이 살기에 적합한 곳이 아니다.

제1장은 사병이 방금 밟았던 귀향길의 생활과 체험[인상, 느낌]을 썼다. 장기간의 전쟁에 징집 당하여 살아 돌아올 수 있었던 전사는 마땅히 기쁘다. 그러나 그는 말하기를 "서쪽 생각에 내 마음 슬퍼지네." 즉 그는 고향에 가까이 갈수록 더욱 슬픔을 느끼는 것이다.

제2, 3, 4장은 다른 각도로 "서쪽 생각에 내 마음 슬퍼지네"를 썼다.

제2장은 그가 고향의 전원을 그리워하는 것을 썼다. 그는 길을 가면서 농촌의 적막한 광경을 보고, 고향도 반드시 전원이 황량하고 인가 하나

없이 적막할 것이라고 연상한다. "하눌타리 열매, 과라지실 果贏之實" 이하의 여섯 구에서 그는 고향의 정경을 상상하는 것이다. 사람이 살지 않는 파괴된 집에는 하눌타리의 덩굴이 처마 위를 기어오르며, 둥글둥글한 열매가 자라고 있다. 방안의 바닥에는 축축한 벌레가 촘촘하게 기어오르고, 문위에는 거미줄이 가득 쳐 있다. 밭은 야생 노루가 출몰하는 황무지가 되었다. 밤이 되면 점점이 나는 도깨비불이 공포의 푸른 빛을 번쩍거린다.

그는 고향의 처량한 광경을 상상하면서 감개무량하게 자문자답한다. "두려울 수 없지 여기를 그립다 했으니, 불가외야 이가회야 不可畏也 伊可懷也" 파손되고 적막한 광경은 그를 두렵게 하지 못할 뿐만 아니라 오히려 그로 하여금 더욱 집을 그리워하게 한다.

제 3장은 그의 아내에 대한 그리움을 썼다. 그는 황새가 흙더미 위에서 울며 짝을 찾는 것을 보고, "아내는 집에서 탄식하네, 부탄우실 婦歎于室"를 연상하게 된다. 그는 간절히 그녀에게 말하고 싶어한다. "탄식하지말고 얼른 방을 정돈하시오, 내가 지금 서둘러 길을 가고 있으니, 곧 집에 도착할 것이오." 그는 또한 당초 결혼할 때 합근례(박 한 개를 두 개의 표주박으로 나누어 부부가 각자 한 개씩 잡고 술을 채워 입을 가시는 예)를 행할 때 사용했던 조롱박이 아직도 집구석의 땔나무 더미 위에 있을거라고 생각한다. "내 이것을 보지 못한지가 지금 삼년이 되었구나, 자아불견 우금삼년 自我不見 于今三年" 이는 신혼후 그가 강제로 출정 당하여 아내와 함께 지금까지 이별한 지가 벌써 삼년의 기나긴 세월이 지났음을 말한 것이다.

제 4장은 신혼의 행복을 추억하여 지난날의 행복으로써 지금의 슬픔을 더욱 돋보이게 하는 것이다. 그 좋았던 시절에는 꾀꼬리가 쌍쌍으로 날고, 아름다운 날개는 금빛으로 빛났다. 신부를 맞이하는 말은 황백색인 것도 있었고, 적백색인 것도 있었다. 그녀의 모친은 그녀에게 패건을 매어주고 많은 항목의 결혼의례를 성대하고 장중하게 거행하였다. 신혼은 아름다웠다.

맨 끝의 한 구인 "오랜 이별후의 지금이야 어떻겠는가? 기구여지하 其舊如之何"는 3년간이나 오래 떨어져 지냈는데, 그녀는 지금 도대체 어떻게 지내는가? 라고 말하는 것이다. 그가 고향에 가까이 가면 갈수록 상상하는 문제는 더욱 많아지고, 마음은 더욱 평정되지 않는다. 그는 비록 전원이 황폐하고, 고향은 퇴락했을 것이라고 예상하지만 아내는 아무 탈 없이 평안할 것을 희망하고 있다!

이 시에서 "내 마음 서쪽 생각에 슬퍼지네, 아심서비 我心西悲"는 징집당했던 남자가 고향으로 돌아가는 형상을 묘사하고 있다. 그는 비록 전쟁에서 죽지 않았지만, 장차 더 큰 고난이 머리 위로 내려와 다가설까 봐 두려워한다. 특별히 아내의 안위를 걱정한다. 결론적으로 그는 안절부절하며 불안한 심정을 품고 고향을 향해 가고 있다.

역대 제가의 평설

《모시서 毛詩序》: "〈동산 東山〉은 주공(周公)의 동쪽 정벌을 읊은 것이다. 주공(周公)이 동쪽을 정벌하여 3년만에 돌아와 함께 돌아온 군사들을 위로했다. 대부(大夫)가 이를 찬미하였으므로 이 시를 지은 것이다. 제1장은 그 완전함을 말한 것이요, 제 2장은 그리워함을 말한 것이요, 제3장은 집안에서 그리워하고 있을 그녀를 말한 것이요, 제 4장은 남녀의 혼인이 제때에 이르렀음을 즐거워한 것이다.

군자가 사람들에 대하여 그 정을 서술하고 그 수고로움을 민망히 여겼기에 사람들이 기뻐한 것이다. 기쁨으로써 백성들을 부리고 백성들이 죽음조차 잊은 것은 오직 〈동산 東山〉뿐 일 것이다!"

주희(朱熹) 《시집전 詩集傳》: "성왕(成王)이 이미 〈치효 鴟鴞〉의 시에서 체득하고, 또 뇌풍(雷風)의 변고에 감동되어 비로소 깨닫고 주공(周公)을 맞이하였다. 이 때는 주공(周公)이 동쪽으로 정벌간 지 이미 3년이 되었다. 주공(周公)이 돌아오자 그 때문에 이 시를 지어 돌아오는 장병들을 위로한 것이다."

또 말했다. "제 1장의 완전함이란 군대를 온전히 보존하고 돌아와 죽거나 부상당한 괴로움이 없음을 말한 것이요, 제 2장의 그리움이란 집에 이르기 전에 그리워하고 슬퍼하며 원망하는 회포가 있음을 말한 것이다. 집안의 아내를 그리워하고 남녀의 혼인이 제때에 이루어 지는 것으로 말하자면, 이 또한 모두 마음속으로 원하는 것이었음에도, 감히 말하지 못했다. 윗사람이 마침내 그들이 말하기 전에 먼저 노래로 읊어서 그들의 수고로움을 위로하였다. 그러니 그 기뻐하고 감격하는 정이 어떠하겠는가? 옛날에 위로하는 시는 모두 이와 같았다."

《풍호고신록 豊鎬考信綠》: "그 말을 주의깊게 음미해보면, 돌아가는 사병이 그 이별과 만남의 정을 스스로 서술한 것이다."

공등(龔橙)《시본의 詩本誼》: "빈(豳)나라 사람이 주공(周公)을 따라 동쪽으로 정벌갔다가 돌아오는 것이다."

방옥윤(方玉潤)《시경원시 詩經原始》: "주공(周公)이 돌아오는 군사를 위로하였다."

오개생(吳闓生)《시의회통 詩義會通》: "이 시의 단어는 지극히 고상하다. 〈칠월 七月〉,〈치효 鴟鴞〉와 서로 어슷비슷하다. 마땅히 주공(周公)이 지은 것이라고 여긴다. 그 단어는 완곡함이 되풀이되었고 인정의 사사로움이 곡진하다. 비록 가족과 부자간에 서로 위로하여 말하는 것이라도 이보다 더할 수 없으니, 깊은 감동을 받기에 적합하며, 사람으로 하여금 기꺼이 인정의 사사로움을 곡진히 다하게끔 할 수 있다."

진자전(陳子展)《시경직해 詩經直解》: "〈동산 東山〉은 주공(周公)이 동쪽을 정벌한지 3년만에 돌아오는데, 함께 돌아오는 병사중에 한 시인이 도중에 느낀 점을 지은 것이다. 시의 뜻은 분명하다. 이 돌아오는 병사는 스스로 무사이거나 선비의 계층에 속한다. 지극히 신분이 낮다고 해도 전원이 있는 자유농민이다. 시를 살펴보자. '아내가 시집올 때 누런 말 갈색 말이 수레 끌었었지, 之子于歸 皇駁其馬 지자우귀 황박기마.'

이에 대해 《정전 鄭箋》에서는, 그 부인이 시집올 때 수레와 의복의 성대함을 말한 것인데, 이는 바로 그 사람이 어떤 계층의 사람인지 알 수 있다.

《시서 詩序》에서는 주공(周公)이 돌아오는 병사를 위로하니 대부(大夫)가 그것을 찬미하여 지은 것이라고 여겼다.

주자(朱子)는 《변설 辨說》에서 말했다. '이것은 주공(周公)이 돌아오는 병사를 위로한 말이지, 대부(大夫)가 그를 찬미하여 지은 것이 아니다.'

왕선겸(王先謙) 역시 말했다. '시는 주공(周公)이 돌아오는 병사들을 위로하여 지은 것이라고 여긴다. 모시서에서 대부(大夫)가 그것을 찬미한 것이라고 말한 것은 아마도 잘못일 것이다. 시로써 돌아오는 병사를 대신하여 아내를 그리워하는 정을 술회하였다는데, 대부(大夫)는 이와 같은 말을 내세울 수 없다.'

나는 홀로 《독풍우식 讀風偶識》의 일설을 취한다. 최술(崔述)이 말했다. '이 시는 주공(周公)을 찬미하는 말이 한 마디도 없다. 대부(大夫)가 지은 것이 아니라는 것이 분명하다. 그리고 또한 주공(周公)이 돌아오는 병사를 위로하는 말도 아니다. 이에 돌아오는 병사 스스로 그 이별과 만남의 정을 서술한 것이다.'

내가 생각하건데, 이 시는 단지 돌아오는 병사중의 한 사람이 개인적인 심정을 지어서 말한 것이며, 일반적으로 돌아오는 병사와는 관계가 없다."

여관영(余冠英) 《시경선 詩經選》: "이것은 강제로 원정나간 남자가 고향으로 돌아오는 도중에 집을 그리워한 시다. 가랑비가 부슬부슬 내리는 길위에서, 그는 집에 돌아간 뒤 평민 신분을 회복하는 즐거움을 상상한다(제 1장). 아마도 이미 황폐해진 가정을 상상하면서 한편으로는 두려움을 느끼면서도 한편으로는 그리워한다(제 2장). 자신의 아내가 그를 그리워하며 비탄하는 것을 상상한다(제 3장). 3년 전 신혼의 광경을 회고하며 오랜 이별 후에 다시 만나는 정황을 구상한다(제 4장)."

원매(袁梅)《시경역주 詩經譯注》: "이 시는 노예주 계급에 의해 강제로 출정나갔던 사람이 고향으로 돌아오는 도중의 복잡한 심정을 묘사하였다. 그는 한편으로는 걸으면서 다른 한편으로는 상상한다. 과거 신혼때의 행복을 회고하며, 오랜 이별 후의 고향과 아내를 기억한다. 그는 제대하여 고향에 농사지으러 가면서 아내와 한자리에 모이는 기쁨을 예감한다. 또한 고향의 전원이 황폐하고, 눈에 보이는 것 모두가 처량한 참상일거라고 상상한다. 즉 옛날의 경사스러웠던 신혼을 돌아보고 또 아내가 지금은 어떻게 사는지 알 수 없어, 희비가 교차하고 안절부절 불안하다. 이것은 모두 착취하는 통치 계급이 그를 정의롭지 못한 전쟁에 내보낸 결과다."

정준영(程俊英)《시경역주 詩經譯注》: "이것은 원정나간 한 병사가 돌아오는 중에 집을 그리워한 시다. 그는 일찍 돌아가기를 갈망하면서도 일어날 수 있는 여러 상황을 걱정하며, 복잡하고 세밀한 감정을 표현하였다."

고형(高亨)《시경금주 詩經今注》: "이것은 사병이 출정 나간지 3년 후에 집으로 돌아오면서 지은 시다. 그는 도중에서 집에 도착할 이후의 상황과 심정을 썼다."

원유안(袁愈荌), 당막요(唐莫堯)《시경전역 詩經全譯》: "원정으로부터 고향으로 돌아오는 병사가 도중에 고향 전원의 황망함과 아내의 비탄스런 심정을 생각하였다."

김계화(金啓華)《시경전역 詩經全譯》: "징집 당한 남자는 돌아오는 도중에 끊임없이 많은 생각이 떠오른다. 자신이 제대하고 고향으로 농사지으러 가는 것을 생각하고, 집안의 황량함을 생각하며, 아내가 그를 그리워하는 것을 생각하고, 신혼의 즐거움을 생각하면서, 오랜 이별 후에 만나는 즐거움이 신혼보다 나을 것이라고 생각한다."

번수운(樊樹雲)《시경전역주 詩經全譯注》: "이것은 정벌 전쟁에 나갔던 사병이 제대하고 돌아오는 도중에 고향을 그리워한 시다. 이는 국풍(國風)의 저명한 서정시 가운데 하나이다. 그것은 사병의 군대생활, 고향을 그리워하는 정서, 계속되는 전쟁 때문에 전원이 황폐해져서 열 집에 아홉 집은 텅빈 재난의 상황, 신혼 생활의 달콤한 기억을 묘사하였다. 장기간의 정벌 전쟁에 대한 혐오와 평화로운 생활에 대한 고대 인민의 바람을 표현하였다.

옛 주석본《상서대전 尚書大傳》에서는 '주공(周公)이 섭정하여, 1년에는 난을 구하고, 2년에는 동쪽을 정벌하고, 3년에는 엄(奄)나라에 이르렀다.'라고 하였다. 주공(周公)이 동쪽 정벌에서 돌아오는 전사들을 위문하여 지은 것이라고 여긴 것이다. 이 주장과 시의 내용 및 정조와는 서로 맞지 않는다."

강음향(江陰香)《시경역주 詩經譯注》: "이것은 주공(周公)이 동쪽 정벌에서 돌아오는 장군과 사병을 위로한 시다."

四

정부(征婦: 전쟁 나간 남편을 둔 아내)

춘추시대에 끊이지 않았던 전쟁은 수 천 수 만 가정의 행복을 파괴하였고 백성들에게 혹심한 재난을 가져다주었다. 남편은 전쟁에 나가고 아내는 빈 방을 지켰다. 출정한 남편이 외지에서 생사여부를 점칠 수 없을 때 정부(征婦)는 집에서 눈이 빠지게 기다리며 하루를 일 년과 같이 지냈다.

〈백혜 伯兮〉(위풍 衛風) 중의 한 부녀자는 원정 나간 남편을 그리워한다. 한편으로는 남편이 "왕을 위하여 말을 타고 선도 할 수 있다"고 스스로 긍지를 느낄 수 있고, 다른 한편으로 그녀는 독수공방이 비통스럽다. 남편이 출정한 이후부터 그녀는 더 이상 치장하고 화장할 마음이 없고, 남편을 그리워하여 머리가 아플 정도였다. 그녀는 "망우초 忘憂草"를 얻으려고 하는데, 이는 고통을 잊기 위해서다. 그러나 망우초는 얻을 수 없는 것이다. 그녀는 하는 수 없이 그저 그리움의 고통 속에 자신을 학대 했다.

〈소융 小戎〉(진풍 秦風) 중의 한 부녀자는 출정 나간 남편을 밤낮으로 그리워한다. 매번 남편이 출정 나갈 때의 위풍당당하고 힘찬 모습을 떠올릴 때마다 일종의 보람된 마음이 생기는 것을 막을 도리가 없다. 그러나 이와 동시에 그녀는 또한 남편의 안위를 걱정하여 밤낮으로 놀란 가슴이 가라앉지 않는다. 출정한 남편이 하루빨리 무사히 돌아오기를 간절히 바란다.

1. 〈백혜 伯兮〉 [위풍 衛風]①

伯兮朅兮②	백혜흘혜	내님이여 늠름하기도 하지
邦之桀兮③	방지걸혜	나라의 호걸이네
伯也執殳④	백야집수	내님은 긴 창 들고
爲王前驅⑤	위왕전구	왕을 위해 선봉이 되었네

自伯之東⑥	자백지동	내님이 동쪽으로 떠난 후
首如飛蓬⑦	수여비봉	내 머리는 날리는 쑥대처럼
豈無膏沐⑧	기무고목	어이 머릿기름 없으리오마는
誰適爲容⑨	수적위용	곱게 단장하여 누구를 기쁘게 하리오

其雨其雨⑩	기우기우	비좀 내렸으면 비좀 내렸으면
杲杲出日⑪	고고출일	햇빛만 쨍쨍 내리쬐니
願言思伯⑫	원언사백	사무친 님 그리움에
甘心首疾⑬	감심수질	두통마저 달갑게 여기네

焉得諼草⑭	언득훤초	어디서 망우초나 얻어다
言樹之背⑮	언수지배	뒷곁에다 심어 볼거나
願言思伯	원언사백	사무친 님 그리움에
使我心痗⑯	사아심매	내마음 병들게 했네

시구 풀이

① 〈伯兮 백혜〉는 어떤 부녀자가 원정 떠난 남편을 그리워한 시다.
　　衛(위): 나라이름, 지금의 하남 북부(河南 北部)에서 하동 남부(河東 南部)까지 이른다.
② 伯(백): 주나라 때 여자가 남편을 백(伯)이라 칭했다.
　　朅(흘): 朅朅. 즉 아주 용맹스럽다는 뜻. 위풍당당하고 건장한 모습.

③ 桀(걸): 지혜와 재주가 뛰어난 자.

④ 殳(수): 고대의 무기. 대나무 제품인데 모양이 대나무 장대와 비슷함. 이것으로써 당시에 길이를 재고 양을 달았다. 길이는 1장(丈) 2척(尺)이다.

⑤ 前驅 (전구): 앞에서 이끌다. 선봉대가 되다.

⑥ 之 (지): 가다.

⑦ 飛蓬 (비봉): 다북쑥이 바람부는대로 사방으로 엉클어져 흩날리는 것. 이것으로써 평상시에 머리도 안 감고 안 빗어서 엉망진창인 머리카락을 비유했다.

⑧ 膏(고): 머리카락을 윤기 나게 하는 기름.

  沐(목): 머리감는 것을 가리킨다.

⑨ 適(적): 기쁘다.

  容(용): 용모를 곱게 꾸미는 것을 말한다.

⑩ 其(기): 어조사. 여기서는 일종의 희망적인 어기를 표시한다.

⑪ 杲杲(고고): 빛나는 모양.

⑫ 願言(원언): 그리움이 사무쳐 잊지 못하는 모양.

⑬ 甘心(감심): 진심으로 원하다. 달게 받는다는 뜻.

  首疾(수질): 두통.

⑭ 焉(언): 어느 곳.

  훤초(諼草): 또는 萱草(훤초). 지금의 금침채(金針菜), 황화채(黃花菜). 옛날 사람들은 이러한 풀이 사람에게 근심을 잊게 해줄 수 있다고 여겼다. 망우초(忘憂草)

⑮ 言(언): 접속사.

  樹(수): 나무를 심다.

  背(배): 옛날의 북(北)자. 여기에서 배(背)는 북쪽 뜰, 혹은 후원을 일컫는 것으로 바로 뒷방의 북쪽 계단 아래이다.

⑯ 痗(매): 병.

〈백혜 伯兮〉 이 시는 한 부녀자가 종군하여 원정나간 그녀의 남편에 대한 그리움을 묘사한 시다.

전체의 시는 4장으로 나뉘어진다.

제 1장에서 그녀는 자기 남편의 기개가 용맹무쌍하여 위(衛) 나라의 걸출한 인재인 것이 자랑스럽다고 노래하고 있다. 매번 외지로 나가 전쟁을 치르는 남편은 언제나 손에 무기를 들고 왕을 위하여 앞장을 선다. 그녀가 찬양하는 말에서 알 수 있듯이 그녀의 남편은 "여분(旅賁)"이라는 관직에 종사하고 있다. 이는 "중사(中士)" 계층에 속하는 것으로 지위가 상당히 높다. 그녀는 당연히 사회의 상류층 인물이다.

제 2장의 내용은 갑자기 돌변한다. 제 1장은 남편을 찬미하며 자못 자랑스러워하는 감이 있으나, 제 2장에서는 남편에 대한 그리움의 고통으로 충만된 정을 노래하고 있다. 남편이 동쪽으로 원정(遠征)을 떠난 후에 자신의 "내 머리는 엉클어진 다북쑥처럼, 수여비봉 首如飛蓬" 머리카락이 산만하지만 단장하고 싶지 않다. "곱게 단장하여 누구를 기쁘게 하리오, 수적위용 誰適爲容" 남편이 곁에 있을 때 용모를 꾸민 것은 남편에게 기쁨을 주기 위해서였으나 지금 남편이 집을 떠나 원정나가 있으니 곱게 단장하여 누구에게 기쁨을 주리오?

다시 말해 아름답게 꾸미는 것은 아무 의미가 없다는 것이다. 바로 이같은 이유로 머리 감고 빗으며 단장하는 데 게을러졌다는 것이다. 그녀의 마음이 한곳으로 쏠리고 그 회상이 더욱 깊어졌음을 알 수 있다.

제 3장은 비가 내려주길 갈망했으나 오히려 햇볕만 쨍쨍 내리쬐는 것으로써 남편의 빠른 귀가를 바라나 남편은 공교롭게 돌아오지 않음을 비유하고 있다. 그녀는 머리가 아플 정도로 남편에 대한 생각이 절실하지만 그것을

기꺼이 원한다. 그리움의 절실함과 상사(相思)의 고통을 알 수 있다.

제 4장은 "세상에 '망우초(忘憂草)'라는 것이 어디 있다면 뒷 곁에나 심을텐데……"라고 하고 있다. 망우초는 결국은 얻을 수 없는 것이다. 사실 그 어떠한 약초라도 마음의 병을 치유할 수는 없으며 마음의 병은 마음에 의지해서만 치유될 수 있는 것이다. 보아하니 남편이 귀가하기 전에는 이 부녀자의 상사병은 그 어느 약초로도 치료되지 않을 것이다.

이 시는 남편의 출정이 아내에게 잠깐의 긍지를 가져다 주었으나 그 즉시 찾아온 것은 생활의 혼란함과 내면의 고통이었음을 묘사하고 있다. 이 부녀자의 남편에 대한 뼈에 사무치는 그리움은 버려둘 수도, 치유될 수 있는 것도 아니어서 그녀는 심지어 한도 끝도 없는 상사의 괴로움속에 가라앉아 버리길 원하고 있다. 춘추(春秋) 시대의 전쟁은 상층사회의 부녀에게도 너무나 큰 고통을 가져다주었음을 알 수 있다.

역대 제가의 평설

《모시서 毛詩序》: "〈백혜 伯兮〉는 시대를 풍자한 것이다. 남편이 병역을 가서 왕을 위해 앞장을 섰는데 시간이 지나도 돌아오지 않는다고 읊고 있다."

주희(朱熹) 《시서변설 詩序辨說》: "옛 설에는 '왕을 위해 앞장을 섰네(爲王前驅)'라는 시구를 곧 《춘추 春秋》에 쓰여있는 '왕을 좇아 정(鄭)나라를 쳤다(從王伐鄭)'라는 일이라고 여겼다. 그러나 시에는 또 '남편이 동쪽으로 간 이후로부터(自伯之東)'라고 말하고 있다. 정(鄭)나라는 위(衛)나라의 서쪽에 있기 때문에 이 같은 행동을 취할 수 없는 것이다."

《시집전 詩集傳》: "아내가 그의 남편이 너무 오랫동안 병역으로 나가 있어서 이 시를 지었다."

요제항(姚際恒) 《시경통론 詩經通論》: "〈소서 小序〉에서 '시대를 풍자한 시다'라고 했는데 이는 틀렸다. 정씨(鄭氏)는 이르길 '위선공(衛宣公) 때 채인(蔡人), 위인(衛人), 진인(陳人)이 왕을 좇아 정(鄭)나라를 정벌한 것은 5년이나 오래 걸렸다'라고 했다. 이 말은 맞다. 왜냐하면 시에 있는 '왕 王'자를 근거로 삼고 있기 때문이다. 그렇지 않으면 위나라 사람이 어떻게 왕을 위해 앞장을 설수 있겠는가? '남편이 동쪽을 떠난 이후 부터(自伯之東)' 는 왕을 좇아 동쪽으로 간 것이다. 정나라는 바로 왕의 나라의 동쪽에 있었다."

방옥윤(方玉潤) 《시경원시 詩經原詩》: "이 시는 단지 아내가 남편을 생각하는 가사일 뿐 아니라 원정 나간 이에게 보내기 위해 지은 시다. 다음 장에 있는 시어의 뜻을 잘 살펴보면 알 수 있다."

오개생(吳闓生) 《시의회통 詩義會通》: "춘추(春秋) 시대의 일을 《좌전 左傳》에서 싣지 않은 것이 매우 많았다. 그런데 하필 한 가지 사건을 지목하여 근거로 삼았겠는가? 요약한다면 시의 뜻은 거듭 원정 부역의 곤란함에 있다는 것으로 위에 있는 자들이 백성을 긍휼이 여기지 않았음이 나타나 있다. 그 뜻이 왕을 좇아가는 것에 매여 있지 않다. 결국 어떤 부역인가에 대해서 경전에서는 본래 분명한 글이 없으므로 깊이 논의할 필요가 없다."

육간여(陸侃如) 《중국시사 中國詩史》: "〈백혜 伯兮〉의 여자는, 남편이 출정 나가자 끝내 머리도 감지 않고 머릿기름도 바르지 않아 머리가 마치 바람에 날리는 다북쑥처럼 되었다. 이는 곧 사마천(司馬遷)이 "여자는 자신을 기쁘게 해주는 자를 위해 단장한다. 女爲悅己者容" 라는 뜻이다. 역시 이별시 가운데 새로운 국면을 열었다."

진자전(陳子展) 《시경직해 詩經直解》: "〈백혜 伯兮〉는 아내가, 그 남편이 부역에서 아직 돌아오지 못하자 깊이 고통을 느껴서 지었다. 시의 뜻은 저절로 분명하다.

《시서 詩序》에서는 시대를 풍자한 것으로서 부역을 나갔다가 시간이 지나도 돌아오지 않는다고 했다. 시인의 언어 바깥의 뜻을 통해 미루어보면 역시 틀리지 않는다.

《정전 鄭箋》에서 말했다. '위 선공(衛 宣公)때, 채인, 위인, 진인이 왕을 좇아 정(鄭)을 쳤다. 남편도 왕을 위해 앞장선 지가 이미 오래되어서 집안사람이 그를 그리워한 것이다.' 금문의 삼가(三家: 노 魯, 제 齊, 한 韓)도 다른 이견이 없다. ……

《모전 毛傳》에서 '백(伯)은 주백(州伯: 관직명칭)이다.' 《정전 鄭箋》에서, '백(伯)은, 남편(君子)이다'고 했다. 나의 소견으로는 백(伯)은 아마 아내가 그의 남편을 일컫는 것 같으므로 정전(鄭箋)의 설이 비교적 낫다. 요약하면 남편이 앞장섰다는 것은 그 자신 '무사 武士'로서 당시 사회의 사(士) 계층에 속해 있든지, 아니면 또한 자유로운 백성의 한 계층에 속해 있었을 것이다. 만일 시에서 왕을 주왕(周王)으로 간주하고 정나라를 치러간 것으로 여긴다면 시에서 말한 '남편이 동쪽으로 간 뒤로부터 (自伯之東)'는 정벌 나간 방향에서 논쟁이 생긴다. 만약 백(伯)을 주백(州伯)이라 해석하든 대부라 해석하든 간에 역시 논쟁은 있게 된다. 지금 사람들은 이미 이러한 무의미한 논쟁에 관여할 흥미가 없다."

여관영(余冠英) 《시경선역 詩經選譯》: "한 여자가 멀리 원정나간 남편을 그리워한 시다. 그녀는 남편이 창을 들고 앞장서는 기개의 용맹함을 상상하고는 자못 자랑스러움을 느꼈으나, 이별 후에 뼈에 사무치는 상사의 고통을 충분히 받고 있다."

원매(袁梅) 《시경역주 詩經譯注》: "이것은 한 애국적인 부녀자가 노래한 '사부곡(思夫曲)'이다. 그녀는 번쩍이는 창을 들고 철마를 탄 용맹무쌍한 위나라 군인인 남편에게 긍지를 느꼈으나 또한 끝없는 그리움에 시달리고 있다.”

　정준영(程俊英)《시경역주 詩經譯注》: “이 시는 한 여자가 원정 떠난 남편을 그리워한 것이다. 시의 예술적인 특징은 점점 진행하면서 바로 ‘사(思)’자에 집중적으로 쓰여졌다.”

　김계화(金啓華)《시경전역 詩經全譯》: “남편이 출정 나가자 아내는 그가 영웅임을 찬미했으나 또 머리가 아플 정도로 그리워했다.”

　번수운(樊樹雲)《시경전역주 詩經全譯注》: “남편을 생각한 시다. 시인의 남편이 왕을 좇아 정벌을 나갔으나 오랜 부역에도 돌아오지 않는다. 그녀는 오랜 가뭄에 비를 갈망하는 것처럼 밤낮으로 남편이 돌아오기를 기다린다. 머리를 빗지 않고 감지도 않으며 단장도 하지 않는다. 음식이 들어가지 않아 이윽고 병을 얻어 쓰러졌다.”

　고형(高亨)《시경금주 詩經今注》: “아내가 원정나간 남편을 회상하여 이 시를 지었다.”

　원유안(袁愈荌), 당막요(唐莫堯)《시경전역 詩經全譯》: “남편이 장기간의 부역으로 귀가하지 않자, 아내가 멀리 있는 사람을 회상한 서정시다.”

　강음향(江陰香)《시경역주 詩經譯注》: “남편이 집을 떠나 외지에서 오랫동안 전쟁을 하고 있기 때문에 아내가 이 시를 지은 것이다.”

2. 〈소융 小戎〉【진풍 秦風】①

小戎俴收②	소융천수	작은 병거엔 낮은 수레턱
五楘梁輈③	오목양주	다섯 번 가죽으로 감은 수레채
流環脅驅④	유환협구	복마등엔 유환, 참복엔 협구로다
陰靷鋈續⑤	음인옥속	가죽 띠에 싸인 백동 장식의 가로턱
文茵暢轂⑥	문인창곡	호랑이 가죽 방석에 긴 굴대
駕我騏駽⑦	가아기주	내 청흑색 말과 뒷발 흰 말이 끄네
言念君子⑧	언념군자	내 님 생각하니
溫其如玉⑨	온기여옥	그 따뜻한 마음씨는 구슬 같아
在其板屋⑩	재기판옥	지금은 서융의 판잣집에 있어
亂我心曲⑪	난아심곡	내 마음속 어지러워라
四牡孔阜⑫	사모공부	네 필의 살찌고 큰 수말에
六轡在手	육비재수	여섯 고삐 줄 손에 쥐었네
騏駵是中⑬	기류시중	청부루 월다말은 안쪽에서 달리는 복마
騧驪是驂⑭	왜려시참	공골말 가라말은 밖에서 달리는 참마
龍盾之合⑮	용순지합	용무늬 방패 한 쌍에
鋈以觼軜⑯	옥이결납	백동으로 도금한 고리에 맨 고삐
言念君子	언념군자	내 님 생각하니
溫其在邑⑰	온기재읍	온화한 얼굴로 서융의 읍에 있겠지
方何爲期⑱	방하위기	장차 언제 돌아오시려나
胡然我念之⑲	호연아념지	어이하여 나 이토록 그가 그리울까
俴駟孔群⑳	천사공군	엷은 쇠갑옷 입힌 네필 말 잘 맞춰 달리고
厹矛鋈錞㉑	구모옥대	세모창 손잡이에 백금장식
蒙伐有苑㉒	몽벌유원	여러 새깃 그려진 방패는 아름답고
虎韔鏤膺㉓	호창루응	호랑이 가죽 활집엔 아로새긴 장식
交韔二弓㉔	교창이궁	두 활은 엇갈리게 활집에 넣고
竹閉緄縢㉕	죽폐곤등	대나무 활 도지게 끈으로 동여 매었네
言念君子	언념군자	내 님 생각하니
載寢載興㉖	재침재흥	잠이 들었다 깨었다

厭厭良人㉗　　염염양인　　　의젓하고 어진 내 낭군
秩秩德音㉘　　질질덕음　　　지혜롭고 품성도 좋아

① 〈소융 小戎〉은 아내가 원정나간 남편을 그리는 시다.
　　秦風(진풍): 춘추(春秋)시대의 진(秦)나라[지금의 섬서(陝西), 감숙
　　(甘肅) 일대]의 시가
② 小戎(소융): 작고 가벼운 병거(兵車). 옛날의 병거는 행군할 때 앞
　　쪽에 가는 것을 원융(元戎)이라 하여 장수가 올라탔고, 뒤쪽에 가
　　는 것을 소융이라 하여 사병이 올라 탔다. 원(元)은 크다는 뜻.
　　俴收(천수): 얕은 차체.
　　俴(천): 얕다.
　　收(수): 차머리. 차체. 고대에 평탄대로를 운행하는 짐수레는 모두
　　수레 뒷 턱의 나무 깊이가 8자, 적진으로 돌격하여 함락시키는 데
　　사용되는 병거는 수레 뒷 턱의 나무 깊이가 4자 4치였다. 병거에
　　얕은 수레 턱 나무를 쓰는 까닭은 전투의 필요에 적응시켜 말을
　　달려 진격하는데 편리하도록 한 것이다.
③ 五楘(오목): 가죽으로 다섯 번을 휘감으며 서로 교차시켜 배열하고
　　질서정연하게 만든 것.
　　梁輈(양주) 구불구불한 수레 채. 굽은 끌채는 다섯 묶음의 가죽 띠
　　가 이어져 있어서 "오목양주(五楘梁輈)"라고 한다.
④ 遊環(유환): 움직이는 고리. 가죽으로 고리를 만들어서 두 마리의
　　服馬(복마) 등 위에 씌워 두 마리의 참마(驂馬) 바깥 고삐에 잇대
　　어서 참마가 밖으로 나가는 것을 막았다.
　　脅驅(협구): 가죽을 앞면의 마차 횡목에 양단(兩端)을 묶고, 뒷면

의 차체판 양단에 묶어서 복마의 옆구리밖에서 참마가 안쪽으로 들어오지 못하게 했다.

⑤ 陰(음): 수레 가로턱 앞의 판.
靷(인): 차가 앞으로 가도록 이끄는 가죽 띠. 두 마리의 참마가 옆에서 가죽 띠를 당겨 복마를 도와 수레를 끈다.
鋈續(옥속): 백동으로 도금한 고리로써 가죽 띠를 단단히 끼웠다.
*鋈(옥): (백동으로) 도금하다.

⑥ 文茵(문인): 호랑이 가죽 방석.
暢轂(창곡): 긴 차축. 굴대.

⑦ 騏(기): 청흑색에 무늬가 있는 말. 청부루.
馵(주): 왼쪽 뒷발이 흰 말.

⑧ 言念君子(언념군자): 나의 좋은 사람(사랑하는 사람)을 회념한다.
言(언): 발어사. 일설에는 나(我)로 해석하기도 함.
念(념): 회상.
君子(군자): 여기서는 여자가 애인에 대해 일컫는 말.

⑨ 溫其如玉(온기여옥): 성정의 온화함이 마치 순결하고 빛나는 옥과 같다는 말.

⑩ 板屋(판옥): 농서[隴西: 농산(隴山)의 서쪽. 즉 감숙성(甘肅省) 일대]는 산에 산림이 울창하여 사람들이 판자로 집을 지었다. 이외에도 板屋(판옥)은 서융지방을 대신 가리키기도 한다.

⑪ 心曲(심곡): 마음속의 깊은 곳.

⑫ 四牡(사모): 수레를 이끄는 네 마리의 공마(公馬)를 가리킨다.
孔阜(공부): 매우 살찌고 크다.

⑬ 騮(류): 적색의 검은 갈기 말. 월다 말.
是(시): 곧.
中(중): 가운데의 복마.

⑭ 騧(왜): 입 가장자리가 검은 황마. 공골 말.

驪(려): 순수한 흑말. 가라 말.

驂(참): 고대에는 네 마리의 말로 수레를 끌었는데 끌채의 양쪽 바깥 측에서 수레를 끄는 두 필의 말을 참이라 부른다.

⑮ 龍盾(용순): 용무늬가 그려진 큰 방패.

合(합): 쌍쌍이 하나가 되도록 연결한 것.

⑯ 觼(결): 혀가 달린 고리(*앞쪽 수레턱에 달려 있어 여기에 고삐를 맨다).

軜(납): 참말의 안쪽 고삐.

⑰ 邑(읍): 서융의 읍. 즉 여자의 남편이 전투를 하는 서융의 마을.

⑱ 方何爲期(방하위기): 장차 어느 달 어느 날이 귀환 날이 될 것인가?

方(방): 장차.

何(하): 언제. 어느 날을 가리킨다.

⑲ 胡然(호연): 어쩌면 그렇게도.

我念之(아념지): 나는 그를 회상한다.

⑳ 俴駟(천사): 네마리의 말을 모두 엷은 쇠로된 갑옷을 입혔다.

孔群(공군): 말이 화목하고도 숙련되게 잘 달리는 것을 가리킨다.

㉑ 厹矛(구모): 날카로운 칼날이 세 갈래인 긴 창.

鋈錞(옥대): 창의 손잡이 하단을 백금으로 입혀 장식한 것.

㉒ 蒙(몽): 복잡하다는 뜻. 현란한 날개가 그려진 무늬를 가리킨다.

伐(벌): 방패의 다른 이름.

苑(원): 여기서는 꽃무늬가 매우 아름다운 모양을 가리킨다.

㉓ 虎韔(호창): 호랑이 가죽으로 만든 활집.

鏤膺(누응): 금으로 활집 앞면을 아로새긴 장식.

㉔ 交暢(교창): 활을 교차시켜 활집에 꽂아 놓은 상태. 상반되게 두 활이 꽂혀 있는데 이것은 그 중 하나가 손상됐을 때 보충 교환하기 위해서이다.

㉕ 竹閉(죽폐): 대나무로 만든 활 도지개. 활을 바르게 잡아주는 데

사용한다.

緄縢(곤등): 끈으로 묶은 것.

㉖ 載寢載興(재침재흥): 잠이 들었다 깼다 하는 것. 이미 잠이 들었다가 깨거나 혹은 깼다 잠드는 것을 가리키는데, 그리움이 깊어져 편안히 기거할 수 없어 꿈자리가 사나운 것을 형용한다.

㉗ 厭厭(염염): 점잖고 평온한 모양.

良人(양인): 여자가 남편에 대해 일컫는 말.

㉘ 秩秩(질질): 총명하고 지혜가 많아 사리에 통달한 것.

德音(덕음): 사람에 대한 좋은 평판을 가리킨다.

감상과 해설

〈소융 小戎〉 이 시의 주인공은 부녀자인데 그녀가 애절하게 그리는 것은 바로 서역(西域)에서 전쟁을 하는 그녀의 남편이다.

이 시가 기술(記述)된 것은 진양공(秦襄公) 12년 (기원전 766년) 양공(襄公)이 융(戎)을 칠 때의 일이다. 당시 진(秦)나라의 무력은 막강했고 진나라에 바로 근접해 있던 서융 역시 한창 강성한 시기를 맞고 있어서 쌍방이 대치하는 국면이 형성되었다. 여시인은 남편이 징집에 호응하여 군에 들어가 적과 싸우기 위해 전선으로 향하니 긍지는 느끼면서도 걱정되고 상심하는 마음이 끊이질 않는다.

전체 시는 모두 3장이다.

제 1장은 진군(秦軍)이 출정할 때 전차의 위엄을 회상하면서 남편을 그리워하는 슬픈 정서를 토로하고 있다. 그 해를 생각하면 진나라 군대의 전차 천대는 매우 장관을 이루었다. 장수가 탄 큰 수레는 앞서 가고 사병들이 탄 소형 수레는 급하게 그 뒤를 따랐다. 전차의 굴대는 모두 가죽으로

칭칭 휘감겼고, 음판(수레 가로턱 앞에 있는 판)은 백동으로 장식하고 방석은 호랑이 가죽으로 만들었다. 모든 전차마다 수말 네 마리가 끌고 가니 이 얼마나 기백이 넘쳐 나는가! 남편이 출정할 때의 정경이 여시인의 기억에는 오히려 새롭기만 하다. 매번 떠오를 때마다 진나라 군용(軍容)의 성대함에 긍지를 느끼게 한다.

그러나 이와 동시에 근심스러움이 끊이질 않는다. 성격이 온화하고 인품이 옥과 같은 그녀의 남편은 이때 마침 서융의 판잣집에 주둔하여 날마다 생사를 넘나드는 전투를 치루고 있는 것이다. 그녀는 배우자를 아득히 생각하니 늘 마음에 걸려 마음이 삼가닥처럼 심란한 것을 견디지 못한다.

제 2장은 진나라 군대가 출정할 때 병마(兵馬)의 웅장함을 기억하고, 출정간 남편의 빠른 귀가를 갈망한다. 생각해보니 그 해에 진군의 전마(戰馬) 천 필(千四)은 키가 크고 살이 쪄서 아주 당차 보였다. 네 필의 수말이 전차 한대를 끌었는데 중간 두필은 적색 몸의 말, 좌우 양쪽은 황색의 말로 털 색깔이 다채롭고 얼룩얼룩하다. 전차위에는 용을 그린 방패가 배열되었다. 여시인은 매번 이런 정경을 생각할 때마다 한줄기 호방한 정이 더욱더 새록새록 생겨난다.

그러나 이와 동시에 그녀의 고통도 잇따라 찾아온다. 당시 진국과 서융의 전쟁은 꽤 오래 끌어서 전방에서 싸우는 장사(將士)는 오랫동안 돌아갈 수가 없었다. 그녀는 이 때문에 불안, 초조한 것이다. 고개를 들어 푸른 하늘에 묻는다. 그들은 도대체 언제야 돌아오는가? 출정간 남편이 하루속히 돌아오지 않으니 그녀는 하루도 안심할 수 없다.

제 3장은 진군이 출정할 때 병기의 예리함을 상기하며 남편이 너무 오래 귀가하지 않는다는 생각이 떠오르자 마음이 편안치 못하게 되었다. 그 해 진군의 무기는 마치 숲처럼 살기등등했다. 창은 백동으로 장식하고, 방패는 현란한 꽃문양이 그려져 있고, 활집도 새로 장식하여 두 활을 교차하

여 끈으로 묶었다. 칼과 창을 들었으니 한기가 오싹한게 얼마나 위엄이 느껴졌던가!

　그러나 장사들이 출발하고는 여태껏 돌아오지 않는다. 그녀는 군대를 따라 출발하여 전방에 간 남편에 대해 안심할 수 없어서 거처가 편안하지 못했다. 긴긴밤 밤새도록 잠들었다 깨고 깼다가는 잠드는 것이다. 그녀는 남편의 여러 가지 좋은 점, 즉 성격이 온화하고, 총명하고, 지혜가 많아 사리에 통달했음을 생각한다. 남편의 여러 좋은 미덕은 더욱 밤낮으로 솟구쳐서 마음을 잡을 수가 없다.

　〈소융 小戎〉은 진풍(秦風)에 속하며 진풍의 한 가지 특징은 바로 상무(尙武) 정신이다. 정벌하러 간 이 병사의 아내의 시에서도 맹렬하고도 도도한 상무 기상이 배어져 나온다. 여시인은 남편을 그리는 정을 토로하기에 앞서 진군의 장사가 출정할 때 군대의 위용(威容)과 위엄을 먼저 떠올리고 또한 진나라 군력이 강성하여 그 막강함이 비할 데가 없는 것에 대해 자부의 심정을 유출하였다.

　동시에 이러한 기억은 필연적으로 남편에 대한 그리운 정을 촉발시킨다. 이 때문에 진(秦)나라 군대 장군 사병들의 출정과 그들 부부의 이별은 한 장면 안에 존재한다. 그녀의 진군 출정 때에 대한 기억은 당연히 부부이별의 정을 더욱 끌어 움직이게 하는 것이다. 군대의 위용과 위엄에 대한 그녀의 기억이 구체적일수록 더욱 전방전투의 치열함이 연상된다. 게다가 "장사는 한번 가면 돌아오지 않네(壯士一去兮不復還)" 라는 말은 그녀의 남편에 대한 걱정과 그리움의 도를 한층 더 부가 시키는 것이다. 남편을 만날 수 없으니 여시인은 전차를 생각만 해도 곧 마음이 심란해지고, 병마가 떠오르면 속이 뒤틀리고, 머릿속에 칼과 창이 번득 나타나면 밤낮으로 심신이 불안한 것이다.

　그녀는 진실로 진군의 군대가 강하고 말이 씩씩한 것에는 긍지를 느끼지만, 한편 전선에서 전투에 임하고 있을 남편을 생각하면 밤낮으로 초조하다. 긍지와 근심 이 두 가지 모순된 정감이 엇갈리면서 전체 시는 호방함과 진지한 감정이 기조를 이루고 있다

역대 제가의 평설

《모시서 毛詩序》: "〈소융 小戎〉은 양공(襄公)을 찬미했다. 병기와 갑옷을 준비하고 서융(西戎)을 쳤다. 서융은 바야흐로 강해서 정벌이 끝나지 않았다. 백성들은 수레와 무기를 자랑하지만 아내는 남편을 근심할 것이다."

주희(朱熹) 《시집전 詩集傳》: "서융 나라는 진나라의 신하국으로써 불구대천의 용서할 수 없는 원수다. 양공이 천자의 명을 받들어 군대를 이끌고 가서 쳤다. 그래서 징집된 사람의 아내로서는 우선 수레와 갑옷의 이같은 성대함에 긍지를 느꼈지만 이후에는 개인적인 정을 언급한다. 아마 정의로써 군대를 일으켰으니 설사 아내라 할지라도 싸움터로 나가는 용기를 알고 원망하는 바가 없을 것이다."

요제항(姚際恒) 《시경통론 詩經通論》: "〈서 (序)〉에서는 '양공을 찬미했다'라고 했고, '백성들이 수레와 무기를 자랑하지만 아내는 남편을 근심할 수 있다'고 했다. 시는 하나인데 뜻은 둘이니 잘못되었다. 《위설 僞說》에서 이르길 '양공이 대부를 파견해 융을 정벌하니 그들을 수고롭게 한 것이다'고 했는데 의미가 거의 옳다."

방옥윤(方玉潤) 《시경통론 詩經通論》: "서융에 정벌나간 장사(將士)를 회상했다."

문일다(聞一多) 《풍시유초 風詩類抄》: "사람을 회상한 시다."

진자전(陳子展) 《시경직해 詩經直解》: "〈소융〉은 양공의 서융 토벌을

찬미한 시다. 《서》가 옳다. '3가(三家)에서는 이견이 없다'. 주자의 《변설 辨說》에서는 이 시의 시대의 풍습이 꼭 그렇지는 않다고 여겼으나 틀렸다. 이 시에서 언급된 거마병갑(車馬兵甲)의 제도는 본래 주석 가운데 명확한 것이 아주 적다. 지금의 언어로써 번역하여 현대시로 만들기가 무척 곤란하다 …… 좁은 내 소견으로는 양공 7년에서 12년까지 5, 6년간은 모두 융을 정벌했던 시기이다. 〈소융〉의 시는 당연히 이 시기에 지어졌다. [주 유왕(周 幽王) 11년 기원전 771 ~ 주 평왕(周 平王) 5년 기원전 766]. 위원(衛源)은 《시고미 詩古微》에서 양공 29년 《좌전 左傳》 복건(服虔) 주에 근거해서, 양공이 선인(先人)을 추록하여 〈소융 小戎〉을 지은 것으로 여겼다. 이는 곧 장공(藏公)이 일찍이 7천명의 군사로 서융을 쳐부순 것을 찬미한 것이다. 나는 이것이 꼭 옳다고 할 수는 없을 것 같다."

원유안(袁愈荌), 당막요(唐莫堯) 《시경전역 詩經全譯》: "아내가 정벌나 간 남편을 그리워하고, 거마와 무기를 회상함으로써 그의 미덕을 찬양했다."

원매(袁梅) 《시경역주 詩經譯注》: "이것은 한 여자가 정벌 나간 남편을 그리워함과 아울러 양공의 무력이 성대함을 찬미한 시다. 양공은 군사를 정비해서 서융을 쳤으나 서융도 한창 강성한 때인지라 장기간의 대치국면이 형성되었다. 이 여자가 비록 원정 나간 남편을 그리워하나 진군의 강한 군사와 씩씩한 말들로 위엄을 크게 떨침을 자랑으로 여긴다. 남편을 생각함, 남편을 자랑스러워 함, 국위를 칭송함 등의 몇 가지 감정이 이 시에서 엇갈리고 있으나 기본 바탕은 늠름함과 진지함이다. 동시에 여시인의 정서 역시 모순되게 교차되고 있다."

번수운(樊樹雲) 《시경전역주 詩經全譯注》: "이것은 아내가 정벌나간 남편을 그린 시다. …… 그녀는 남편에게서 속히 좋은 소식이 전해지길 희망하나 조만간 돌아올 수는 없다. 그러나 기타의 남편을 생각하는 시와 비교되는 점은 여기에는 조금도 슬픈 원망이나 상심하는 마음이 없으며,

진나라의 상무정신이 드높음과 백성들의 나라를 지키는 병사에 대한 지지를 잘 알 수 있다.”

김계화(金啓華)《시경전역 詩經全譯》: “아내가 정벌 나간 남편을 회상함과 아울러 군용의 성대함을 기억하여 말했다.”

정준영(程俊英)《시경역주 詩經譯注》: “이것은 한 부녀자가 서융으로 정벌간 남편을 그리워하는 시다. 시는 당연히 진(秦) 양공(襄公) 12년(기원전 776년) 양공이 융을 친 시기에 만들어졌다.”

고형(高亨)《시경금주 詩經今注》: “진나라 군주 혹은 기타 귀족이 전차에 앉아서 병사를 이끌고 외지로 떠났다(혹은 출정). 그의 아내가 그를 그리워해서 이 시를 지었다.”

강음향(江陰香)《시경역주 詩經譯注》: “이 시는 진 양공이 천자의 왕명을 받들어 서융을 토벌한 것을 찬미했다. 그래서 군대를 보낸 집안의 사람은 원망의 말이 없고, 단지 군대의 강성함을 뽐내면서 아울러 그리워할 뿐이다.”

五

사부(思婦: 그리움에 젖은 아내)

《시경 詩經》시대에, 힘들고 가혹한 부역 역시 수많은 가정에 재난을 가져 왔다. 특히 많은 부녀자들은 마음 속으로 거대한 고통을 감수하고 있었다.

〈군자우역 君子于役〉(왕풍 王風)에서 한 농촌 부녀자는 밖에서 부역하고 있는 남편을 그리워하며, 눈이 빠지게 기다린다. 매일 석양이 서쪽에서 질 때마다, 그녀는 혼자 문에 기대어 먼 곳을 바라보지만, 보이는 것은 언제나 소와 양들이 산에서 내려오는 것과, 닭들이 우리로 들어가는 것뿐이다. 그녀는 남편이 언제쯤이나 돌아올 수 있을지 알지 못한다.

〈권이 卷耳〉(주남 周南)에서 한 나물 캐는 부녀자는 멀리 부역나간 남편을 그리워하느라 나물 캘 마음이 나질 않는다. 그녀는 아예 길가에 멍하니 앉아 '남편이 밖에서 얼마나 고생할까? 얼마나 집을 그리워할까?' 상상하고 있다.

〈체두 杕杜〉(소아 小雅)에서 한 부녀자는 멀리 부역 나가 기일을 넘기도록 돌아오지 않는 남편을 그리워하며 마음이 몹시 불안하다. 그녀는 점을 치기도 하고, 또 팔괘로 점을 보기도 한다. 점괘에는 모두 부부가 떨어지지 않을 것이라고 한다. 그리하여 그녀는 남편이 마침 집으로 돌아오고 있는 중이라고 환상에 젖어 있다.

〈은기뢰 殷其雷〉(소남 召南)에서 외로이 혼자 살고 있는 한 부녀자가 멀리 부역나간 남편을 그리워하다가 마음이 불안하여 안절부절못하고 있다. 그녀는 공중에서 우르르 천둥치는 소리를 듣고, 너무 무서워 큰 소리로 부르짖는다. "남편이여 당신 빨리 돌아오세요!"

〈웅치 雄雉〉(패풍 邶風)에서 한 부녀자는 집을 떠나 멀리 있는 남편을 그리워하며 매우 후회하고 있다. 지금처럼 독수공방하고, 이처럼 외롭게 될 줄 일찍이 알았더라면, 처음부터 남편을 나가지 못하게 했어야 하는데! 일이 이렇게 되자, 그녀는 그저 남편이 밖에서 좋은 일을 많이 하여 평안하게 돌아올 수 있기를 희망할 뿐이다.

〈신풍 晨風〉(진풍 秦風)에서 한 부녀자는 집을 떠나 돌아오지 않는 남편을 그리워하며 마음 속으로 두려워한다. 부부가 이별한 시간이 너무 길어서, 이 부녀자는 남편이 그녀를 잊을까, 심지어는 무정하게 그녀를 버리지 않을까 두려워한다.

1. 〈군자우역 君子于役〉 [왕풍 王風]①

君子于役②	군자우역	부역나간 우리 님
不知其期③	부지기기	돌아올 기한도 알 수 없네
曷至哉?④	갈지재	언제 돌아오시려나
鷄棲于塒⑤	계서우시	닭들은 홰에서 깃들었는데
日之夕矣⑥	일지석의	날은 저물어
羊牛下來⑦	양우하래	양과 소도 내려왔는데
君子于役	군자우역	부역나간 우리 님
如之何勿思⑧	여지하물사	어이 그립지 않으리오

君子于役	군자우역	부역 나간 우리 님
不日不月⑨	불일불월	날도 못 세고 달도 못 세네
曷其有佸⑩	갈기유활	언제나 만나려나
鷄棲于桀⑪	계서우걸	닭들은 닭장에 깃들었는데
日之夕矣	일지석의	날은 저물어
羊牛下括⑫	양우하괄	양과 소도 내려와 모였는데
君子于役	군자우역	부역 나간 우리 님
苟無飢渴⑬	구무기갈	정말로 목마르고 굶주리지나 말았으면

시구 풀이

① 〈君子于役 군자우역〉은 부녀자가 외지에서 장기간 부역하고 있는
   그녀의 남편을 그리워하는 시다.
   왕풍(王風): 동주(東周) 수도안의 시가. 옛 땅이 지금의 하남성(河
   南省) 낙양(洛陽) 일대에 있다.
② 君子(군자): 여기서는 남편을 가리킨다.
   于(우): 가다.
   役(역): 노역이나 병역에 복무하는 것.

于役(우역): 타지(他地)에 가서 부역이나 병역에 복역하는 것.

③ 其期(기기): 부역하는 기간을 가리킨다.

④ 曷(갈): 언제.

至(지): 집에 도착하다. 귀가하다.

⑤ 塒(시): 홰. 담에 구멍을 파서 진흙 벽돌로 쌓아 만든 닭장.

⑥ 之(지): 주어와 술어 사이의 조사.

⑦ 下來하래): 높은 곳에서 내려오는 것.

⑧ 如之何(여지하): "어떻게"라는 뜻과 같다.

勿思(물사): 그리워하지 않는다.

⑨ 不日不月(불일불월): 날짜를 계산하지 않고, 달도 계산하지 않는
다. 日[날], 月[달] 모두 동사처럼 사용됐다.

⑩ 曷(갈): 언제.

有(유): 또.

佸(활): 모임. 남편과 한자리에 만나는 것을 가리킨다.

有佸(유활): 재회.

⑪ 桀(걸): 이것은 걸(樑)의 약자로, 곧 닭을 묶어두는 말뚝. 여기서는
대나무로 엮어 만든 닭장을 말한다.

⑫ 括(괄): 이르다.

下括(하괄): 소, 양이 내려와서 한곳에 군집함을 가리킨다.

⑬ 苟(구): 구수(句首) 어기사. 희망하지만 감히 확신할 수 없음을 나
타낸다.

감상과 해설

〈君子于役 군자우역〉 이 시는 농촌의 부녀자가 장기간 외지에서 복역(服
役)하여 오랫동안 돌아오지 못하는 남편에 대한 그리움을 묘사한 시다.

매번 석양이 서산으로 질 무렵, 닭과 소, 양이 돌아올 때, 그때가 바로 그녀의 그리움이 가장 절실해지는 순간이다.

시는 모두 2장이다.

제 1장의 처음 세 구는, 남편이 부역하러 외지로 갔는데 그가 돌아오는 날을 모르니 언제 비로소 돌아올 수 있단 말인가? 라고 말한다.

중간의 세 구 "닭들은 홰에서 깃들었는데 날은 저물어 양과 소도 내려왔는데, 계서우시 일지석의 양우하래 鷄棲于塒 日之夕矣 羊牛下來" 이는 그리워하는 부녀자의 눈 속에 산촌의 해질녘 광경이 묘사된 것이다. 황혼 무렵 그녀는 홀로 문에 기대어 멀리 바라보며 남편의 귀가를 갈망하나 보이는 것은 단지 닭이 둥지에 들고, 소와 양이 산등성이 언덕에서 내려오는 것뿐이다. 보아하니 남편은 돌아오지 않았다.

맨 끝의 두 구절 "부역 나간 우리 님 어이 그립지 않으리오, 군자우역 여지하물사 君子于役 如之何勿思"는 남편이 너무 오래 밖에서 복역하니 스스로 어찌 그가 걱정되지 않겠는가? 라고 말하고 있다.

제 2장이 묘사하는 내용은 첫 장과 기본적으로는 같으나 약간의 변화가 있다. 처음 세 구 "부역 나간 우리 님 날도 못 세고 달도 못 세네 언제나 만나려냐, 군자우역 불일불월 갈기유괄 君子于役 不日不月 曷其有括" 는 남편이 외지에 나가 부역을 하는데 세월이 얼마나 지났는지 따져볼 방법이 없으니 언제서야 부부가 만날 수 있단 말인가? 라는 말이다. "몇 날인가 몇 달인가, 불일불월 不日不月"는 부역기간이 오래되었음을 강조한 것이고 "언제나 만나볼 수 있을까? 갈기유괄 曷其有括"는 만나기를 갈망하는 심정의 절실함이 돌출된 것으로 남편을 그리워하는 정감이 제 1장에 비하여 진전되었다.

중간 세 번째 구에서 산촌의 해질 무렵 풍경을 노래한 것도 제 1장에 비하여 약간의 변화가 있다. 닭이 닭장으로 들어가니 닭장 문이 닫혔고,

소와 양이 산등성이에서 내려오니 소우리와 양우리의 문도 모두 닫혀 버렸다. 이 부녀자는 홀로 문에 기대어 오래도록 먼 곳을 응시하고 있으니 아마도 해가 서산에 떨어진 이후에도 여전히 문에 기댄 채로 갈망하고 있음을 잘 알 수 있다.

맨 끝의 두 구 "부역 나간 우리 님 정말로 목마르고 굶주리지나 말았으면, 군자우역 구무기갈, 君子于役 苟無飢渴"은 그리움에 젖은 부녀자가 매번 황혼녘이면 문 앞에서 남편의 귀가를 갈망한다. 산촌의 해질녘 풍경은 항상 여전하건만 간절히 바라는 남편은 귀가하지 않는다. 그녀는 단지 묵묵히 그가 외지에서 목마름이나 굶주림을 당하지 않기를 축원할 뿐이다.

전체 시 두 장은, 매 장마다 모두 세 단락으로 나뉘어져 있다. 첫 번째 단락의 세 구는 사무친 아내가 남편이 돌아오기를 갈망하는 심리를 묘사했는데 감정이 진실하고도 침통하다.

두 번째 단락의 세 구절은 산촌의 해질녘의 풍경을 묘사하므로 사무친 아내가 남편을 갈망하는 절실함을 돋보이게 했다. 아울러 집안의 가축이 우리에 드는 것과 남편이 돌아오지 않는 것을 대비시켜 그리움의 정을 한층 더 심화 시켰다.

세 번째 단락은 경치를 묘사하는 것을 거쳐 서정으로 돌아와 "부역 나간 내님, 君子于役"을 죽어도 잊을 수 없다고 한다. 자세하게 이 시를 읊조려 보면 홀로 문에 기대어 남편의 귀가를 갈망하는 사부(思婦)의 형상이 마치 문 앞에 있는 듯하다.

역대 제가의 평설

《모시서 毛詩序》: "〈군자우역 君子于役〉은 평왕(平王)을 풍자한 것이다. 군자가 부역을 행하는데 기약이 없자, 대부가 위난(危難)을 생각해서 풍자한 것이다."

주희(朱熹) 《시집전 詩集傳》: "대부가 외지에서 장기간 부역을 하니 그 아내가 그를 생각하여 이 시를 지어서 말했다. 남편이 부역을 나갔는데 귀가하는 날짜도 모르고 게다가 지금은 또 어디에 머물고 있는가? 닭도 제 둥지에 들고, 해가 석양으로 기울면 양과 소도 내려온다. 이것은 곧 집안의 가축도 항상 아침 저녁의 절도가 있거늘 하물며 부역나간 남편은 휴식의 때도 없으니 내 어찌 걱정되지 않겠는가?"

요제항(姚際恒) 《시경통론 詩經通論》: "이것은 아내가 남편의 부역하는 것을 생각하여 지은 것이다. 《위설 僞說》에서 '신(申) 땅에서 수자리 하는 자의 아내가 지은 것이다'고 했다. 비록 깊이 뚫고 들어갔으나 역시 대략 근접한 것이다."

오개생(吳闓生) 《시의회통 詩義會通》: "마기창(馬其昶)이 말했다. '아마도 신·포(申·甫)의 수자리에서 대부가 이 시를 지어서 왕을 풍자한 것 같다. 그 글은 아내가 근심스럽게 여기는 것을 기탁한 것이지 아내 스스로 지은 것은 아니다. 《서 序》의 내용을 감안해 보면 역시 말에 이치가 있다."

문일다(聞一多) 《시경유초 詩經類抄》: "님을 그리워함이다." "날짜도 모르고 달도 모른다. 날과 달로써 계산할 수 없음은 남편이 아직 돌아오지 않았음을 비유하고 있다."

진자전(陳子展) 《시경직해 詩經直解》: "〈군자우역 君子于役〉은, 군자가 부역을 나가서 일정한 기한이 없으니 그 아내가 그리워하여 지은 것이다.

시의 뜻은 자명하다. 《시경 詩經》 금고문(今古文)의 학설에서는 이의가
있다.

왕선겸(王先謙)은 말했다. '시어에 의거해서 살펴보면 닭이 둥지로 들고,
날이 저물면 소와 양도 내려오는 것은 곧 아내들이 그리워하는 정으로서
동료가 기탁하여 풍자한 우의는 없다. 군자라 일컬은 것은 아내가 그
남편을 말하는 것이다. 《서 序》의 말은 틀렸다.' …… 송나라 유학자[宋儒]
는 《서 序》를 의심했고, 《여기 呂記》에서는 경문에서 대부가 그 위난(危難)
을 생각해서 풍자했다는 뜻이 보이지 않는다고 했다.

주자(朱子)는 《辨說 변설》에서 말했다. '이것은 백성이 부역을 나가니
아내가 그를 생각하여 지은 글이다. 《서 序》의 말은 틀렸다. 그것이 평왕이라
고 한 것 역시 상고할 수 없다. 시에 입각해서 뜻을 찾는다면 결코 잘못이
없을 것이다. 시에서 군자라 일컬은 것은 자연히 아내가 그의 남편을 지목한
단어다. 이 시에서 군자는 대부가 아닌 듯하다. 얼음을 깨는 집은 소 양을
기르지 않는다. 집에 소 양이 있으면 대체로 무사에 속하거나 당시 사회상
사(士)의 계층에 속할 것이다. 혹은 자유민이거나, 사사로이 작은 토지를
소유한 사람일 것이다. 설령 그때 공전(公田)이 대량으로 존재했어도 정전
(井田) 이외의 사전(私田) 역시 당연히 이미 소유하고 있었다. 《시삼백
詩三百》 수 중에서도 이를 고려해 볼만한 것이 있는데
《군자우역 君子于役》이 그 한 가지 예이다.'"

여관영(余冠英) 《시경선 詩經選》: "이 시는 남편이 오랫동안 수자리에
나가있자 아내가 집에서 그리움의 정을 읊은 것이다. 매번 집안의 가축이
집에 돌아올 때마다 문득 그녀의 그리움이 최고로 절실해지는 때이다."

정준영(程俊英) 《시경역주 詩經譯注》: "이것은 부녀자가 외지에서 오랫
동안 부역하는 남편을 그린 시다. 이 농촌 부녀자는 황혼의 어둑해질 무렵,
소 양 등 집안의 가축들도 다 돌아와서 쉬는 것을 본다. 그러나 자기 남편이

귀가 한다는 기약도 없자 더욱 적막함과 고독함을 느껴 이러한 정경교융(情景交融)의 감동적인 시편을 노래하지 않을 수 없었다."

번수운(樊樹雲)《시경전역주 詩經全譯注》: "아내가 남편을 회상하는 시다. 남편이 장기간 외지에서 복역하는데 돌아온다는 기약도 없다. 아내는 아침부터 저녁 늦게까지 기다리나 남편은 여전히 돌아오지 않는다. 이러니 어떻게 걱정되지 않겠는가? 어쩔수 없이 남편의 평안만을 부디 빌 뿐이다."

원유안(袁愈荌), 당막요 (唐莫堯)《시경전역 詩經全譯》: "부역에 나간 뒤 기약 없이 돌아오지 못하는 남편을 아내가 회상한 것이다."

고형(高亨)《시경금주 詩經今注》: "이 시는 아내가 외지에서 복역하는 남편을 회상하는 심정을 표현한 것이다."

김계화(金啓華)《시경전역 詩經全譯》: "아내가 기약 없이 먼 곳에서 부역 하는 남편을 그리는 것이다. 황혼 무렵, 닭과 소와 양이 돌아올 때면 그녀를 더욱 더 그리움에 사무치게 한다."

강음향(江陰香)《시경역주 詩經譯注》: "이것은 집안의 아내가 외지에 있는 남편을 그리워하는 것으로 나라를 위해 일하면서 돌아온다는 일정한 기약이 없는 것이다."

원매(袁梅)《시경역주 詩經譯注》: "시에 반영된 생활 상황과 정감으로부터 보자면, 이것은 일하는 부녀자가 부른 노래이다. 그녀의 남편(즉 군자라 칭하는 대상)은 노예주 계급으로부터 공적인 일로
징발되어 나가서 일 년 내내 집에 있지 못하자 이 여자가 남편을 그리는 것이다. 특히 해질녘 집안의 가축이 집을 돌아오는 것을 보면 문득 그녀의 그리움을 불러일으킨다. 이에 저절로 탄식하며 묻는 것이다. '도대체 그는 언제야 돌아올 수 있단 말인가?' 이 시에는 노예주 계급이 노동 인민들에게 가하는 무거운 착취와 끝도 없는 부역을 반영하고 있다."

2. 〈권이 卷耳〉[주남 周南]①

采采卷耳②	채채권이	도꼬마리 캐고 또 캐도
不盈頃筐③	불영경광	납작 바구니에도 차지 못하네
嗟我懷人④	차아회인	아아 그리운 내 님 생각에
寘彼周行⑤	치피주행	바구니를 한 길 위에 내다 버리네

陟彼崔嵬⑥	척피최외	저 험한 흙산을 오르려하나
我馬虺隤⑦	아마회퇴	내 말이 오금을 못쓰네
我姑酌彼金罍⑧	아고작피금뢰	내 잠시 금잔에 술이나 따라 마셔
維以不永懷⑨	유이불영회	오랜 그리움 달래 볼거나

陟彼高岡	척피고강	저 높은 산등성이에 오르려 하나
我馬玄黃⑩	아마현황	내 말이 누렇게 병들었네
我姑酌彼兕觥⑪	아고작피시굉	내 잠시 쇠뿔잔에 술이나 부어
維以不永傷⑫	유이불영상	기나긴 시름 달래 볼까

陟彼砠矣⑬	척피저의	저 흙돌에 오르려 하나
我馬瘏矣⑭	아마도의	내 말이 병났네
我僕痡矣⑮	아복부의	내 하인조차 너무 지쳤으니
云何吁矣⑯	운하우의	이 얼마나 근심스러운 일인가

시구 풀이

① 〈卷耳 권이〉는 부녀자가 먼 곳에 간 남편을 그리는 시다.

　　周南(주남): 지금의 낙양에서 남으로 호북 일대까지를 이른다.

② 采采(채채): 캐고 또 캔다.

　　卷耳(권이): 초목 식물로 지금은 도꼬마리(창이 蒼耳)라고 한다.

③ 盈(영): 가득 채우다.

頃筐(경광): 얕은 대광주리.

④ 嗟(차): 어조사.

我(아): 캐는 자가 스스로를 가리킨다.

懷(회): 그리워하다.

⑤ 寘(치): 置와 같다. 내려놓다. 내버려두다.

彼(피): 도꼬마리를 담은 대광주리를 가리킨다.

周行(주행): 큰길.

⑥ 陟(척): 오르다.

崔嵬(최외): 바위의 높낮이가 평평하지 않은 흙산.

⑦ 我(아): 시인의 상상속에서 남편의 자칭.

虺隤(회퇴): 다리의 힘이 빠지는 병. 오금을 못 쓰는 병.

⑧ 姑(고): 잠시, 잠깐.

酌(작): 술을 잔에 따라 마심.

金罍(금뢰): 청동제의 술 그릇.

⑨ 維(유): 발어사.

永(영): 장구한 것.

懷(회): 그리움.

⑩ 玄黃(현황): 말이 병 들어 털이 황흑색으로 변한 것.

⑪ 兕觥(시굉): 소뼈로 만든 큰 술잔.

⑫ 永傷(영상): 깊고 오랜 근심스러운 생각.

⑬ 砠(저): 흙이 있는 돌산.

⑭ 瘏(도): 병이 나다.

⑮ 痡(부): 몹시 피곤한 것.

⑯ 云(운): 어조사.

何(하): 얼마나.

吁(우): 근심으로 괴로워하는 것.

감상과 해설

〈권이 卷耳〉 이 시는 도꼬마리를 캐는 여자가 먼 곳에 간 남편을 회상하는 시다.

시는 모두 4장이다.

제 1장에서 여주인공이 제 1인칭으로 출현한다. 그녀는 들녘에서 도꼬마리를 캐면서 남편을 생각하므로 마음이 다른 곳에 가 있는지라, 한참을 캤는데도 단지 얕은 대광주리도 다 채우지 못했다. 나중에는 상사(相思)의 정을 달랠 길이 없자 계속해서 무심하게 도꼬마리를 캐다가는 아예 광주리를 큰길가에 내던져 버리고 더 이상 뜯지 않는다.

제 2, 3, 4장은 이 부녀자가 남편의 외지 여정이 매우 힘들다는 것과 가족을 그리워하는 정황을 상상하여 썼다. 비록 여전히 제 1인칭을 사용했지만 '나'는 이미 그 부녀자가 아니라 그녀의 남편이다.

제 2장은 그녀가, 남편이 높은 산에 올라갔는데 말이 계속되는 행군으로 오금을 못 써 실로 더 움직일 수 없음을 상상하여 쓴다. 남편도 어쩔 수 없어 단지 술에 의지해서 시름을 달래면서, 그것으로 가족에 대한 깊고 오랜 그리움을 떨쳐버리고 있다.

제 3장은 그녀가, 남편이 산꼭대기에 올라갔을 때 말의 털색깔이 청황색으로 변하는 병을 얻어 한발자국도 움직이기 어렵게 되었음을 상상하여 썼다. 그는 단지 술로써 자신을 위로할 수밖에 없으니, 이것으로 가족을 그리워하는 오랜 괴로움을 잊어버리고 있다.

제 4장은 그녀가, 남편이 험한 돌산 언덕에 올라 말은 병이 나 버렸고, 하인도 지쳐 병들었으며 자신도 기력이 다 쇠진되었음을 상상해서 썼다. 그가 좀 더 빨리 귀가하여 만나려 했던 희망이 물거품 되어 버렸으니 이 어찌 근심하며 슬퍼하지 않겠는가?

제 2, 3, 4장의 내용은 층층이 진전된다. 제 2장은 산이 높아 말이 나아가기가 어렵고, 제 3장은 산꼭대기라 말은 더 나아가기가 어려우며, 제 4장은 돌산인지라 말의 기력이 없어 갈수 없다. 제 2, 3장은 말이 지쳐 병이 났고, 제 4장은 하인도 지쳐 병이 났다고 쓰고 있다. 이 도꼬마리를 캐는 여인은 남편의 외지 생활이 나날이 힘들어 질 것이라는 상상 때문에 벌써 애태우지 않을 수 없게 되어 버렸다.

이 시는 단지 제 1장에서만 직접 도꼬마리를 캐는 부녀자가 정벌나간 남편을 그리는 것을 표현했다. 뒤의 세 장에서는 남편의 직접적인 외지생활이 얼마나 힘든지, 어떻게 술을 빌어 시름을 달래는지, 얼마나 고향과 가족을 그리워하는지를 묘사했다.

비록 이러한 묘사들은 모두 사무친 아내의 환상이다. 그러나 그것 때문에 사무친 아내가 남편을 그리는 진실한 감정이 한층 더 깊이 있게 표현되고 있다.

역대 제가의 평설

《모시서 毛詩序》: "〈권이 卷耳〉는 후비의 뜻이다. 또한 군자를 보좌함에 있어 현자를 구하여 관직을 소상히 살피고 신하의 근면함을 알았다. 안으로 어진 이를 등용시키는 뜻을 지니고 편파적으로 사사로이 배알하는 마음이 없으며 아침 저녁으로 생각하고 우려하며 애쓰는 데 까지 이르렀다."

주희 (朱熹)《시서변설 詩序辨說》: "이 시의 서〈序〉는 첫 구에서는 그 뜻을 제대로 얻었으나 그 나머지는 억지로 말을 맞추었다. 후비가 비록 신하의 근면함을 알아 그를 걱정했더라도 "아아 내 그리운 님 생각에, 차아회인 嗟我懷人" 라는 것은 그 친근함을 말함이지 후비가 신하에게 베풀 수 있는 것은 아니다. 게다가 제 1장의 '나'만이 후비일 뿐이고 뒷장의 '나'는 모두 사신(使臣)이 되어야 하는데, 앞뒤가 맞지 않고 서로 상응되지 않는다. 역시 문학의 체제가 아니다."

《시집전 詩集傳》: "이 또한 후비가 스스로 지은 것으로 그 정숙함이 한결같아 지극함에 이른 것을 잘 알 수 있다. 어찌 문왕이 조회하고 정벌할 때나 유리에서 구속됐던 날에 지은 것이겠는가? 그러나 고증할 수는 없다."

풍방(豐坊)《자공시전 子貢詩傳》(간략히 위(僞)《시전 詩傳》이라고도 한다): "문왕이 사신을 파견하여 현자를 구하다가 부역을 행하는 어려움을 가엾이 여겨 〈권이 卷耳〉로써 위로한 것이다."

최술(崔述)《시풍우식 詩風偶識》: "주자가 여기기를 '아내가 그 남편을 생각한 것'이라고 했으니 제대로 파악했다. …… 가만히 생각해 보면 이 여섯 개의 '아(我)' 자는 행인을 가리켜 한 말인데 그 신하를 '나'라고 한 것이 아니고 남편을 '나'라고 말한 것이다."

진자전(陳子展)《시경직해 詩經直解》: "명하수(明何秀)는 말했다. '이는 반드시 대부가 부역을 나가서 아내가 그를 생각한 시다.'

대진(戴震)은 말했다. '〈권이 卷耳〉는 군자가 부역에 매진하면서 우려하고 애쓰는 것에 대해 감격하여 지었다.' 옛 주를 무시하고 곧 바로 시에 담긴 의미를 찾아보면 두 설이 다 옳다. 이 시를 금문, 고문 두 설에 의하면 하나는 후비가 임금을 보좌하여 현자를 등용함으로 지은 것이라 여겼고, 또 하나는 문왕이 옛 관리를 생각하여 지은 것으로 보았다.

《주전 朱傳》에 이르면 또 '태사(太姒: 문왕의 부인)가 문왕을 생각하는 시'라고 했다.

진계원(眞啓源)은 '높은 곳에 올라 끝까지 바라보고, 함부로 술을 마셔 시름을 달래며, 비록 여러 헛된 말에 기탁했어도, 결국에는 아도(雅道)를 손상 시켰다.'고 비방했다.

호승공(胡承珙)은 '아름다운 광주리는 후비가 드는 것이 아니며, 큰 길도 후비가 가는 데가 아니다.' 라고 의심했다.

허신(許愼)은 《오경이의륙 五經異義六》에서, 《한시 韓詩》를 인용하여 말했다. '금뢰(金罍)는 큰 그릇이다. 천자는 옥으로, 제후와 대부는 금으로, 사(士)는 가래나무로 만들었다.' 큰 그릇은, 《공소 孔疏》에서 대부의 그릇이라고 인용하였다. 시에 하인과 말, 소뼈로 만든 큰 술잔, 청동으로 만든 술잔이 있는데 이는 모두 대부가 소유하는 물건들로서 꼭 태사가 문왕을 생각한 시라고는 할 수 없음이 증명된다. 시의 인물을 대부라고 여기는 일설도 꽤 통한다는 것을 알 수 있다."

여관영(余冠英) 《시경선 詩經選》: "이것은 여자가 정벌나간 남편을 회상한 시다. 그녀는 도꼬마리를 캐면서 멀리 간 남편을 생각하기 시작해서 환상에 젖었다. 즉 그가 산에 올라 산등성이를 지나자 말이 병이 나고 하인이 지쳐버렸다. 또 그가 술을 마시며 스스로를 달래고 있는 것을 환상하였다. 제 1장은 그리움에 사무친 아내를 쓴 것이고 2장에서 4장까지는 정벌나간 남편을 쓴 것이다."

원매(袁梅) 《시경역주 詩經譯注》: "여자가 멀리 부역 나가 돌아오지 않는 남편을 그리는 것이다. 그리움이 사무쳐 견디기 힘들 때 그녀는 남편이 돌아오는 도중에 말을 타고 산등성이를 넘는 등의 정경을 가상하면서 잠시 스스로의 안위로 삼는다. 상상력이 상당히 풍부하다. 이 시에서 그녀는 노예주 계급이 가하는 가혹한 요역에 대한 원망을 반영하고 있다."

원유안(袁愈荌), 당막요 (唐莫堯) 《시경전역 詩經全譯》: "도꼬마리를 캐는 여자는 집 떠난 배우자를 회상하면서 그가 길에서 겪을 갖가지 곤란한 상황을 상상하여 그것으로 이별의 고통을 기탁하고 있다.

번수운(樊樹雲) 《시경전역주 詩經全譯注》: 이것은 들녘에서 도꼬마리 나물을 캐는 아내가 멀리 원정 나간 남편을 회상하는 시다. 시는 모두

4장이다. 제 1장은 실제로 아내가 나물을 캐며 남편을 생각하는 정경을 쓴 것이고 제 2, 제 3, 4장은 모두 아내가 상상하여 쓴 글이다."

정준영(程俊英) 《시경역주 詩經譯注》: "이것은 부녀자가 먼 곳에 간 그녀의 남편을 그리는 시다. 그녀는 남편이 산에 올라가서 술을 마시고 말은 지쳤으며, 하인도 병이 나서, 집을 그리는 근심스러운 정경을 상상하였다."

김계화(金啓華) 《시경전역 詩經全譯》: "남녀가 이별한 후에 그리워하는 것이다. 첫 장은 여자가 원정 나간 남편을 회상하여 쓴 것이고 제 2, 3, 4장은 원정나간 남편이 여정 도중에 너무 힘들어 술을 마시며 근심을 달래보지만 근심이 너무 많아 떨쳐버리기 어려움을 쓰고 있다."

강음향(江陰香) 《시경역주 詩經譯注》: "이것은 아내가 집에서 외지로 떠나간 남편의 노고를 생각한 것으로 그들의 애정이 깊고 두터움을 나타낸 것이다. 원주(原注)에 의하면 이 시 역시 후비 자신이 지은 것이라고 하는데 그녀의 정절이 한결같은 덕성으로 절정에 이르렀음을 잘 알 수 있다."

고형 (高亨) 《시경금주 詩經今注》: "이 시의 주제는 이해하기가 어려우며 작자는 아마 외지에서 복역하는 하급관리로서 그가 수레에 앉아, 험준한 산길을 가면서 집에 있을 아내를 회상하여 썼을 것이다."

3. 〈체두 杕杜〉[소아 小雅]①

有杕之杜②	유체지두	홀로 우뚝 자란 아가위 나무
有睆其實③	유환기실	그 열매 둥그렇게 맺혀 있네
王事靡盬④	왕사미고	나랏일 끝나지 않아
繼嗣我日⑤	계사아일	계속되는 나 혼자만의 나날
日月陽止⑥	일월양지	세월은 이미 시월
女心傷止	여심상지	여인의 마음 슬퍼라
征夫遑止⑦	정부황지	원정나간 님 한가해졌으면

有杕之杜	유체지두	홀로 우뚝 자란 아가위 나무
其葉萋萋⑧	기엽처처	그 잎사귀 무성하다.
王事靡盬	왕사미고	나랏일이 끝나지 않아
我心傷悲	아심상비	내 마음 서럽고 아파라
卉木萋止⑨	훼목처지	초목들은 무성하여
女心悲止	여심비지	여인의 마음 서러워라
征夫歸止	정부귀지	원정나간 님 돌아와야지

陟彼北山⑩	척피북산	저 북산에 올라
言采其杞⑪	언채기기	구기자 나물을 뜯는다
王事靡盬	왕사미고	나랏일이 끝나지 않아
憂我父母	우아부모	내 부모님께 걱정 끼친다
檀車幝幝⑫	단거천천	박달나무 수레 낡아빠지고
四牡痯痯⑬	사모관관	네 필 수말은 지쳐있네
征夫不遠	정부불원	원정나간 님 멀지는 않을 텐데

匪載匪來⑭	비재비래	수레 타고 오지 않으리니
憂心孔疚⑮	우심공구	시름겨운 마음 아주 고통스럽네
期逝不至⑯	기서부지	기약한 때 지나도 오지 않아
而多爲恤⑰	이다위휼	자꾸 시름만 더욱 커지네
卜筮偕止⑱	복서해지	거북점 시초점 다 좋다 하며
會言近止⑲	회언근지	모두 돌아올 날 가까워졌다 하네
征夫邇止⑳	정부이지	원정나간 님 가까워졌을 텐데

① 〈杕杜 체두〉는 원정 나간 남자의 아내가 쓴 시다.

小雅 (소아): 서주(西周) 왕기[王畿: 왕도(王都)의 부근][주 천자(周
天子)가 직접 통치한 지역. 그 옛날 땅은 지금의 섬서성(陝西省)
서안시(西安市) 일대의 시가.

② 杕(체): 나무가 홀로 우뚝 자라는 모양.

杜(두): 붉은 산앵두나무. 아가위나무. 팥배나무.

③ 睆(환): 과일이 둥그스레하거나 혹은 색체가 선명한 것을 가리킨다.

④ 靡(미): 없다.

盬(고): 정지하다. 끝나다.

⑤ 繼嗣(계사): 연장하다. 계속하다.

⑥ 陽(양): 음력 시월. 일설에는 날씨가 따뜻한 것.

止(지): 之(지)와 같다. 어조사.

⑦ 遑(황): 여가. 한가. 일설에는 매우 바쁘다.

⑧ 萋萋(처처): 풀이 무성하게 자란 모양을 형용한다.

⑨ 卉木(훼목): 각종 초목.

⑩ 陟(척): 높이 오르다.

⑪ 言(언): 발어사.

杞(기): 구기(枸杞). 잎이 연해서 먹을 수 있다.

⑫ 檀車(단거): 박달나무로 만든 수레. 일설에는 역거(役車). 노역 나
가는 수레.

幝幝(천천): (수레가) 낡고 오래된 모습. 오래되어 허름한 모습.

⑬ 牡(모): 남성적인 것. 빈(牝)과 상대적인 것.

痯痯(관관): 몹시 피로한 모양.

⑭ 匪載匪來(비재비래): (남편)이 수레를 타고 돌아오지 않는다.

⑮ 孔疚(공구): 매우 고통스러운 것.

⑯ 期逝(기서): 예정된 귀가 날짜가 이미 지났다.

⑰ 恤(휼): 근심하다.

⑱ 卜筮(복서): "그것을 복으로 점치고 서로 점친다"라고 말하는 것
과 같다.

　卜(복): 거북이 등껍질로 길흉을 점치는 것.

　筮(서): 시초(蓍草)로써 길흉을 점치는 것.

　偕(해): 좋다. 개(皆), 가(嘉)는 같은 소리가 변전된 것으로서 해
(偕)자와 통한다.

⑲ 會言(회언): 모두 이렇게 말하다.

⑳ 邇(이): 가깝다.

감상과 해설

　〈체두 杕杜〉이 시의 주인공은 부녀자로, 그녀의 남편이 객지에서 요역에
복무하는데, 기한이 지나도 돌아오지 않자, 이로 인해 그녀는 근심이 그치질
않는다.

　시는 모두 4장이다.

　제 1장은 산 언덕위에 홀로 선 붉은 산앵두나무로써 흥을 일으켜 여주인공
의 고독하고 적막한 처지를 비유했다. "그 열매 둥그렇게 맺혀있네, 유환기실
有睆其實"는 붉은 산앵두 나무에 둥근 과일이 주렁주렁 가득 열려 있다고
묘사하여 계절이 이미 가을이라는 것을 알 수 있게 해준다. 그녀의 남편은
전쟁이 나자 요역에 복무하러 갔다. "나랏일이 끝나지 않아, 왕사미고 王事靡
盬"는 나랏일이 끝도 없고 끝낼 수도 없기 때문에 아직도 "나 혼자만의
나날, 계사아일 繼嗣我日"은 남편의 복역기간이 연장 되었다는 것이다.

"세월은 이미 시월, 일월양지 日月陽止"이 됐는데도 남편의 귀가는 자꾸 미루어지니, 여주인공의 심정은 이로 인해 근심으로 가득하다는 것이다. "원정나간 님 한가해졌으면, 정부황지 征夫遑止"은 그녀가 객지에서 복역하는 남편이 하루빨리 한가해져 속히 귀가하기를 희망하는 것이다.

제 2장은 먼저 봄날의 경치를 썼다. 봄이 대지 위로 돌아오자 산언덕의 저 한그루 붉은 산앵두나무에 새잎이 무성하게 돋아난다. 그것이 마치 고개를 쑥 뺀 채로 먼 곳에 있는 연인을 기다리고 있는 것 같다. 뒤에서는 "나랏일이 끝나지 않아, 왕사미고 王事靡盬" 여가가 없어 남편이 아직도 돌아오지 못하기에 그녀의 가슴속은 더욱 고통스럽다는 것을 묘사했다. "초목들이 무성하여, 훼목처지 卉木萋止" 방초가 대지를 뒤덮었고 꽃들은 서로 경쟁하듯이 만발한 것이다. 그러나 이 봄날의 아름다운 경치는 한층 "여인의 마음을 쓰라리게, 여심상지 女心傷止"하여 작년 봄부터 금년 가을에 이르기까지 그녀는 여전히 힘겹게 "원정나간 님 돌아와야지, 정부귀지 征夫歸止"하며 기다리고 있다.

제 3장은 먼저 그녀가 산에 올라 구기를 캔다. 높디높은 북산에 올라 "구기" 라는 들나물을 캔다. "나랏일이 끝나지 않아, 왕사미고 王事靡盬" 남편이 일 년 내내 외지에서 나랏일로 바쁘므로 집안에 산다고 할 수 없다. 며느리 된 자로써 "내 부모님께 걱정 끼치므로, 우아부모 憂我父母" 산에 올라 들나물을 캐서 시부모님을 봉양할 수밖에 없다. 후에 그녀는 산에 올라 먼 곳을 바라보며 쓰고 있다. 그녀가 들나물을 캘 때 높디높은 북산에 올라 아득한 곳을 끝까지 주시하여 "박달나무 수레 낡아빠지고 네 필 수말이 지쳤음, 단거천천 사모관관 檀車嘽嘽 四牡痯痯"을 본다. 이것은 남편의 수레가 부서지고, 수레를 모는 말도 완전히 지쳐버린 것이다. 이것은 당연히 실제로 본 것은 아니고 상상 중에 본 것이다. 그녀는 또 이러한 상상을 계속 추측해 나가며 이미 수레가 부서지고 말이 녹초가 되었으니 나랏일을

끝내야만 한다는 것이다. "원정나간 님 멀지는 않을 텐데, 정부불원 征夫不遠"
은 님이 지금 집을 향해 달려오고 있다는 것이다.

   제 4장에서는 남편이 아직도 돌아오지 않자 가슴속은 더욱 시름겹고
남편을 갈망하는 심정이 더욱 더 절박해진다고 썼다. "수레 타고 오지
않으리니 시름겨운 마음 아주 고통스럽네, 비재비래 우심공구 匪載匪來
憂心孔疚" 이 시구는 남편이 결코 수레 타고 오지 않을 것이므로 이것
또한 그녀로 하여금 가슴에 통증이 느껴질 만큼 걱정된다고 쓰고 있다.
그녀는 남편이 외지에서 부역하기로 약정된 시간을 계산해본다. "기약한
때 지나도 오지 않아, 기서부지 期逝不至"는 벌써 지났는데도 그는 여전히
귀가하지 않았다는 말이다. 이것은 그녀로 하여금 "자꾸 시름만 더하여,
이다위휼 而多爲恤" 가슴속에 시름을 가득 차게 한다. 그녀는 외지에서
부역하는 남편이 걱정되지만 단지 신에게 도움을 구할 수밖에 없어, 점을
치고 괘를 뽑으러 간다. "거북점 시초점 다 좋다하며 모두 돌아올 날 가까워졌
다 하네, 복서해지 회언근지 卜筮偕止 會言近止" 이는 복사와 괘사가 모두
길하니 부부가 서로 만날 날이 곧 돌아온다고 말하는 것이다. 그녀는 이에
"원정나간 님 가까웠을텐데, 정부이지 征夫邇止" 라고 하여 이번에는 남편이
정말로 집에서 매우 가까이에 있어 곧 도착할 것이라 느끼고 있다.

   복사와 괘사가 비록 이 사무친 부녀자에게 정신적인 안위를 주기는
했지만, 그것은 결국 과학적인 예측이 아니므로 어떻게 이를 믿을 수 있단
말인가? 그녀의 남편이 외지에서 부역에 복무하는데 왜 기일이 지나도
돌아오지 않는가? "나랏일이 끝나지 않는, 왕사미고 王事靡盬" 막중한 노역
속에 무서운 종말이 있는 것은 아닐까? 이 사무친 부녀자가 귀가를 갈망하는
것이 한편의 비극이 되지는 않을까? 이럴 가능성이 없다고 말할 수 없다.

역대 제가의 평설

《모시서 毛詩序》: "〈체두 杕杜〉는 부역에서 돌아오는 자를 위로한 것이다."

공영달(孔穎達)《모시정의 毛詩正義》: "문왕이 부역에서 돌아오는 자를 위로하며 '너희들이 밖에 있을 때 아내들이 그대들을 그리워했다'고 말한다. 말하자면 '우뚝 서서 잘 자라고 있는 산 앵두나무가 때를 얻어 탐스러운 열매가 무성하게 열렸으니 그 장소를 제대로 얻었다.'는 뜻이다. 그러나 우리 남편만이 행역의 노고로 집안의 안락을 누리지 못했다."

주희(朱熹)《시집전 詩集傳》: "이는 부역에서 돌아오는 자를 위로한 시다. 그러므로 그가 아직 돌아오지 않았던 때를 추술한 시로써 아내가 만물의 변화하는 때를 느껴 남편을 생각한 것이다."

요제항(姚際恒)《시경통론 詩經通論》: "이것은 아내가 남편이 돌아오는 것을 생각한 시다. 〈소서 小序〉에서는 "부역에서 돌아오는 것을 위로한 것이다" 라고 했는데 역시 틀린 말이다. 그들을 위로하고 그 처를 대신해서 남편까지 생각했다고 했으니 이 얼마나 우활한 얘기인가?"

방옥윤 (方玉潤)《시경원시 詩經原始》: "〈소서 小序〉에서는 부역에서 돌아옴을 위로한 것이라 했다. 그들을 위로했으나 그 마음은 위로하지 못하고 그 노력을 보답하지 못했다. 그래서 아내가 남편을 그리는 시를 지어 그들을 달랬다는 것이다. 세상에 이런 식으로 남에게 갚는 방법도 있는가? 성스런 임금이 비록 인정을 곡진하게 체험 했다고 하나 남의 아내를 대신하여 슬피 우는 모습을 쓸 수는 없다. 설사 그렇게 하더라도 수고로운 자에게 무슨 도움이 되고 수고로운 자가 그것을 받아들일 수 있단 말인가? 무릇 유학자들이 시를 해석하는 데 있어서 우매하지 않으면 진부하고 또 그 말을 고의로 왜곡 시켜서 짧은 단견을 꾸며대니 시의 근본 취지는 더욱 더 어두워진다. 이 시는 원래 아내가, 남편이 돌아올 것을 생각하나 아직 돌아오지 않았다는 시다. …… 그러나 기대가 비록 크지만 결국은 나랏일을 중히 여겨 감히 사사로운 정으로 공의를 폐하지 않았다.”

진자전(陳子展) 《시경직해 詩經直解》: “〈체두 杕杜〉는 정벌나간 남편이 때가 지나도 돌아오지 않자 아내가 원망하는 생각으로 지었다. 이것은 후세 시인들의 이른바 “규사(閨思)”나 “규원(閨怨)”의 작품과 같은 유형이다. 〈채미 采薇〉나 〈체두 杕杜〉는 독신 남녀의 가사로써 모두 가요로부터 채집한 것이 아닌가 한다. 역시 ‘서주 민풍 (西周 民風)’으로 볼 수 있다. 《서 序》에서 〈체두 杕杜〉는 ‘부역에서 돌아오는 이들을 위로한 것이다’라고 했다. 방옥윤은 ‘그들을 위로했으나 위안이 되지 못하고 ……’라고 했는데 이것은 아마 《서 序》의 학설에서는 바로 악장의 의미로 간주한다는 점을 몰랐으니 시의 본뜻은 아니다. …… 왕선겸은 말했다. 《염철론 鹽鐵論》에 근거한 것은 《제시 齊詩》의 학설로써 〈채미 采薇〉나 〈체두 杕杜〉를 똑같이 풍자시로 간주했으니 이는 《모시서》와는 다르다. 노(魯), 한(韓) 시는 제(齊) 시와 당연히 같다.’ 나의 소견으로는 삼가(三家)가 시대를 풍자했다고 한 말은 현실을 직시하고 시의 뜻을 곧바로 보았으나 딱 맞다고는 할 수는 없다.”

고형(高亨) 《詩經今注》: “이것은 외지에서 요역을 감당하는 사람들이 부모와 처자를 그리워하여 부른 노래다.”

강음향(江陰香) 《시경역주 詩經譯注》: “이것은 나가서 싸우고 돌아온 병사를 위로하는 것이며 시(詩) 속의 말은 오히려 아직 돌아오지 못하던 때를 추억하여 이야기하는 것이다. 아내가 집안에서 남편을 기념하고 있다.”

양합명(楊合鳴), 이중화(李中華) 《시경주제변석 詩經主題辨析》: “이것은 정벌 나간 남편을 둔 부녀자의 시다. 시의 주인공은 여자인데 그녀의 남편이 전쟁이 나자 군에 징집되어 기한이 되어도 돌아오지 않았다. 그녀는 이로 인해 근심이 끊이질 않는다. 〈체두 杕杜〉는 바로 그녀가 내심의 그리움을 근심하여 토로한 시편이다."

원유안(袁愈荌), 당막요(唐莫堯)《시경전역 詩經全譯》: "원정나간 사람을 회상하며 속히 돌아오기를 바라고 있다."

정준영(程俊英)《시경역주 詩經譯注》: "이것은 민간의 부녀자가 장기간 부역하는 남편을 그리는 시다."

김계화(金啓華)《시경전역 詩經全譯》: "원정나간 남편을 회상하다가 속이 새카맣게 다 타버렸다."

번수운(樊樹雲)《시경전역주 詩經全譯注》: "이것은 원정나간 남편을 근심스럽게 생각하는 시편이다. 본 시는 직접 서술하는 수법을 취하여 부인의 심리 상태를 세밀하게 묘사했다. 전차가 파손되고 웅장한 공마(公馬)가 녹초가 되기를 희망하며 계속해서 점을 치고 괘를 뽑아 전쟁 나간 남편이 하루 속히 돌아오기를 희망하고 있다."

4. 〈은기뢰 殷其雷〉【소남 召南】①

殷其雷②	은기뢰	우르릉 천둥소리
在南山之陽③	재남산지양	남산 남녘에서 울리네
何斯違斯④	하사위사	어이해 그이는 이곳을 떠나
莫敢或遑⑤	막감혹황	휴가조차 감히 못 내는가
振振君子⑥	진진군자	늠름한 우리 님이여
歸哉歸哉	귀재귀재	돌아오소서 돌아오소서

殷其雷	은기뢰	우르릉 천둥소리
在南山之側⑦	재남산지측	남산 곁에서 울리네
何斯違斯	하사위사	어이해 그이는 이곳을 떠나
莫敢遑息⑧	막감황식	쉴 틈조차 감히 못 내는가
振振君子	진진군자	늠름한 우리 님이여
歸哉歸哉	귀재귀재	돌아오소서 돌아오소서

殷其雷	은기뢰	우르릉 천둥소리
在南山之下	재남산지하	남산 밑에서 울리네
何斯違斯	하사위사	어이해 그이는 이곳을 떠나
莫敢遑處⑨	막감황처	편안히 머물지도 감히 못하는가
振振君子	진진군자	늠름한 우리 님이여
歸哉歸哉	귀재귀재	돌아오소서 돌아오소서

시구 풀이

① 〈殷其雷 은기뢰〉: 아내가 외지에서 복역하는 남편에 대한 그리움을 묘사한 시.
召南(소남): 서주 시대의 소남(지금의 하남과 호북 사이에 있다) 지역의 시가
② 殷(은): 천둥소리.

③ 陽(양): 산의 남쪽을 가리킨다.

④ 斯(사): 이 사람, 이 땅의 뜻을 가지고 있다.

違(위): 이별하다. 헤어지다.

何斯違斯(하사위사): 왜 이때에 여기를 떠나가.

⑤ 莫(막): 못하다. 하지 못하다.

遑(황): 휴가.

⑥ 振振(진진): 충직하고 성실한 모양.

⑦ 側(측): 여기서는 산의 동서 양측을 가리킨다. 혹은 산의 북쪽을 가리킨다.

⑧ 息(식): 휴식

⑨ 處(처): 편안히 머물다.

감상과 해설

〈은기뢰 殷其雷〉이 시는 부녀자가 객지에서 강제 노역하는 남편에 대한 그리움을 묘사했는데 남편이 빨리 돌아올 것을 희망하고 있다.

시는 모두 3장이다.

제 1장의 처음 두 구 "우르릉 천둥소리 남산 남녘에서 울리네, 은기뢰 남산지양 殷其雷 南山之陽" 우르릉하는 천둥소리가 남산의 남녘에서 울리면서 그치지 않는 것을 묘사하고 있다. 저 구르는 듯 낮고 무거운 천둥소리는 굉장히 요란스레 큰소리를 낸다. 이것은 남편과 이별한 아내에게 의심할 것 없이 가슴을 무겁게 억누르며 뇌성은 그녀를 놀라 두렵고 불안하게 만들어서 그녀의 감정이 자연히 자신의 곁에 없는 남편을 떠올리게 한 것이다.

3, 4구 "어이해 그이는 이곳을 떠나 휴가 틈조차 감히 못 내는가? 하사위사

막감혹황 何斯違斯 莫敢或遑"는 하나의 의문문으로 남편은 왜 하필 이런 때에 집을 떠나 있어야만 하는가? 또 왜 객지에서 복역하면서 잠깐의 짬도 내지 못하는가? 그녀는 남편을 힐책하고 있다. 이 부녀자는 천둥소리를 듣고 놀라서 무서워하는 상황에서 남편이 자신을 지켜주기를 바라고 있으나, 남편은 바로 이 순간에 집에 없기 때문에 남편이 원망스러운 것이다.

남편이 외지에서 복역하는 일이 분명히 꽤 힘들 텐데도 남편의 사람됨이 성실하여 감히 틈을 낼 수 없을 것이라고 그녀는 상상하고 있다. 사실 남편이 일찍이 집 떠나기를 어찌 바랐겠는가? 성격이 충직하고 성실한 것이 어떻게 밖에서 하루 종일 그가 고생하는 원인이 되겠는가? 진정한 원인은 당시 통치자의 가렴주구다. 보아하니 이 사무친 부녀자는 애가 타서 멍청이가 되어 버렸다.

5, 6구의 "늠름한 우리 님이여 돌아오소서 돌아오소서, 진진군자 귀재귀재 振振君子 歸哉歸哉"는 사무친 아내의 외침으로 그녀는 충직하고 성실한 남편이 빨리 돌아오기를 외치고 있는 것이다.

사실 말이지 정벌나간 사람이 외지에서 복역하는 것은 이미 자신의 몸이 아닌데 그가 어찌 원하는 대로 집에 돌아갈 수 있단 말인가? 이 때문에 사무친 아내가 남편에게 돌아오라는 외침은 단지 하나의 환상일 뿐이다. 그나마 그 미약한 외침소리도 우르릉 쾅쾅하는 천둥소리에 묻혀 버리고 말았다.

제 2장의 처음 두 구는 콰르릉 거리는 천둥소리가 남산 쪽에서 진동하며 울려 퍼짐을 묘사했는데 이는 그 무서운 천둥소리가 갈수록 가까워진다는 것이다.

3, 4구는 사무친 아내가 한층 자신 가까이에 온 천둥소리를 듣고는 더 불안해진다. 바로 이런 때 남편은 가정에 꼭 있어야 한다. 또 남편이 밖에서 부역하면서 온종일 잠시도 쉬지 못 할 거라고 그녀는 원망하고 있다. 마지막

으로 그녀는 다시 한 번 마음속으로 충직하고 성실한 남편이 속히 집에 돌아오라고 외치고 있다.

제 3장은 저 콰르릉 거리는 천둥소리가 남산 아래에서 쉴 새 없이 울리는 것이 마치 자신의 머릿속에서 터져 나오는듯하다고 묘사한 것이다. 이 사무친 아내는 간이 오그라 들고 심장이 놀래서 바로 이런 때는 남편이 자신을 곁에서 지켜주기를 희망하면서도 문득 남편이 외지의 부역에서 감히 잠시도 쉴 수 없을 것이라고 걱정하고 있다. 그녀는 고통스럽게 외치고 있다. 충직하고 성실한 남편이여 빨리 돌아오소서. 빨리 돌아오소서.

이 시는 모두 3장이며 시의 뜻은 장을 좇아 점점 진전된다.

하나는 뇌성이 점점 가까워지는 것이다. "남산의 남쪽"에서 "남산의 끝"으로, 다시 "남산의 아래"까지다.

둘은 사무친 아내의 근심이 점점 무거워지는 것이다. 그녀는 한편으로 자기의 처지를 조급하게 여기고 또 다른 한편으로는 남편이 밖에서 고생하면서도 휴가를 얻지 못하고 심지어는 잠시도 편안 할 수 없음을 걱정하고 있다.

셋은 사무친 아내가 남편의 귀가를 점점 더 절박하게 바라고 있다는 것이다. 남편의 귀가를 희망하는 원인은 단지 아내 자신의 근심뿐만이 아니라 더욱 중요한 것은 남편을 위한 걱정이다. 그 걱정은 남편이 견딜 수 없는 고생을 겪기 때문이다. 이 아내가 외롭게 혼자 거처하는 어려운 환경 속에서, 우레 소리를 듣고 놀래서 가슴이 뛰는 불안 속에서도 도리어 오로지 깊은 애정으로 외지에서 복역하는 남편을 위해 조바심이 난다. 이렇게 남편을 사랑하는 진지한 애정은 확실히 사람을 아주 감동시킨다.

역대 제가의 평설

《모시서 毛詩序》: "〈은기뢰 殷其雷〉는 의리로써 권면한 것이다. 소남의 대부가 먼 곳에 가서 정치에 종사하는데 편안하게 머무를 틈이 없자 아내가 그의 근면함을 근심하여 의리로써 권면한 것이다."

공영달(孔穎達) 《모시정의 毛詩正義》: "소남의 대부가 먼 곳에 가서 정치에 종사하여 천하에 왕명을 펴는데 쉴 틈과 휴식처를 얻지 못했다. 그 아내가 이 같은 것을 보고 남편의 근면함을 걱정스럽게 생각하면서도 신하의 의리로 여겨 권면한 것이다."

주희(朱熹) 《시집전 詩集傳》: "남국이 문왕의 교화를 입었고 아내는 그 남편이 외지에서 부역에 종사하자 그를 그리워하여 이 시를 지은 것이다. '요란한 천둥소리가 남산 남녘에서 울리는데 어째서 남편은 홀로 이곳을 떠나가 잠시도 쉴 수 없는가?'라고 말했다. 이에 그 덕을 찬미하고 또한 일을 일찍 끝내고 귀가하기를 바라고 있다."

위(僞) 《노시설 魯詩說》: "무왕이 상(商)나라를 정복하자 제후들은 주(周)나라 왕실로부터 명을 받아 종남(終南)의 관아에 나아가서 이 시를 지었다. 시는 모두가 비(比)의 수법 뒤에 부(賦)를 썼다."

오개생(吳闓生) 《시의회통 詩義會通》: "시의 뜻은 단지 사람을 그리워하여 지은 것이다. 의리로써 권면하는 뜻은 보이지 않는다. 동래(東萊 *여조겸) 《독시기 讀詩記》에서는 주자의 옛 설을 인용하여 말하길, '근심은 깊으나 원망의 말은 없으니 이른바 '의리로써 권면한 것'이라고 했다.' 〈서〉의 뜻을 잘 체득했다."

진자전(陳子展) 《시경직해 詩經直解》: "〈은기뢰 殷其雷〉를 두고 대진(戴震)은 이 역시 '아내가 남편의 행역에 감격하여 마음에 새겨 지은 것'으로 여겼다. 아마도 요란한 천둥소리로써 그 나라의 명성과 위엄을 비유하며 그 남편이 군대에서 돌아오기를 바라는 것 같다. 〈시서 詩序〉에서는 첫 구 "은기뢰(殷其雷)"를 의리로써 권면한 것이라고 했다. 이것은 〈시서〉를 지은 자의 뜻이지 절대로 시의 본뜻은 아니다. 그러나 시어는 매끄럽고 막힘이 없다. 이 시는 금문(今文)의 삼가(三家)사이에도 이견이 없을 뿐만 아니라 기타 다른 쟁론도 없다.

　오직 '늠름하다(振振)'는 단어에 대해서만 《모전》은 '신망이 두텁다'고 했고 왕선겸(王先謙)은 《집소 集疏》에서 '분발하여 의미있는 행위를 함이 있다' 고 했다. 내 소견으로는 왕씨 학설의 의미가 적절하고 이 시에 더욱 들어맞는 것 같다. 남편은 사사로움으로 공의를 해치지 않았고, 집안의 일로써 공적인 일을 말하지 않았다. 시에서 감히 쉴 겨를이 없어 휴식하지 못하고 쉴 곳이 없는데 '분발하여 의미있는 행위를 함'이 있지 않다면 남편이 이렇게 할 수 있겠는가? 오직 그 남편의 신망이 두터움을 걱정하는 것만은 아니다. 시는 거듭해서 '늠름한 님이시여 어서 돌아오소서' 라고 외치고 있다. 이미 대의로써 권면하면서 또한 살아 돌아오기를 바라니 도리의 바름을 얻었다고 할 수 있다. 훌륭하다!

　…… 〈권이 卷耳〉와 〈은기뢰〉는 똑같이 남편이 부역을 나간 뒤 아내가 감격하여 마음에 새겨 지은 것이다. 그러나 시의 자구로부터 그 단계적인 낙인을 찾아보면, 한쪽은 귀부인이 확실한 것 같고 한쪽은 보통 아내인 것 같다."

　문일다(聞一多)《풍시유초 風詩類抄》: "아내가 홀로 거처하면서 천둥소리를 듣고 놀라 두려워 떨며 남편이 빨리 돌아오기를 바란다. 또 그것으로써 자신의 위안을 삼았다."

　고형(高亨)《시경금주 詩經今注》: "아내가 밖에 있는 남편을 그리워해서 이 시를 지었다."

　원매(袁梅)《시경역주 詩經譯注》: "고대에 먼 곳에서 부역하는 자의 아내가, 남편이 장기간 복역하기 때문에 아내와 헤어져 서로 만나지 못했다. 그래서 그녀가 이 원망의 노래를 불렀다. 간절히 사모하는 정이 글의 표면에 넘치고 있다."

정준영(程俊英) 《시경역주 詩經譯注》: "이것은 아내가 남편을 그리는 시다."

번수운(樊樹雲) 《시경전역주 詩經全譯注》: "이것은 남편을 그리는 시다. 일하는 한 부녀자가 천둥소리를 듣고 고지식하고 충직하면서 멀리 고향을 떠나 복역하는 남편이 빨리 고향으로 돌아오기를 희망하고 있다."

김계화(金啓華) 《시경전역 詩經全譯》: "아내가, 남편이 비를 무릅쓰고 출타한 것을 걱정한 것이다."

강음향(江陰香) 《시경역주 詩經譯注》: "남국(南國)이 문왕의 교화를 받아 그 아내들이 이렇게 생각한 것이다. 남편들이 집을 떠나 외지에서 나라를 위해 일을 하면서 감히 집에 돌아와 쉴 수 없기 때문에 마음속으로는 몹시 그리우면서도 오히려 원한의 말은 없다. 단지 그 나랏일을 속히 끝내고 돌아오기를 희망하고 있다. 일설에는 이것은 재주와 학문이 있는 군자를 권면하여 모두 주나라 조정에 귀순케 한 것이라고 한다."

5. 〈웅치 雄雉〉[패풍 邶風]①

雄雉于飛②	웅치우비	장끼가 날아가네
泄泄其羽③	예예기우	푸드득 푸드득 날개짓하며
我之懷矣④	아지회의	나의 그리움이여
自詒伊阻⑤	자이이조	당신과 멀리 떨어져 혼자 남았네
雄雉于飛	웅치우비	장끼가 날아가네
下上其音⑥	하상기음	그 울음소리 높낮이가 은은하네
展矣君子⑦	전의군자	정녕 내 님이여
實勞我心⑧	실로아심	내 마음 진실로 그리워
瞻彼日月⑨	첨피일월	저 해와 달을 바라보면
悠悠我思⑩	유유아사	내 시름은 그지없네
道之云遠⑪	도지운원	길이 멀어
曷云能來⑫	갈운능래	언제 오시려나
百爾君子⑬	백이군자	무릇 당신같은 군자는
不知德行⑭	부지덕행	덕행을 모르지 않겠지요
不忮不求⑮	불기불구	해치지 않고 탐내지 않으면
何用不臧⑯	하용부장	무엇인들 잘되지 않겠어요

시구 풀이

① 〈雄雉 웅치〉는 아내가 오랫동안 객지에서 부역하는 남편을 회상하
는 시다.
邶風(패풍): 주대의 패(邶) 나라[후에 위(衛)나라로 병입되었으며
옛 땅으로 지금의 하남성 북부]의 시가.

② 雄雉(웅치): 수꿩. 장끼. 볏이 있고 꼬리가 매우 길며 깃털이 아주

아름답다.

③ 泄泄(예예): 여유롭게 천천히 나는 모양

④ 懷(회): 그리워하다.

⑤ 自怡(자이): 홀로 (빈방에) 남다.

怡(이): 남겨놓다. 남기다.

伊阻(이조): 그가 (멀리) 떨어지게 되었다.

伊(이): 그이. 남편을 가리킨다.

⑥ 上下其音 (상하기음): 새가 의기양양하게 우는데 그 소리의 높낮이가 은은함을 나타낸다.

⑦ 展(전): 성실하다. 일설에는 고생스럽다.

⑧ 實勞我心(실로아심): 我心實勞이다. 나의 마음속에 진실로 그를 생각한다.

勞(로): 그리워하다.

⑨ 日月(일월): 남편을 비유한다.

⑩ 悠悠我思(유유아사): 나의 정서가 면면이 끊이지 않는다.

⑪ 云(운): 어조사.

⑫ 曷(갈): 언제. 어느때.

云(운): 어조사.

來(래): 남편이 돌아오는 것을 가리킨다.

⑬ 百(백): 무릇. 모두.

爾(이): 당신. 이곳에서는 남편을 가리킨다.

⑭ 德行(덕행): 인품과 덕성.

⑮ 忮(기): 사람을 해치다.

求(구): 탐하다. 매우 탐욕스럽다.

⑯ 臧(장); 좋다. 평안하고 길하며 이롭다.

감상과 해설

〈雄雉 웅치〉 이 시의 주인공은 사무친 아내다. 남편이 객지에서 장기간 부역을 하자 그녀는 집에서 적막해진다. 그래서 남편의 귀가를 갈망하고 있다.

시는 모두 4장이다.

제 1장은 남편이 멀리 못 떠나게 말렸어야 한다고 후회하고 있다. "장끼가 날아가네 푸드득 푸드득 날개짓하며, 웅치우비 예예기우 雄雉于飛 泄泄其羽" 선명한 색깔의 수꿩이 날개를 펴며 공중을 나는데 여유롭고도 가뿐해 보인다고 썼다. 여기서는 수꿩이 먼 곳으로 날아가는 것으로 흥을 일으켜 남편이 멀리 하늘 끝에서 유랑하고 있음을 비유하고 있다. 수꿩은 자유로이 날아갔다가 또다시 날아올 수 있지만 남편은 객지에서 마음대로 돌아올 수 없다.

"나의 그리움이여 당신과 멀리 떨어져 혼자 남았네, 아지회의 자이이조 我之懷矣 自詒伊阻" 남편이 먼 곳에 격리되어 결국 자신은 독수공방하는 처지가 되었다. 이 천지 한쪽 끝에 처한 곳에서 그녀의 슬픈 감정은 끊임없이 정말로 남편을 못 떠나게 말렸어야 했다는 후회가 드는 것이다.

제 2장은 남편의 객지 생활을 걱정하는 것이다. "장끼가 날아가네 그 울음소리 높낮이가 은은하네, 웅치우비 하상기음 雄雉于飛 下上其音" 색채가 선명한 수꿩이 경쾌하고도 여유롭게 비상하면서 높낮이를 자유자재로 울어대는 것을 썼다. 이러한 정황과 경치를 보고 그녀는 문득 연상한다. "진실로 내님이여, 전의군자 展矣君子" 그는 사람됨이 아주 성실하다. 그는 수꿩처럼 의기양양하지 못하고, 상대적으로 고지식하기 때문에 객지에서 죽도록 고생만 할 것이다. 생각이 여기까지 미치자 "내 마음 진실로 그리워, 실로아심 實勞我心" 진심으로 그녀는 남편의 객지생활을 걱정한다

는 것이다.

제 3장은 남편의 귀가를 갈망한다. "저 해와 달을 바라보면 내 시름은 그지없네, 첨피일월 유유아사 瞻彼日月 悠悠我思" 이 사무친 부녀자가 세월이 유수같이 흐르는 것을 보고 남편이 집 떠난 지 이미 오래됐으나 자신의 감정은 면면이 끊이지 않음을 느낀다. "길은 멀어 언제 오시려나, 도지운원 갈운능래 道之云遠 曷云能來" 그녀는 길이 아득한 것을 생각하니 남편이 언제나 돌아올 수 있을지 모르겠다는 것이다. 시가 여기에 이르러 남편의 귀가를 소망하는 심정이 몹시 애절하다.

제 4장은 남편의 평안을 축원하는 것이다. 남편이 귀가할 수 없기 때문에 그녀는 단지 마음속의 근심을 좋은 축원으로 대신 빌어줄 수밖에 없다. 그녀는 남편이 성실한 사람이라는 것을 너무도 잘 안다, "무릇 당신같은 군자는 덕행을 모르지 않겠지요, 백이군자 부지덕행 百爾君子 不知德行"는 무릇 군자는 자신의 덕행을 조심해야만 모든 이에게 존경을 얻을 수 있다는 것이다.

그녀는 남편이 객지에서 "남을 해치지 않고 탐내지 않으면, 불기불구 不忮不求"은 남을 해치지도, 탐하지도 말고 청렴결백한 사람이 되기를 희망하는 것이다. 그녀는 남편이 오직 이렇게 해야 "무엇인들 잘되지 않겠어요, 하용부장 何用不臧" 라고 생각한다. 이렇게 하는데 어찌 평안과 행복을 얻지 못하겠는가? 그녀는 남편이 덕행에 뜻을 두고 좋은 일을 많이 하여 평안을 유지하기를 바라지만 그 마음씀이 얼마나 힘들겠는가?

시 전체에서 비상하는 수꿩이 자아낸 사무친 부녀자의 이별의 근심을 반복적으로 묘사하고 있다. 그녀는 남편을 못 떠나게 말렸어야만 했다고 후회하면서 남편의 객지 생활을 걱정하고 또 그의 빠른 귀가를 갈망함과 동시에 높이 날아가는 수꿩에게 자기 마음속의 축복을 가져가 달라고 의탁하는 것 같다.

그녀의 남편은 왜 객지에 나가서 돌아오지 않는가? 병역을 위해? 노역을 위해? 아니면 객지에서 벼슬을 구하기 위해? 시에서는 설명이 없다. 설사 이와 같다 하더라도 사무친 아내가 남편의 근심거리를 걱정해주는 속마음의 걱정은 사람의 마음을 몹시 감동시킨다. 그러나 노예 사회의 악독한 세력이 도처에서 횡행하고 있는 상황에서 "도덕적 자아의 완미한 선(善)"에 의지하여 재난을 없애고 화를 피하려는 소망은 아마도 유치한 환상에 불과할 것이다.

역대 제가의 평설

《모시서 毛詩序》: "〈雄雉 웅치〉는 위 선공(衛 宣公)을 풍자했다. 선공은 음란하여 나랏일을 긍휼히 여기지 않고 전쟁을 자주 일으켰다. 대부가 장기간 부역을 시행하니 남녀가 독신이 된 것이다. 백성들이 이를 근심하여 이 시를 지었다."

주희(朱熹) 《시서변설 詩序辨說》: "《서 序》에서 말한 '대부가 장기간 부역을 시키니 남녀가 독신이 되었다는 것은 잘 체득했다. 그러나 그것을 '선공의 때'라든지 '음란하여 나랏일을 긍휼히 여기지 않았다' 라는 뜻은 보이지 않는다."

《시집전 詩集傳》: "아내로써 남편이 객지에서 부역을 하고 있었기 때문에 수꿩이 여유롭게 노니는 것을 보고는 '내가 그리워하는 님은 객지에서 부역을 해서 저절로 멀리 떨어져 남았구나'라고 말하고 있다. 끝장에서 말한다. '무릇 당신도 군자이므로 덕행을 모르지는 않겠지요'는 만약에 남을 해치지도 탐내지도 않는다면 하는 일마다 어찌 잘되지 않으리오? 그가 객지에 나가 근심거리를 저지르지 않을까 걱정된 나머지 그가 잘 처신해서 몸을 잘 보존하기를 바랐다."

주학령(朱鶴齡)《시경통의 詩經通義》: "《정전 鄭箋》은 앞의 두 장을
독신의 남자로 뒤의 두 장을 독신의 여자로써 보고 수꿩이 선공의 음란함을
비유했다고 했는데 이는 경전을 억지로 끌어다 서에 붙인 것으로 아주
지리멸렬함을 느낀다. 《서 序》에서 '음란하여 나랏일을 긍휼히 여기지
않고 전쟁을 자주 일으켰다.'고 말한 것은 오랜 부역 때문이라고 추론한
것인데, 이점을 생각하지 못했다. 부역이 길어져 아내가 그 고통을 생각한
것이 설령 결혼 못한 남녀라고 해도 어찌 장마다 각기 가사를 다르게 하고
시어를 안배했겠는가? 주자는 종합적으로 아내의 시 작품으로 간주했으니
비로소 그 뜻을 관통한 것인데 아마도 증남풍(曾南豐: *南豐은 曾鞏의 호)에
근거를 둔 것 같다."

오개생(吳闓生)《시의회통 詩義會通》: "시의 뜻을 자세히 음미해보면
당연히 정벌 나간 군사가 귀향을 생각하며 스스로 위로한 가사를 말한
것이다." "전의군자 展矣君子"는 옛 현자를 이끌어다가 자신을 입증시킨
것이다. 끝장에서 근본을 덕행으로 귀결시켜 '남을 해치지 않고 탐내지
않으면 不忮不求'이라고 결론을 맺었으니 그 뜻이 더욱 고상하다.

진자전(陳子展)《詩經直解》: "〈雄雉 웅치〉는, 남편이 객지에서 장기간
부역하자 아내가 그리워하여 지은 시다. 〈서〉에서는 대부가 오랫동안
부역을 시행하자 남녀가 독신이 되었다고 여겼으니 그 뜻을 체득했다.
그러나 선공 때 음란하여 나랏일을 긍휼히 여기지 않는 것과 관련된
뜻은 보이지 않는다. 아울러 이 시의 뜻을 살펴보면 역시 아내로부터
나온 작품인 것 같은데 백성이 지은 것이라고 애매하게 말해서는 안
된다. 주자(朱子)의 《변설 辨說》은 맞다.

《서 序》의 첫 구에서는 어째서 선공을 풍자했다고 했는가?《서 序》를
지은 사람은 종종 시에 쓰인 언어 바깥의 뜻으로부터 근원을 캐는 논리로
삼는다. 이 《서 序》를 지은 자의 뜻은 아마도 채시(采詩), 편시(編詩),

진시(陳詩)의 의미로부터 비롯된 것이지 시인의 본뜻은 아닐 것이다. ……《서 序》의 첫 구는 자연히 대가들이 서로 옛날의 뜻을 전해온 것이므로 그렇다면 고대의 사관들이 시를 편집한 의도에서 나온 것인가?

왕선겸(王先謙)은 말했다. '살펴보니 《서 序》에서 대부의 장기간의 부역 시행으로 남녀가 독신이 되었다고 했는데 이것이 바로 이 시의 요지이다. 선공 운운은 근원을 캔 말이지만 시에서는 그것을 언급한 적이 없다.《전 箋》에서는 제 1장과 제 2장을 음란한 일에 억지로 끌어다 붙였으니 거의 진흙 속에 빠진 것과 같다. 3가(三家)의 뜻은 아직 들어보지 못했다.' 이 말 또한 실마리를 풀어주는 논지이며 아울러 《전 箋》의 잘못된 뜻을 지적하였다. 이보다 앞서 주학령(朱鶴齡)이 《전 箋》을 의론했는데 훨씬 훌륭하다."

문일다(聞一多) 《풍시유초 風詩類抄》: "먼 곳에 있는 님을 그리워한 것이다."

고형(高亨) 《시경금주 詩經今注》: "통치계급의 한 아내가 멀리 나간 남편을 회상하여 이 시를 지었다."

원매(袁梅) 《시경역주 詩經譯注》: "남편이 객지에서 노예주에게 복역으로 혹사당하자 아내가 집에서 끝없이 그리워하는 것이다. 한편으로는 노예주를 한없이 원망하고 한편으로는 남편이 돌아와서 기쁘게 만날 수 있기를 기대하면서 배우자 없는 적막한 노래를 불렀다."

정준영(程俊英) 《시경역주 詩經譯注》: "이것은 아내가 멀리 나간 남편을 그리는 시다."

번수운 (樊樹雲) 《시경전역주 詩經全譯注》: "이 시의 주제는 정벌 나간 남편을 회상하는 것이다. 남편이 객지에서 부역을 수행하는데 길은 아득히 멀고 감감 무소식이다. 세월은 유수와 같은데 아직도 남편의 귀가를 볼 수가 없다. 끝 장은 고관귀인들이 털끝만큼도 덕행이 없는 것을 질책하면서, 남편이 시기와 질투를 당할까 봐 걱정하니 더욱 더 남편에 대한 회상이 깊어만 간다."

　원유안(袁愈荌), 당막요(唐莫堯) 《시경전역 詩經全譯》: "아내가 객지에서 오랫동안 복역하는 남편을 회상한다."

　김계화(金啓華) 《시경전역 詩經全譯》: "멀리 있는 님에 대한 회상이며 또한 일부 수양이 덜 닦인 사람들을 풍자한 것이다."

　강음향(江陰香) 《시경역주 詩經譯注》: "이것은 위 선공을 풍자한 시로 나라에 계속해서 전쟁을 일으켜서 남자들이 모두 밖에 나가 정벌에 종사했다. 장기간 집에 돌아가지 못하는 까닭에 아내가 남편을 그리워하는 말이 있다. 일설에는 친구에게 바깥의 허망한 이름을 탐하지 말라고 권계하는 것이라 했다."

6. 〈신풍 晨風〉[진풍 秦風]①

鴥彼晨風②	율피신풍	씽씽 나는 새매가
鬱彼北林③	울피북림	우거진 북림숲으로 날아가네
未見君子	미견군자	님을 보지 못해
憂心欽欽④	우심흠흠	마음 시름 하염없네
如何如何⑤	여하여하	어이해 어이해
忘我實多⑥	망아실다	날 그렇게도 잊어버리오

山有苞櫟⑦	산유포력	산에는 무성한 상수리나무
隰有六駁⑧	습유육박	진펄에는 수많은 느릅나무
未見君子	미견군자	님을 보지 못해
憂心靡樂⑨	우심미락	마음 시름 즐겁지 않네
如何如何	여하여하	어이해 어이해
忘我實多	망아실다	날 그렇게도 잊어버리오

山有苞棣⑩	산유포체	산에는 무성한 아가위
隰有樹檖⑪	습유수수	진펄에는 늘어선 팥배나무
未見君子	미견군자	님을 보지 못해
憂心如醉⑫	우심여취	마음 시름 술 취한 듯하네
如何如何	여하여하	어이해 어이해
忘我實多	망아실다	날 그렇게도 잊어버리오

시구 풀이

① 〈晨風 신풍〉은 여자가 님을 그리는 시다.

　秦風(진풍): 춘추시대의 진나라(지금의 섬서성, 감숙성 일대)의 시가.

② 鴥(율): 새가 빠르게 나는 것을 묘사한다.

　晨風(신풍): 새 이름.

③ 鬱(울): 무성하다. 우거지다.

　　北林(북림): 숲 이름.

④ 欽欽(흠흠): 근심으로 잊기 어려운 상태.

⑤ 如何如何(여하여하): 如之何 如之何. 어찌하여 어찌하여. '내 그를 어찌할까?' 혹은 '이일을 어떻게 해!'라는 뜻이 있다.

⑥ 實多(실다): 실지로 너무 심하다. 너무 과분하다는 뜻.

⑦ 苞櫟(포력): 낙엽이 지는 큰 나무. 일명 상수리나무라고 부른다.

⑧ 隰(습): 낮고 습한 땅.

　　六(육): 많은 숫자를 표시한다.

　　駁(박): 나무이름. 느릅나무. 가래나무. 개오동나무 등의 종류라고 한다.

⑨ 靡樂(미락): 즐겁지 않다. 즐거움이 없다.

⑩ 苞棣(포체): 나무의 이름. 즉 당체, 아가위나무.

⑪ 樹檖(수수): 檖樹의 도치.(압운을 위한 것이다)

　　檖(수): 팥배나무. 또는 산배라고도 부르며 열매가 보통 배보다 작다.

⑫ 如醉(여취): 극도로 그리워하므로 정신 착란이 되어 술 취한 듯 미친 듯 하다는 것.

감상과 해설

〈晨風 신풍〉은 한 부녀자가 객지로 나간 남편을 회상하는 것이다. 시는 3장으로 나뉜다.

제 1장은 새가 숲으로 날아 돌아가는 것으로써 흥을 일으켜 남편을 그리는 정을 불러 일으켰다. 게다가 신풍이라는 새는 쌍쌍으로 숲에 돌아올 수 있는데, 남편은 집을 떠난 지 아주 오래되었지만 아직도 돌아오지 못한다. 이러한 경물을 보고 정서가 일자 이 부녀자는 고독함과 처량함을 느낀다. "마음의 시름 하염없네, 우심흠흠 憂心欽欽" 남편은 왜 오랫동안 돌아오지

않는가? 거기에는 반드시 원인이 있을 것이다. 그녀는 자기도 모르게 추측해 본다. "날 그렇게도 잊어버리오, 망아실다 忘我實多" 남편이 혹시 나를 완전히 잊어버린 것은 아닐까? 여기에서 그녀는 자신의 운명에 대해서 깊은 우려를 느끼는 것이다.

　제 2장은 "산에는 상수리나무, 진펄에는 수 많은 느릅나무, 산유포력 습유육박 山有苞櫟 隰有六駁"으로써 흥을 일으켰다. 이렇게 산천초목을 제시하는 방식은 일반적으로 부부나 남녀 간의 일에 많이 사용되나 여기에서 는 부부간의 일을 나타내는 데 사용하고 있다. "마음의 시름 즐겁지 않네, 우심미락 憂心靡樂"은 남편이 너무 오래 돌아오지 않자 자신의 마음속에는 눈꼽만큼의 재미도 못 느끼며 남은 것이라곤 단지 슬픔뿐이라고 말한다. 그녀는 남편이 귀가하지 않는 원인은 바로 남편이 아내를 거의 다 잊어서일 거라고 의심하고 있다.

　제 3장은 "산에는 무성한 아가위나무, 진펄에는 늘어선 팥배나무, 산유포 체 습유수수 山有苞棣 隰有樹檖" 로써 흥을 일으켜 남편을 그리는 정을 기탁하고 있다. "마음 시름 술 취한 듯하네, 우심여취 憂心如醉" 남편을 그리는 자신의 근심이 지나쳐서 술 취한 듯 정신이 나간듯하다는 것이다. 그녀는 남편이 오랫동안 귀가하지 않는 까닭은 바로 집에 있는 아내를 거의 완전히 잊었기 때문일 거라고 걱정한다.

　이 시는 여주인공의 말투로 보아 객지로 나간 남편을 회상하는 것을 쓰고 있다. 이별이 너무나 오래되어 "마음의 시름 하염없네, 마음 시름 즐겁지 않네, 마음 시름 술 취한 듯 하네, 우심흠흠 우심미락 우심여취 憂心欽欽 憂心靡樂 憂心如醉" 라는 지경에 이르렀다. 그녀는 남편이 비록 자신을 완전히 잊었을 거라고 의심은 하면서도 여전히 일련의 희망을 품어보 는 것이다. 설사 "님을 보지 못해, 미견군자 未見君子"라고 해도 서로 만날 날이 아직은 있다. 비록 "날 그렇게도 잊어버리오, 망아실다 忘我實多"

라고 해도 아직은 완전히 잊지 않았을 것이다. 이 여자는 비록 버림받은 여자는 아니나 버림받은 여자의 운명이 자신의 머리맡에 떨어질까봐 두려워 깊고 깊은 고통 속에 빠져 있다. 이 시로부터 노예사회의 남녀불평등의 현상, 즉 여자는 단지 남자의 부속품으로써 그 사회적 지위가 매우 미천했다는 것을 알 수 있다.

역대 제가의 평설

《모시서 毛詩序》: "〈신풍 晨風〉은 강공(康公)을 풍자했다. 목공(穆公)의 유업을 잊고 처음부터 어진 신하를 저버렸다."

《모전 毛傳》: "선군(先君)이 어진 신하를 부르니 어진 신하가 그에게 갔다. 신풍이 북림에 날아들어간 듯이 질주하여 갔으나 지금은 그를 잊었다."

주희(朱熹) 《시집전 詩集傳》: "남편이 집에 없자 아내가 '씽씽 나는 새매는 곧장 우거진 북림으로 돌아가누냐'라고 말하고 있다. 그래서 나는 남편을 볼 수 없으니 마음에 시름 그지없다. 저 남편은 어찌하여 나를 그렇게도 잊어버릴 수 있는가!"

요제항(姚際恒) 《시경통론 詩經通論》: "《서》는 강공이 어진 신하를 버린 것을 풍자했다고 했는데 이는 억측이다. 《집전 集傳》은 아내에 관련된 것으로 보았는데 그런 말은 없다. 《위설 僞說》은 진나라 임금이 어진이를 만나 처음에는 근면했으나 나중에는 태만했다고 했으니 조금 더 그 뜻에 가깝다."

문일다(聞一多) 《풍시유초 風詩類抄》: "님을 그리는 것이다."

여관영(余冠英) 《시경선역 詩經選譯》: "여자가 님을 그리는 시다."

진자전(陳子展) 《시경직해 詩經直解》: "〈신풍 晨風〉은 진(秦)의 강공(康公)이 부업(父業)을 잊고 어진 신하를 버린 것을 풍자한 시다. 《시서》는

아마도 사관으로부터 나왔을 것이다. 3가는 이의가 없다. 송나라 유학자에
이르러 비로소 다른 의견이 있었다. 주자의 《변설》에서는 '이것은 아내가
남편을 그리는 글이다' 라고 했다. …… 아마도 주자는 진나라 사람의
힘이 강하고 사나워 오랑캐 풍속에 감염되었기 때문에 집사람을 가벼이
하고 인정과 의리가 적어졌다고 여겼을 것이다. 명·청간의 학자들 사이에
서는 이 시에 대한 모(毛)와 주(朱)의 득실에 대해서 공공연한 논쟁이
그치질 않았다. 대진(戴震)은 말했다. '시의 학설은 종래부터 확정된 것이
없다. 진실로 시의 뜻이 크게 벗어나는 것이 아니면 양쪽의 학설을
받아들여 병존시켜도 좋다.' 이것은 양쪽이 다 옳다고 한 말이니
분쟁을 해결하려는 논의일 뿐이다."

강음향(江陰香)《시경역주 詩經譯注》: "이것은 아내가 집에서 남편을 그리워하
는 것인데 남편이 집을 떠나 오랫동안 돌아오지 않자 이 시를 지었다."

번수운(樊樹雲)《시경전역주 詩經全譯注》: "이것은 연인에 대한 회상시
다. 여자가 북림에서 애인을 기다리는데 한참을 지나도 만날 수 없자 이에
몹시 시름에 겨워 터무니없는 생각을 한다. '그는 아마도 십중팔구는 나를
잊었을 거야.'"

원매(袁梅)《시경역주 詩經譯注》: "이것은 버림받은 아낙의 시다. 당연히
이 노래를 부른 여자의 애정 생활은 이미 뜻도 정도 없는 남자에 의해
깨져버렸을 때 그녀의 원한은 끝이 없었다. 그러나 그녀는 내심으로는
오히려 남편이 마음을 고쳐먹고 돌아오기를 희망하고 있으며 옛정을 다시
되살리자고 한다. 그녀는 억울함과 근심, 원한으로 가득찬 마음과 함께
어슴프레한 일련의 마음을 품고서 재삼 어째서? 어째서? 라고 묻고 있다.
그녀의 가슴속에는 사랑과 원한, 실망과 희망, 고통과 즐거움 등의 모순이
교차되고 있다. 이 시로부터 노예주 사회의 남녀불평등 현상을 잘 알 수
있으며 아내는 신권(神權), 정권(政權)의 압력을 받을 뿐만 아니라 부권(夫

權의 압박도 받았다. 부녀자는 남자의 부속품이 되어 끝없이 가혹한 압박과
착취를 받았음을 잘 알 수가 있다. 이 당시에 부녀자의 지위는 가장 비천한
것이었다."

　고형(高亨) 《시경금주 詩經今注》: "이것은 여자가 남자에게 버림받은
후에 지은 시다(아마도 신하가 임금에게 버림받았든지. 선비가 벗에게
버림받았든지 하여 이 시를 지었을 것이다)."

　정준영(程俊英) 《시경역주 詩經譯注》: "이것은 한 아내가 남편이 그녀를
버릴까 의심한 시다."

　원유안(袁愈荌), 당막요 (唐莫堯) 《시경전역 詩經全譯》: "여자가 애인을
회상한 시다."

　김계화(金啓華) 《시경전역 詩經全譯》: "여자가 남자의 무정함을 걱정한
다. 그를 볼 수 없자 그를 그리워한다. 애인이 자신을 잊을까봐 그녀는
두려워하고 있다."

六

단원(團圓: 떠난 님 다시 돌아와)

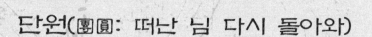

《시경 詩經》 시대에, 사람들은 병역과 부역이 가져오는 고난에서 벗어나기가 매우 어려웠다. 부부는 이별하여 하늘 멀리 떨어지게 된다. 그들 중에는 소수의 행운자들도 있어서 마침내 부부가 다시 만나게 되고, 온가족이 한데 모이기도 한다. 이렇게 하늘이 내려주신 기쁜 일이 있을 수 있다면, 그들은 마땅히 얼마나 기뻐해야 할까!

〈풍우 風雨〉(정풍 鄭風) 중의 한 부녀자는 어느 비바람이 몰아치는 밤중에 집을 떠나갔던 남편이 돌아오기를 간절히 바라고 있다. 그녀는 황혼 무렵부터 한밤중까지, 닭이 울 무렵부터 날이 밝을 때까지 기다렸다. 그녀가 초조하게 기다리고 있을 때, 남편이 정말로 돌아왔다. 갑자기 그녀 얼굴의 근심이 사라지고, 몸의 아픈 곳들이 완전히 나아버렸다!

〈여분 汝墳〉(주남 周南) 중의 한 부녀자가 강가에서 땔나무를 베고 있으면서, 끊임없이 먼곳을 바라본다. 남편이 돌아오기를 간절히 바라는 심정이 절박하여 견딜 수 없다. 갑자기 남편이 돌아왔다! 그녀는 기쁘기도 하고 또한 걱정이 되기도 한다. 기쁜 일은 남편이 자신을 버리지 않은 것이고, 걱정스러운 것은 남편이 다시 그녀와 헤어지게 되는 것이다.

〈초충 草蟲〉(소남 召南)의 한 아녀자는 남편과 단란하게 지낸 뒤에,

남편과 떨어져 있던 고통의 생활을 떠올린다. 가을, 그녀는 풀벌레의 울음소리를 듣는데 그 소리가 구슬프고 은은하여 남편을 그리워하는 정을 자아낸다. 봄, 그녀는 남산에 올라 눈을 들어 멀리 바라보지만, 남편의 그림자가 보이지 않자 근심하고 슬퍼한다. 여름, 그녀는 남산에 올라 시력이 미치는 곳까지 멀리 바라보지만 여전히 남편이 돌아오는 것이 보이지 않는다. 지금은 남편이 돌아왔다. 예전과 비교하며 그녀는 진심으로 부부가 한자리에 모인 행복을 느낀다.

1. 〈풍우 風雨〉 [정풍 鄭風]①

風雨淒淒②	풍우처처	비바람 차갑게 몰아치는데
鷄鳴喈喈③	계명개개	닭 우는 소리 들려오네
旣見君子④	기견군자	님을 만나게 되었으니
云胡不夷⑤	운호불이	어이 마음 평온하지 않으리오

風雨瀟瀟⑥	풍우소소	비바람 세차게 몰아치는데
鷄鳴膠膠⑦	계명교교	닭 우는 소리 들려오네
旣見君子	기견군자	님을 만나게 되었으니
云胡不瘳⑧	운호불추	어이 병 낫지 않으리

風雨如晦⑨	풍우여회	비바람 캄캄하게 몰아치는데
鷄鳴不已⑩	계명불이	닭 우는 소리 그치지 않네
旣見君子	기견군자	님을 만나게 되었으니
云胡不喜	운호불희	어이 기쁘지 않으리오

시구 풀이

① 〈風雨 풍우〉는 아내가 남편과 오랫동안 헤어졌다 다시 만남을 쓴
   시다.
   鄭風(정풍): 정(鄭)나라의 민간 가요.
② 淒淒(처처): 싸늘하다.
③ 喈喈(개개): 닭이 우는 소리.
④ 君子(군자): 남편을 가리킨다.
⑤ 云(운): 발어사.
   胡(호): 왜. 어찌.
   夷(이): 평안하다. 마음이 근심으로부터 평온하게 되었음을 이른다.
⑥ 瀟瀟(소소): 세차게 몰아치다.

⑦ 膠膠(교교): 닭 울음소리.

⑧ 瘳(추): 병이 다 나았다.

⑨ 晦(회): 야심한 밤. 늦은 밤.

　　如晦 (여회): 어두컴컴한 것이 꼭 한밤중 같음을 이른다.

⑩ 已(이): 그치다.

감상과 해설

　이 시는 여자가 그토록 그리던 남편이 마침내 귀가한 희열의 심정을 썼다.

　시는 3장으로 나뉜다.

　제 1장에서 그녀가 "비바람 차갑게 몰아치는데 닭우는 소리 들려오네, 풍우처처 계명개개 風雨淒淒 鷄鳴喈喈"에 이르른 그 뒤에 더욱 시름에 겨워서 저 비바람은 찬바람이고 궂은비이며 닭의 울음소리는 한층 더 사람을 심란하게 느끼게 한다고 묘사했다. 바로 이때 남편이 돌연히 귀가한다. 일순간 그녀의 가슴속 시름이 다 사라진다. 남편이 아직 귀가하기 전에는 그녀는 상사의 고통 때문에 비바람과 닭 울음소리가 몹시 노여웠으나 남편이 돌아오자마자 그녀의 마음속 근심이 해소되고 자연계의 비바람도 우환거리에서 기쁨으로 바뀌게 된다.

　제 2장 처음 두 구, 휘몰아치는 바람과 소나기, 닭 떼들이 소란스럽게 울어대는 환경은 이 부녀에게 상사의 고통을 한층 더 가중시킨다. 게다가 비바람과 닭울음소리는 그녀를 우울하게 하여 병이 들게 했음을 묘사했다. "님을 만나게 되었으니 어이 병 낫지 않으리, 기견군자 운호불추 旣見君子 云胡不瘳"는 남편이 귀가하자마자 병이 다 나았다는 것이다. 이를 통해 보면 그녀가 앓은 것은 상사병이었다. 남편이 귀가하기 전에 그녀의 병은

꼭 비바람, 닭 울음 때문에 생긴 것 같았는데 실은 그런 게 아니라 남편이
귀가하자마자 곧 그녀의 만병이 전부 사라진 것이다.

　제 3장은 더욱 뛰어나게 묘사했다. "비바람 컴컴하게 몰아치는데, 풍우여
회 風雨如晦"는 비바람으로 어두컴컴한 것이 꼭 한밤중 같다는 것이다.
사실은 한밤중이 아닌데 비바람으로 음침하여 꼭 야심한 밤 같다는 것이다.
이렇게 암담한 날씨는 "닭 우는 소리 그치지 않네, 계명불이 鷄鳴不已"를
이끌어서 닭이 끊임없이 울게 되는 것이다.

　이같이 어수선한 환경은 이 사무친 부녀자로 하여금 저절로 더 애가
타게 한다. 바로 이런 때에 홀연히 남편이 귀가했으니 그녀가 어찌 기쁘지
않겠는가? 시는 여기까지 와서 문득 끝난다. 그들 부부가 만난 후에 무슨
말을 했는지 독자들은 당연히 알 수가 없다. 단지 닭은 끊임없이 울어대고
비바람도 쉬지 않고 몰아치는 장면만이 남아있을 뿐이다. 그러나 이 사무친
아내의 가슴은 더 이상 시름과 번민에 휩싸이지 않을 것이다.

　이 시는 비바람 몰아치고 닭울음이 사방에서 일어나는 암담한 배경을
이용하여 처자와 남편이 장기간 헤어졌다가 만난 극도의 기쁨이 넘치는
정을 돋보이게 하고 있다. 이러한 반츤(反襯) 수법을 후대인들은 '슬픈
정경으로써 즐거움을 묘사한다(以哀景寫樂).'라고 평론했으며 그 예술적
효과는 두 배가 될 수 있는 것이다.

역대 제가의 평설

　《모시서 毛詩序》: "〈풍우 風雨〉는 군자를 그리워 한 것이다. 난세에
군자가 그 법도를 바꾸지 않음을 그리워 한 것이다."

　공영달(孔穎達)《모시정의 毛詩正義》: "지금의 세태에 다시는 이런 사람
이 없지만 만약 볼 수 있다면 어찌 기쁘지 않겠는가?"

주희(朱熹) 《시집전 詩集傳》: "군자는 기약한 남자를 가리킨다. 음분(淫 奔)의 여자가 마침 그때에 그가 기약하던 사람을 만나서 마음이 기쁜 것이다."

엄찬(嚴粲) 《시집 詩緝》: "세상이 어지럽고 풍속이 부패하자 선비가 이해(利害)에 유혹되어 세력을 좇아 옮겨다니니 상도(常度)를 잃은 자가 많다. 그래서 시인은 군자를 그리워하였다. 육기(陸機)는 《연주 連珠》에서 말했다. '정결하구나! 기약한 자여! 시대의 결함도 그를 음란하게 하지 못하네. 그러므로 질풍과 폭우도 새벽에 새가 살펴보는 것을 방해하지 못하네.' 이는 《서》의 뜻을 바르게 응용했다."

오개생(吳闓生) 《시의회통 詩義會通》: "고광예(顧廣譽)는 말했다. '세상 에 군자가 없다고 말하지 않고 군자 만나기를 원한다고 스스로 말했으니 완곡하게 풍간한다는 뜻이다. 혼란에 처해 다스림을 생각하고, 어질고 재주 있는 자를 얻어서 그것을 바꾸고자 재삼 탄식했으니 이 시를 지은 자 역시 군자다."

진자전(陳子展) 《시경직해 詩經直解》: "〈풍우 風雨〉는 사람을 그리워하 는 시다. 시인은 비바람 몰아치는 야밤에 군자를 그리워하는데 군자를 보고나서 기쁨이 극에 이르러 이 시를 지었다. 시인과 군자는 어떤 관계인지? 군자는 어떤 사람인지? 시에서 언급하지 않았으니 몹시 추측하기 어렵다. 《서 序》의 뜻은 한층 더 아름답다. '난세에 군자가 법도를 바꾸지 않는 것을 그리워한다.'라고 했다. 3가는 이견이 없다.

주자의 생각은 '시어가 너무 경박하고, 허물없이 친근하여 현자를 그리는 뜻이 아니다'라고 했다 (《변설 辨說》). 또 '비바람치고 어두컴컴한 것은 음분(淫奔)의 시다'라고 했다(《집전(集傳》).

그러나 시에 근거하면 '어이 평온하지 않으리오, 어이 병 낫지 않으리오, 어이 기쁘지 않으리오, 운호불이 운호불추 운호불희 云胡不夷 云胡不瘳 云胡不喜'를 번갈아 말했다. 이는 저절로 일순간 미칠듯한 기쁨의 정이 갑자기 드러난 것으로서 주자가 평가한 '허물없다'는 것과 비슷하지만, '경망스럽다'는 것은 아니다.

하물며 시에서 말한 비바람, 닭 울음소리가 난세에 군자가 상도(常度)를 고치지 않는 것과 비유했으니 그 의도가 얼마나 엄숙한 것인가! 이 시는 결코 음분한 여자의 글이 아니다. …… 이 시의 적극적인 뜻은 사람의 선이 그치지 않고, 상도(常度)를 고치지 않으며, 황망함에도 변하지 않고, 어려움에 직면해서도 의지를 빼앗기지 않도록 격려하는 데 있다. 아직도 그것이 반드시 음분의 시라고 논쟁한다면 이는 어디에 근거하는 것이며 무슨 의미가 있겠는가?"

여관영(余冠英) 《시경선 詩經選》: "이 시에서 묘사한 것은 이렇다. 즉 비바람이 서로 몰아치고, 날은 어두컴컴하여 닭 떼가 시끄럽게 울어댄다. 이 때에 마침 한 여자가 그녀의 '군자'를 그리워 하는 것이 마치 배고프듯 목마르듯 하고 오래된 지병이 치유되기를 바라는 것과 같다. 바로 이러한 때 그녀가 갈망하던 이가 왔으니 이 어찌 기쁘지 않겠는가?"

고형(高亨) 《시경금주 詩經今注》: "비바람은 어두컴컴 몰아치고, 닭 울음소리 그치지 않는 새벽녘 아내가 남편과의 오랜 이별 끝에 다시 만나게 되자 무한한 희열의 심정이 끝없이 흘러나옴을 막을 수 없다."

원매(袁梅) 《시경역주 詩經譯注》: "비바람 쌀쌀히 몰아치는 황혼녘에 연정을 품은 여자는 배고픔처럼, 목마름처럼 애인을 그리워하고 있다. 그리워도 만날 수 없자 한없는 실의에 빠진다. 그러나 마침내 서로 만나게 되자 문득 심정이 후련해지면서 즐겁게 노래한다."

남국손(藍菊蓀) 《시경국풍금역 詩經國風今譯》: "시편을 관통하는 공허하고 적막한 세 개의 장은 그 여자가 찬바람 불고 굳은비 내리며 쓸쓸히 닭이 울어대는 밤, 돌연히 그녀의 정인을 만난 기쁜 상태를 지면위에 너무도 생생하게 그려서 우리들로 하여금 그 처지를 몸소 체험한 듯하게 하니 우리가 직접 그 사람을 만난 것 같다."

정준영(程俊英)《시경역주 詩經譯注》: "이것은 아내와 남편이 오랜 이별 끝에 다시 만난 것을 쓴 시다."

번수운(樊樹雲)《시경전역주 詩經全譯注》: "이것은 부부가 오랜 이별 끝에 다시 만난 시다. 시에서 한 여자가 비바람 몰아치는 밤에 이별한지 오래된 남편을 회상하고 있는데, 남편이 때마침 돌아오자 갑자기 아내의 심기가 평온해졌고 병도 다 나아버렸다. 그녀의 진정한 희열을 묘사하고 있다."

김계화(金啓華)《시경전역 詩經全譯》: "애인끼리 서로 만난 환락이다."

강음향(江陰香)《시경역주 詩經譯注》: "이것은 어지러운 세태에 군자를 그리워한 시다. 일설에는 친구를 그리워하는 시라고도 한다."

2. 〈여분 汝墳〉[주남 周南]①

遵彼汝墳②	준피여분	저 여수의 제방을 따라
伐其條枚③	벌기조매	가지와 줄기를 베노라
未見君子④	미견군자	당신을 보지 못한지라
惄如調飢⑤	역여조기	아침에 굶주린 듯 간절하네
遵彼汝墳	준피여분	저 여수의 제방을 따라
伐其條肄⑥	벌기조이	새로 돋은 가지를 베노라
既見君子	기견군자	이제 당신을 만났으니
不我遐棄⑦	불아하기	나를 멀리 버리지 않았구려
魴魚赬尾⑧	방어정미	방어의 꼬리는 붉어지고
王室如燬⑨	왕실여훼	왕실은 불타는 듯하네
雖則如燬	수즉여훼	비록 불타는 듯 하더라도
父母孔邇⑩	부모공이	부모님이 아주 가까이 계시니까

시구 풀이

① 〈汝墳 여분〉은 아내가 남편을 그리워하는 가사다.

　　周南(주남): 서주(西周)시대에 주남(周南)지역[지금의 낙양(洛陽)에 서 남쪽으로 곧장 호북(湖北)까지]의 시가.

② 遵(준): 따라가다.

　　汝(여) : 여수(汝水).

　　墳(분): 제방.

③ 條(조): 나무 가지.

　　枚(매) : 가지와 줄기.

④ 君子(군자): 여기서는 부녀자가 남편에 대해서 존칭하는 것을 가리 킨다.

⑤ 惄(역): 굶주려서 참고 견디기 힘든 모습.

　調(조) : '朝(조)'와 같다. 새벽.

⑥ 肄(이): 나무가 베어나간 자리에 다시 새로 나는 부드러운 가지.

⑦ 遐(하): 소원하다. 멀리하다. 이 구는 도치문이다. 즉, "不遐棄我"
　이다.

⑧ 魴(방): 편어(鯿魚). 방어.

　赬尾(정미) : 붉은 색 물고기의 꼬리.

⑨ 燬(훼): 불. 여기서는 왕의 정치가 잔혹함을 말한다.

⑩ 孔(공): 아주, 매우.

　邇(이): 가깝다.

감상과 해설

〈여분 汝墳〉 이 시는 남편을 그리워하는 부녀자의 우울한 마음, 놀람과 기쁨 그리고 희망을 묘사하고 있다.

전체 시는 3장으로 나뉜다.

제 1장은 그녀가 여수 언덕 가에서 장작을 패면서 멀리 부역을 나간 남편을 그리워하는 것을 묘사하였다. "당신을 보지 못한지라 아침에 굶주린 듯 간절하네, 미견군자 역여조기 未見君子 惄如調饑"는 남편을 보지 못할 때는 마치 아침에 배가 고파 음식을 먹고 싶어 하는 것 같다고 하였다. 남편을 그리는 정이 매우 간절함을 볼 수 있다.

제 2장에서 그녀는 2년째 되는 해에 여수에서 장작을 패고 있는데 놀랍고도 기쁘게 남편과 상봉한 것을 묘사하였다. "이제 당신을 만났으니 나를 멀리 버리지 않았구려, 기견군자 불아기 旣見君子 不我遐棄"는 자신이 남편에게 버림받지 않게 되었다고 생각하고 안심하게 된 것을 나타내었다. 남편을

그리는 여인의 이러한 심리 상태는 전란으로 뿔뿔이 헤어져 있을 수밖에 없는 상황을 간접적으로 반영하고 있다.

제 3장은 그녀의 남편에 대한 희망의 가사다. 그녀는 남편이 먼 곳으로 부역을 간 것은 나라에 재난이 많았기 때문이라고 말한다. 비록 나라에 재난이 많지만 이제 남편은 부역 기간을 모두 채우고 돌아와 다시는 집을 떠나지 않을 것이다. 더구나 부모님이 곁에 계시기 때문에 여전히 봉양을 해야 하며, 자식 된 자로서 마땅히 효를 다해야 할 것이다.

이 시의 앞 두 장은 여수 가의 경물을 묘사하였다. 그리고 "나뭇가지와 나무줄기, 조매 條枚"와 "나무를 벤 자리에 다시 돋는 부드러운 가지, 조이 條肄"로써 한 해의 시간적 변화를 나타내었다.

남편이 돌아오기만을 간절히 바라면서 이 아내는 항상 여수 언덕 가를 배회했으리라는 것은 상상하기 어렵지 않다. 시의 앞 두 장은 또 남편이 돌아왔을 때 사무친 아내가 남편을 그리워 했던 절실함으로써 남편이 돌아온 뒤 사무친 아내의 기쁨을 돋보이게 했으니 그 감정이 진실하고 두텁다.

시 전체 매 장마다 결구를 통해서 시의 의미에 대해 하나의 전환점을 만들고 있다. "아침에 굶주리듯 간절하네, 역여조기 惄如調饑"는 사무친 아내의 남편을 기다리는 간절함과 상사(相思)를 참고 견디기 힘들어하는 심리를 생동적으로 표현했다. "나를 멀리 버리지 않았구료, 불아하기 不我遐棄"는 사무친 아내가 남편을 만났을 때의 기쁨과 두려움이 교차하는 감정을 자연스럽게 표현하였다. "부모님이 아주 가까이 계시니까, 부모공이 父母孔邇"는 그녀가 남편을 만류하며, 그에게 다시는 집을 떠나지 말기를 권고하는 희망의 말을 완곡하게 나타내었다.

시 전체는 사무친 아내의 모든 마음속의 온갖 고통을 서술하였다.

《모시서 毛詩序》: "〈여분 汝墳〉은 교화가 실행됨을 말한 것이다. 문왕(文王)의 교화가 여분 땅에 실행되어 아내가 남편을 걱정할 수도 있었지만, 오히려 그 남편들을 바른 도리로써 격려하였다."

《열녀전·주남지처 列女傳·周南之妻》: "주남(周南)의 아내라는 것은 주남(周南)의 대부(大夫)의 아내이다. 대부가 명령을 받아 영지를 평안하게 다스리고, 기간을 다 마쳤는데도 돌아오지 않았다. 아내는 그가 왕실의 일을 게을리 하고 그 이웃사람 진소소(陳素所)와 함께 (숨어서) 혼란한 세상에서 목숨을 보존하여 도리를 체득하지 못하고, (백성이) 폭정에 핍박을 당하는데도 정의를 실행하지 않을까봐 걱정하였다. 그러나 벼슬살이 하는 자로서 부모가 고향에 있기 때문에 이에 시를 지어 "魴魚赬尾 …… 父母孔邇"라고 하였는데, 아마도 부득이했으리라. 군자는 이것으로써 주남(周南)의 아내가 남편을 바로 잡을 수 있었음을 알았다."

주희(朱熹) 《시집전 詩集傳》: "여수 주변의 나라 역시 먼저 문왕(文王)의 교화를 받은 것이다. 그러므로 아내가 그 남편이 부역을 하고 돌아오는 것을 기뻐하였다. 그리고 남편이 돌아오지 않았을 때의 심정이 이와 같다는 것을 기억하여 그것을 추술하여 지은 것이다."

《위 노시설 僞 魯詩說》: "〈여분 汝墳〉은 상(商)나라 사람들이 주왕(紂王)의 포악함에 고통당하며 민심이 문왕(文王)에게로 돌아가자 이 시를 지은 것이다. 앞의 두 장은 부(賦)고 마지막 장은 흥(興)이다."

진자전(陳子展) 《시경직해 詩經直解》: "〈여분 汝墳〉 이 시는 주남(周南)에서 부역을 맡은 대부 아내의 가사임이 자명하다. 《시 詩》 금·고문, 한(漢)·송(宋) 학설 사이에 어떠한 쟁론도 없다. 〈노설 魯說〉에 의하면

아마도 주남(周南) 대부(大夫)의 아내가, 그 대부(大夫)가 명을 받아 영지를
평안하게 다스리고서 그 임무 기간이 지났는데도 돌아오지 않았고, 돌아와
서도 나라의 일을 게을리 하여 부모에게 걱정을 끼칠까 봐 이 시를 지었다고
하였다.”

남국손(藍菊蓀)《시경국풍금역 詩經國風今譯》: “이것은 한 여인이 강둑
에서 땔나무를 하는데, 어느 날 원정 나갔던 그녀의 남편이 갑자기 돌아온다.
기쁜 나머지 원정갔다 온 남편을 더욱 위로하는 서사시다.”

정준영(程俊英)《시경역주 詩經譯注》: “이것은 남편을 그리는 시다.
그녀가 여수 주변에서 땔나무를 하면서 멀리 부역을 간 그녀의 남편을
그리워한다. 그녀는 그를 이미 만났다고 상상하고, 서로 만난 후의 즐거움과
남편에 대한 허물없는 불평을 떠올려 본다.”

번수운(樊樹雲)《시경전역주 詩經全譯注》: “이것은 부녀자가 남편을
그리는 시다. 남편은 멀리 부역을 가서 몇 해가 지나도록 돌아오지 않는다.
그리움은 매우 심하여 마치 아침에 배가 고픈 것처럼 참기 어렵다. 어느
날 갑자기 남편이 돌아와 그녀를 버리지 않았고 부모님을 역시 잊지 않았다
는 사실에 마음은 매우 기뻐진다.”

고형(高亨)《시경금주 詩經今注》: “서주(西周) 말년 주(周)의 유왕(幽王)
은 무도했다. 흉노가 침입하여 수도 호경(鎬京)을 점령하였다. 왕실에서
일을 하는 주남(周南) 지역의 작은 관직에 있는 사람이 피난하여 집으로
돌아왔다. 그의 아내는 매우 기뻐하고 이 시를 지어서 그의 남편을 위로하였
다.”

원유안(袁愈荌), 당막요(唐莫堯)《시경전역 詩經全譯》: “아내가 멀리
부역간 남편을 그린 것이다. 당시 계급 통치자들의 노동자에 대한 가해를
반영하였다.”

김계화(金啓華)《시경전역 詩經全譯》: “아내가 멀리 부역 간 남편을

마치 배가 고픈 것처럼 고통스럽게 그리워하고 있다. 또 그가 돌아온 것을
상상하고 또 그가 부모님을 잊지 않기를 희망한다."

원매(袁梅)《시경역주 詩經譯注》: "이것은 고대에 노동하는 부녀자들이
노예주 계급에게 강제로 징집을 당해 부역나간 남편을 그리워하며 부른
노래다. 한편으로는 고통스럽게 멀리 부역을 간 남편을 그리워하고, 다른
한편으로는 '불타는 듯 하는 如燬' 노예제도를 고발하는 것이다."

강음향(江陰香)《시경역주 詩經譯注》: "이것은 남국(南國)이 문왕(文王)
의 덕과 교화를 입고 모두 돌아와 복종하는 것을 뜻한다."

양합명(楊合鳴), 이중화(李中華)《시경주제변석 詩經主題辨析》: "이것
은 아내와 부역에서 돌아온 남편이 서로 만나는 것을 묘사한 시다."

3. 〈초충 草蟲〉[소남 召南]①

喓喓草蟲②	요요초충	풀벌레는 울어대고
趯趯阜螽③	적적부종	메뚜기는 뛰노는데
未見君子	미견군자	아직 님을 보지 못하니
憂心忡忡④	우심충충	근심스런 마음에 두근거리네
亦既見止⑤	역기견지	이제야 볼 수 있고
亦既覯止⑥	역기구지	이제야 만나게 되니
我心則降⑦	아심즉강	나의 마음 놓이네

陟彼南山⑧	척피남산	저 남산에 올라
言采其蕨⑨	언채기궐	고사리를 캐는데
未見君子	미견군자	아직 님을 보지 못하니
憂心惙惙⑩	우심철철	나의 마음 조마조마하네
亦既見止	역기견지	이제야 볼 수 있고
亦既覯止	역기구지	이제야 만나보니
我心則說⑪	아심즉열	나의 마음 기쁘기만 하네

陟彼南山	척피남산	저 남산에 올라
言采其薇⑫	언채기미	들완두를 캐는데
未見君子	미견군자	아직 님을 보지 못하니
我心傷悲	아심상비	나의 마음 아프기만 하네
亦既見止	역기견지	이제야 볼 수 있고
亦既覯止	역기구지	이제야 만나보니
我心則夷⑬	아심즉이	나의 마음 편안하네

시구 풀이

① 〈草蟲 초충〉은 아내와 남편이 오랜 이별 끝에 다시 만난 기쁨을
표현한 시다.

　　召南(소남): 서주시대 소남지방(지금의 하남과 호북 사이)의 시가
② 喓喓(요요): 벌레 울음소리.
　　草蟲(초충): 일종의 누리와 같은 모양의 벌레.
③ 趯趯(적적): 도약하다. 뛰어오르다.
　　阜螽(부종): 메뚜기.
④ 忡忡(충충): 가슴이 뛰다. 두근거리다.
⑤ 止(지): 어조사.
⑥ 覯(구): 만나다.
⑦ 降(강): 놓아두다. 내려놓다.
⑧ 陟(척): 오르다.
⑨ 言(언): 발어사.
　　蕨(궐): 고사리. 초본식물. 처음 날 때 먹을 수 있다.
⑩ 惙惙(철철): 걱정. 불안해하는 모양.
⑪ 說(열): 悅과 통한다. 기쁘다.
⑫ 薇(미): 속칭 들완두(고비). 초본식물.
⑬ 夷(이): 평안하다. 평평하다.

감상과 해설

　　〈초충 草蟲〉은 한 아내가, 남편이 집을 떠난 후 마음이 근심스럽고 어지러웠는데 남편이 집으로 돌아왔을 때 한없이 기쁜 것을 묘사하고 있다.
　　전체 시는 3장으로 나뉜다.
　　제 1장의 처음 두 구는 풀벌레의 울음소리와 메뚜기가 뛰어다니는 모습을 묘사해서 시절과 만물의 변화에 대한 감정을 일으킨다. 중간의 두 구는 아직 남편이 돌아오지 않아 근심하는 모습을 나타냈다. 마지막의 세 구는 남편이 돌아온 이후의 기뻐하는 모습을 묘사했다.

　제 2, 3장의 처음 두 구는 모두 산비탈에 올라 식물을 채집하는 정경을 묘사하여 이것으로 흥을 일으켜 시절과 만물의 변화를 느끼도록 했다. 그런 뒤에 아직 남편을 만나지 못한 근심과 남편이 돌아온 이후의 기쁨을 묘사했다.

　전체 시의 매 장마다 똑같은 순서대로 만나기 전과 만나고 난 이후의 심리상태를 묘사하고 이별에 대한 근심과 다시 만난 기쁨을 노래하고 있다. 전체 시 세 장은 영탄을 반복하여 근심의 절실함과 희열의 깊이를 표현했다. 동시에 근심과 기쁨이 대비되어 아내의 남편에 대한 진정한 애정을 두드러지게 했다.

역대 제가의 평설

　《모시서 毛詩序》: "〈초충 草蟲〉은 대부의 아내가 예로서 스스로 방지할 수 있음을 보여주는 시다."

　공영달(孔穎達)《모시정의 毛詩正義》: "집에서는 남편이 주장하는 대로 따라야한다. 이미 시집간 이상 예의에 어긋남을 근심한 것이다. 모두 예로서 스스로 방지하는 일이다."

　주희(朱熹)《시집전 詩集傳》: "남국이 문왕의 교화를 입어 제후와 대부가 외부로 부역을 가니 그 아내가 홀로 집에 있으면서 계절과 만물의 변화를 느끼고 그 남편을 이처럼 그리워한 것이다. 〈주남 周南〉의 〈권이 卷耳〉와 비슷하다."

　《위 시전 僞 詩傳》: "남국의 대부가 수도로 초빙되어 소공을 보고 그에게 마음이 끌려 〈초충 草蟲〉을 지었다."

　요제항(姚際恒)《시경통론 詩經通論》: "〈소서 小序〉에 이르길 '대부의 아내가 예로서 스스로 방지할 수 있다'고 하였다. 살펴보면 대부의 아내로서 어찌 여전히 예가 아닌 것으로써 상대를 범하고 스스로 방지하지 않겠는가? 이것은 통용 될 수 없는 논리이다. …… 〈모전 毛傳〉에서는 시집갈 때 길에서 말한 것이라고 하는데 무릇 막 시집가면서 길에 있는 여자가 남편을 아직 만나지 못하거나, 이미 만난 것을 가지고 근심하거나 기뻐한다는 것이 가능한 일인가? 구양씨(歐陽氏)는 이르길 '소남의 대부가 부역을 나가게 되어 그 아내가 읊조린 것이다.'라고 하였는데, 거의 맞는 말이다."

왕조원(王照圓)《시문 詩問》: "2년 간의 일이다. 남편이 봄과 여름 사이에 부역을 가서 가을이 지나도 아직 집에 돌아오지 않았다. 그래서 벌레 울음소리에 느껴서 그리워한 것이다. 다음 해 봄과 여름에 이르러도 여전히 돌아오지 않았다. 그래서 뒤의 두 장을 반복한 것이다."

오개생(吳闓生)《시의회통 詩義會通》: "이 시는 본래 예로서 스스로 방지한다는 뜻은 없고 아직 남편을 만나지 못한 아내의 시다."

진자전(陳子展)《시경직해 詩經直解》: "〈초충 草蟲〉에 대해서는 금·고문과 한·송의 학자들 사이에서 큰 쟁론이 있다. 나의 소견은 시로서 시를 해석하는 것이 낫다. 이 시는 대부들이 부역을 나가게 되자 집에서 그들을 그리워하는 시로 볼 수 있다." "이 시에 대한 송학가들과 청대 한학자들의 학식이 모두 나의 소견과 대략 같다. 다른 점은 이 학자들은 시로써 시를 해석하는 것이 단순 명쾌하게 된다는 점을 알지 못한다는 것일 뿐이다. ……《주전》에서 말했다. '〈초충〉은 대부의 아내가 부역 나간 남편을 그리워한 시다. 시절과 사물의 변화를 느끼고 남편을 생각하였다.' 대(戴)의 〈보주 補注〉에서 말했다. '〈초충〉은 부역 나간 남편을 그리워한 시다.' 두 가지 모두 가능한 말이다.《모시서 毛詩序》를 공격하는 것은 구공(歐公)의《시본의 詩本義》로부터 시작되었지만 아직도《모시서 毛詩序》의 영향에서 완전히 벗어나지는 못하였다."

고형(高亨)《시경금주 詩經今注》: "이 시는 아내가 지은 것으로 남편이 멀리 갔을 때 그녀가 깊은 근심을 품은 것을 묘사하였다. 남편이 돌아왔을 때에는 한없이 기뻐하였다."

원매(袁梅)《시경역주 詩經譯注》: "이 시는 한 여자가 남편과 떨어졌을 때의 고뇌와 슬픔을, 남편과 만났을 때의 기쁨과 행복을 표현하였다. 비(比)·흥(興)의 기법을 반복적으로 사용하여 젊은 아내의 진실한 애정에 대한 복잡한 심리적 움직임을 깊고 섬세하게 표현하였다. 곧 여자가 노래한 원망, 사모, 사랑, 분노의 심정을 남김없이 표현하였다."

정준영(程俊英)《시경역주 詩經譯注》: "이 시는 사무친 아내의 시다. 시의 주인공은 나물 캐는 일을 하는 여자 노동자다. 시는 사물 징후의 변역과 심리의 변화를 묘사하여 이별의 고통을 부각시켰다."

번수운(樊樹雲)《시경전역주 詩經全譯注》: "이 시는 남편을 생각하는 시다. 아내는 외부로 복역하러간 남편을 밤낮으로 그리워하는 것을 묘사했다. 사람들로부터 길에서 남편이 돌아오는 것을 보았다는 말을 듣고 그녀는 깜짝 놀라 기쁨이 넘쳤다."

원유안(袁愈荌), 당막요(唐莫堯)《시경전역 詩經全譯》: "여자가 연인을 걱정할 때의 아픔과 다시 만났을 때의 기쁨을 표현하였다."

김계화(金啓華)《시경전역 詩經全譯》: "여자가 근심 속에서 연인을 그리워하다가 다시 만났을 때 그렇게 기뻐한 것이다."

강음향(江陰香)《시경역주 詩經譯注》: "이 시는 아내가 집에 있으면서 외부로 나간 남편을 그리워한 것이다. 시의 의미는 〈주남·권이 周南·卷耳〉편과 유사하다."

七

원부(怨婦: 원망에 서린 아내)

　　행복한 가정은 아내에게는 "큰 풍랑을 대피하는 항구"다. 불행한 가정은 아내에 대해서 말하자면, 곧 "항구의 폭풍우"다. 봉건시대에서는 한 여자가 못된 남자에게 시집가더라도 그녀는 그럭저럭 참고 견디는 수 밖에 없었다. 비록 혼인의 불행을 감수하더라도, 불행한 혼인을 유지하기를 희망하였다.

　　〈종풍 終風〉(패풍 邶風)에서 성격이 유약한 한 여자가 기쁨과 노함이 수시로 변하는 남자와 가정을 이루게 된다. 그 남자는 화를 낼 때에는 곧 비바람이나 벼락과 같아, 그 기세가 흉포하여 그녀로 하여금 견디지 못하게 만든다. 그가 기쁠 때에는 얼굴에 웃음을 가득 띠고 아내를 장난감처럼 여겨서 더더욱 그녀를 못 견디게 한다. 남자가 집에 머물 때에 그녀는 하루를 지내기가 어렵다. 남자가 외출하면 그녀는 또 늘 남편이 마음에 걸린다. 이 여자는 남편의 좋지 못한 성격이 고쳐지기를 바라지만, 그렇다고 입밖으로 감히 내놓지도 못한다. 그녀는 불행한 결혼이 만들어 놓은 고통을 참아내고 있으나 스스로 처리할 능력이 없다.

　　〈방유작소 防有鵲巢〉(진풍 陳風)에서 한 여자는 의심이 많은 성격의 한 남자와 가정을 꾸린다. 결혼 초에는 가정이 비교적 평안했다. 나흘 후에 그 남자가 다른 사람의 이간질을 견뎌내지 못하고 아내에게 의심을

품게 되고 감정이 냉담해지기 시작한다. 이 여자는 이 때문에 근심하고
번뇌하며 초조하고 불안하다. 그녀는 남편이 중상 모략하는 이야기를
믿고 자신을 버릴까봐 두려워한다.

1. 〈종풍 終風〉[패풍 邶風]①

終風且暴②	종풍차포	바람 불자 소낙비 퍼붇네
顧我則笑	고아즉소	날 돌아보며 비웃는 그이
謔浪笑敖③	학랑소오	희롱하고 오만하니
中心是悼	중심시도	이 마음 쓰라리네

終風且霾④	종풍차매	바람 불자 흙비 쏟아지네
惠然肯來⑤	혜연긍래	온순하게 찾아오려나
莫往莫來	막왕막래	오지도 가지도 않으니
悠悠我思	유유아사	내 그리움 아득하여라

終風且曀⑥	종풍차예	바람 불어 음침한 날씨
不日有曀⑦	불일유예	햇볕 없이 음산하네
寤言不寐	오언불매	늘 깨어 잠못 이루고
願言則嚔⑧	원언즉체	생각하면 가슴이 미어지네

曀曀其陰	예예기음	음산하고 흐린 날씨
虺虺其雷⑨	훼훼기뢰	우르릉 천둥소리
寤言不寐	오언불매	늘 깨어 잠못 이루고
願言則懷	원언즉회	생각하면 마음만 아프네

시구 풀이

① 〈終風 종풍〉은 한 여자가 남편에 대해 원망하고 그리워 하는 시다.
  패풍(邶風): 패국(후대 위나라로 병탄 됨. 옛 땅이 지금의 하남성
  북부에 있다)의 시가.
② 終(종): 이미. 마치다.
  暴(포): 빠르다.

③ 謔(학): 농담. 우스갯소리.

　浪(랑): 방탕하다.

　傲(오): 떠들다. 농담하다.

④ 霾(매): 먼지로 가득 찬 어두운 하늘. 속칭 황사가 떨어지는 것.

⑤ 惠(혜): 화목하고 온순하다.

⑥ 曀(예): 흐리다. 어둡다.

⑦ 不日有曀(불일유예): 하루도 지나지 않아서 날씨가 더욱 흐려지다.

　有(유): 又(우: 또)와 통함.

⑧ 嚏(체): 재채기하다. 여기서의 뜻은 말을 하고 싶어도 할 수 없는 상태.

⑨ 虺虺(훼훼): 우레 소리.

감상과 해설

〈종풍 終風〉 이 시는 한 부녀자가 기쁨과 분노가 일정하지 않은 남편을 원망하다가도 그리워하는 마음의 모순을 그렸다.

시는 4장으로 나뉜다.

제 1장은 남편의 기쁨과 분노의 감정이 무상함을 썼다. 그가 화를 낼 때는 한바탕 광풍이 불어오듯이 만면에 그 기세가 빠르고 맹렬하다. 그가 즐거울 때는 바람이 잦아들고 물결이 고요하듯이 만면에 웃음을 띤다. 여주인공은 남편의 화내는 것을 원망한다. 그런데 더 싫은 것은 그가 웃는 낯빛으로 경거망동 하는 것이다. 남편의 허풍과 가식의 마음은 그녀를 더욱 슬프게 한다.

제 2장은, 남편의 왕래가 일정치 않음을 묘사했다. 그가 즐겁지 않을 때는 마치 한바탕 광풍으로 하늘이 어두워지는 것처럼 발을 빼서 집을

나가버린다. 그는 마음이 달라지고 생각이 바뀌면 또 성질이 온화해져 집에 돌아온다. 집안은 그가 스쳐가는 노점이 되어 떠난다고 하면 떠나가고 돌아온다고 하면 돌아오는 것이다. 그러나 남편이 집에 있지 않으면 여주인공 또한 온갖 그리운 생각에 잠긴다.

　제 3장은 남편의 변화막측을 그렸다. 남편의 행위와 태도는 수시로 변화하여 예측하기 어렵다. 마치 날씨의 흐림을 예측하기 어려운 것과 같다. 여주인공은 그의 반복적이고 무상한 거동 때문에 주야로 불안하여 그에게 충고하려 했으나 입을 열지 못했다.

　제 4장은 한걸음 더 나아가 남편의 행위와 태도가 변화막측하여 마치 날씨가 음침하고 갑자기 천둥치는 것과 같아서 사람으로 하여금 예측하기 힘들게 만든다. 여주인공은 아침부터 저녁까지 그를 걱정하여 그에게 충고하고 싶고 또 말하고 싶지만 그렇게 하지 못한다.

　전체 시를 보자면 남편이 그녀에 대해 기쁘고 화내는 것이 무상하고, 오고 가는 것이 일정함이 없으며 변화가 막측하다. 남편은 그녀에 대해 마치 아무런 정이 없는 것 같기도 하고 정이 있는 것 같기도 하다. 무정할 때는 폭풍, 흐린 날, 뇌성 같고 정이 있을 때도 늘 경시하고 오만하다. 그녀는 남편에 대해 원망도 하고 그리워하기도 한다. 충고할 생각도 하지만 끝까지 입을 열지 않는다. 결론적으로 여주인공은 어찌할 수 없는 고통 속에 처해있다.

역대 제가의 평설

《모시서 毛詩序》: "〈종풍 終風〉은 위나라 장강(莊姜)이 자신을 서글퍼한 글이다. 주우(州吁)의 포악함을 만나 업신여김을 당했지만 바로잡지 못했다."

주희(朱熹)《시서변설 詩序辨說》: "이 시를 자세히 음미하면 부부의 실정은 있지만 모자의 실정은 없다. 만약 장강의 시라고 한다면 역시 장공의 시기에 해당되므로 〈연연 燕燕〉의 앞에 배열되어야 하므로 《서 序》의 설명은 잘못되었다."

《시집전 詩集傳》: "장공의 사람됨이 광포하고 방탕하여 장강이 차마 그를 배척하는 말을 하지 못하기 때문에 단지 '바람 불고 소낙비 퍼붇네, 종풍차포 終風且暴'로써 비유했을 것이다. 말하자면 비록 광포함이 이와 같지만 그래도 나를 돌아보고 웃어줄 때도 있다. 그러나 모두 희롱하는 뜻에서 나온 것으로서 사랑과 공경의 정성이 없다. 그리고 나로 하여금 감히 말도 못하게 하므로 마음 속으로 혼자서 이것을 아파했을 뿐이다. 아마 장공의 포악과 오만이 종잡을 수 없고 장강은 단정하고 조용히 스스로를 지켰으므로 그 뜻을 거스르며 대답조차 못했을 것이다."

최술(崔述)《독풍우식 讀風偶識》: "주우는 임금을 시해한 난적이다. 장강 부인은 그를 문책할 수 없었을 뿐인데, 어찌 당연히 그를 사랑하고 또 자기를 사랑해주기를 다시 바랄 수 있단 말인가? …… 주자가 《집전 集傳》에서 진실로 그 뜻이 합치되지 않음을 벌써 알아차리고 〈종풍〉을 장공이라고 지목하였다. 그러나 그를 '종풍차포 終風且暴'로 비유하고 그를 '학랑소오 謔浪笑敖'로 배척한 것은 당연히 장강이 장공을 두고 말한 것이 아니다. 또한 이미 장강이 장공으로부터 대답조차 듣지 못했다고 여겼으면

서 또 어찌 '고아즉소 顧我則笑'라는 말이 있을 수 있는가? 그 가사의 뜻을
상세하게 보면 절대로 장강의 일과 유사하지 않다. 그래서 이말을 주우에게
했다는 것도 합치되지 않고 장공에게 했다는 것 역시 합치되지 않는다."

진자전(陳子展) 《시경직해 詩經直解》: "〈종풍〉은 아마도 민속가요로부
터 채집된 것으로서 남녀가 서로 히히덕 거리며 희롱하는 것 같은 말과
관련되어서 장강과는 실제로 무관하다. 그리고 장강이 스스로 상심했다는
것은 시를 채집한 자의 말이 아니라 시에 서를 쓴 자의 말이다. 시교(詩敎)의
독소이다. 그나마 다행스런 것은 시가 여기에 의존해서 남았다는 것 뿐이다."

"고문 《모서 毛序》에서는 '장강(莊姜)이 그 아들 주우(州吁)의 포악함을
만나 업신여김을 당했지만 바로잡지 못해서 자신을 서글퍼한 시' 라고
했다. 이 시를 모자간의 말이라고 한다면 사랑의 일은 절대로 아니다.
위원(魏源)의 《시고미 詩古微》에서 논한 것이 타당하다. 다만 위씨가 금문
《韓說》에 의존하여 장강이 남편인 장공의 대답을 듣지 못해서 스스로
상심하였다고 했는데 이 시를 부부의 이야기라고 했으니 그 의미는 《주전
朱傳》과 같다. 비록 《모서 毛序》와 비교하면 더 낫지만 그 필연성은 보이지
않는다. 왕선겸(王先謙)은 또 제·노(齊·魯)의 없어진 학설이 한(韓) 설과
같다는 것에 근거해서 위원의 설이 모두 옳다고 증명하였다. 이 또한 옳은
것인지는 아직 알지 못하겠다."

원매(袁梅) 《시경역주 詩經譯注》: "한 여자가 제멋대로 하는 남자에
대해 한편으로는 화가 나있고 또 한편으로는 사랑한다. 서로 만났을 때는
그의 농지거리와 무례함에 그녀는 골머리를 썩이지만 떨어져 있을 때는
또 그가 근심스럽고 마음에 걸려 생각이 난다. 이 시는 그녀의 이런 모순적인
사랑을 말한다."

번수운(樊樹雲) 《시경전역주 詩經全譯注》: "이 시에서는 이렇게 묘사했
다. 한 여자가 스스로 내키지 않았던 광폭한 성격의 남자에게 시집가서

평온할 수 없게 되었다. 이에 상처를 받자 슬퍼한다. 아울러 그녀로 하여금 예전에 서로 좋아지내던 마음속의 남자를 더욱 생각하도록 재촉한다."

원유안(袁愈荌), 당막요(唐莫堯) 《시경전역 詩經全譯》: "여자가 광포한 남자에 대해 원망한 것이다."

김계화(金啓華) 《시경전역 詩經全譯》: "여자가 희롱을 당하여 깊이 괴로 워하지만 애정을 잊을 수 없다."

정준영(程俊英) 《시경역주 詩經譯注》: "이것은 한 부녀자가 남편에게 희롱당하고 조소를 받은 후에 버림받은 것을 쓴 시다."

고형(高亨) 《시경금주 詩經今注》: "이 아내는 강포한 남자에게 희롱과 업신여김, 그리고 모욕을 당하고 항거하거나 피할 방법이 없어 이 시를 지었다."

양합명(楊合鳴), 이중화(李中華) 《시경주제변석 詩經主題辨析》: "이것 은 한 여자가 진정한 사랑을 얻지 못했을 때 흘러나온 탄식이다." "〈종풍 終風〉 시에서 여자는 성격이 매우 부드럽고 여리다. 남편이 그녀를 존중할 줄도, 다정히 위로할 줄도, 아껴줄 줄도 모르며 심지어는 그녀를 장난감으로 여긴다. 이 때문에 그녀의 속마음은 매우 고통스럽지만 또한 포기하기도 힘들다. 시 속에서 반복하여 말하는 것이 바로 그녀의 이런 마음이다."

강음향(江陰香) 《시경역주 詩經譯注》: "위(衛) 장공(莊公)의 사람됨이 난폭하고 무상하다. 장강은 그가 잘못되었다는 것을 차마 직접적으로 말하 지 못한다. 그래서 '종풍차포 終風且暴'로 비유한다. 일설에는 장강이 주우로 부터 강포함을 당하였으나 자신에겐 권력이 없어서 그를 굴복시키지 못함을 슬퍼한 것이라고 한다."

2. 〈방유작소 防有鵲巢〉[진풍 陳風][1]

防有鵲巢[2]	방유작소	제방에는 까치집 있고
邛有旨苕[3]	공유지초	산언덕에는 고운 능소화 있다네
誰侜予美[4]	수주여미	누가 내 님을 속여서
心焉忉忉[5]	심언도도	내 마음을 걱정시키는가

中唐有甓[6]	중당유벽	뜰 안 큰길에는 기왓장이 있고
邛有旨鷊[7]	공유지역	산언덕에는 수초가 있다네
誰侜予美	수주여미	누가 내 님을 이간시켜
心焉惕惕[8]	심언척척	내 마음을 근심시키는가

시구 풀이

① 〈防有鵲巢 방유작소〉는 여자가, 남편이 참언을 쉽게 믿음을 걱정한 시다.

진풍(陳風): 춘추시대(春秋時代) 진국(陳國)[(지금의 하남성(河南省)의 봉(封)에서 동쪽의 안휘성 박현(安徽省 亳縣)까지의 일대)]의 시가.

② 防(방): 제방

③ 邛(공): 산언덕.

旨(지): 아름답다.

苕(초): 수초. 능소화(淩霄花).

④ 侜(주): 거짓말로 속이다.

予美(여미): 내가 사랑하는 아름다운 사람. 본 시에서는 시인의 남편을 가리킨다.

⑤ 忉忉(도도): 걱정하는 모양.

⑥ 中唐(중당): 사당 앞과 종묘 문 안의 큰길.

甓(벽): 고대의 벽돌. 기와를 만드는데 쓰인다.

⑦ 鷊(역): 역(虉)과 통한다. 원초(綬草). 수초 즉 줄무늬가 있는 잔
   풀. 끈풀.
⑧ 惕惕(척척): 걱정하고 두려워하다.

감상과 해설

〈防有鵲巢 방유작소〉 이 시는 여자 주인공의 어조로서, 한 여성이 중상모
략을 쉽게 믿는 남편에 대해 근심하는 번뇌와 애태우는 불안을 묘사한다.
   전체 시는 모두 2장이다.
   제1장의 첫 두 구 "제방에는 까치집 있고 산언덕에는 고운 능소화 있다네,
방유작소 공유지초 防有鵲巢 邛有旨苕"는 비흥(比興)의 수법으로써 근거
없는 소문을 믿을 수 없음을 설명한다. 사람들은 모두 알고있다. 까치집은
나무 위에 지은 것이고, 수초는 움푹 패인 습한 늪지대에서 자란다는 것을.
만일 어떤 사람이 헛소문을 퍼뜨려 까치집은 제방 위에 있고, 수초는 높은
산에 있다고 하면 누가 믿을 수 있겠는가? 이 두 구가 포함하는 뜻은,
여시인이 스스로 남편에 대한 충심과 정성을 밝히는 것이다. 만일 어떤
사람이 자기의 헛소문을 퍼뜨렸다면, 그 헛소문은 믿을 수 없는 것이다.
   제3구 "누가 내 님을 속여서, 수주여미 誰侜予美"는 잘 알지 못하는,
심보가 나쁜 사람이 그녀의 남편을 속이고 그들 부부 관계를 이간질함을
말하고 있다. 이 질문의 시구는 이간하는 자에 대한 여시인의 질책으로,
비록 그녀는 아직 이간자가 누구인지 알지 못하고 동시에 그녀가 남편을
일깨워 남편도 속지 말고 자기의 아내를 믿어야 된다고 여기지만, 불행하게
도 남편은 이간질을 견뎌내지 못하고 확실히 헛소문을 쉽게 믿는다. 그
결과 본래 매우 사이가 좋던 부부감정이 깨어지고, 남편은 자신에 대해
냉담해졌다.

제 4구 "내 마음을 걱정시키는가, 심언도도 心焉忉忉"는 자기 남편이 헛소문을 쉽게 믿게 되어 걱정스럽고 또한 자기는 남편의 신임을 잃게 되어 고통스러움을 설명한다.

제 2장 첫 두 구도 비흥 수법으로써 헛소문을 믿을 수 없음을 표현한다. 사람들은 모두 알고 있다. 기와는 지붕 위에 덮이고, 수초는 습지에서 자란다는 것을. 그러나 누군가 헛소문을 만들었다. 기와가 길 위에 깔려있고, 수초가 높은 산에서 자란다는 것을. 이는 당연히 터무니없는 말이어서 사람들은 믿지 않는다. 그런데 어떤 사람이 헛소문을 퍼뜨려 나를 모략할 때 남편은 도리어 그것을 진실이라고 믿는다. 이로부터 화목한 가정이 화목하지 않게 되고, 사이좋았던 부부의 정이 나빠진다. 여시인은 애정에 대해 이상하리만큼 한결 같기 때문에 그녀는 남편이 속아 넘어가 부부의 이혼이 초래되고 가정이 와해될까 두렵다. 이 때문에 그녀의 속마음은 너무나 고통스럽다.

옛날 어떤 학자의 견해로는 "이간하는 자"가 진짜로 있는 것이 아니어서 "누가 내 님을 이간시켜, 수주여미 誰侜予美" 이것은 단지 여시인의 허구적 이야기에 지나지 않는다고 했다. 만일 이와 같다면 여시인의 남편은 곧 완전히 어떤 근거도 없이 이유 없는 일을 만든 것이 된다. 이러한 경우에 직면한 남편은 아내의 감정이 얼마나 한결같은지를 따질 것 없이, 가정은 결코 안정될 수 없을 것이다.

[부록]

《모시서 毛詩序》: "〈防有鵲巢 방유작소〉는 참소하고 해치는 것을 걱정하는 시다. 진나라 선공(宣公)이 참언을 잘 믿으니, 군자가 이를 걱정하고 두려워한 시다."

주희(朱熹)《시서변설 詩序辨說》: "이는 임금을 풍자한 시가 아니다."

《시집전 詩集傳》: "이는 남녀간의 사사로움이 있는데 누군가가 그들을 이간시킬까봐 걱정하는 시다."

요제항(姚際恒) 《시경통론 詩經通論》: "〈소서 小序〉에서는 '참소하는 악인을 걱정하는 시다'라고 했다'. 〈대서 大序〉에서는 진(陳)나라 선공으로써 그것을 실증했으나 그 옳고 그름을 알지 못하겠다. 주욱의(朱郁議)는 매 장 첫 두 구를 해석하여 말했다. '물가 둑을 일컬어 방(防)이라 하고, 능소화를 일컬어 초(苕)라 한다. 까치집은 나무에 있지 제방에 있지 않다. 능소화는 습한 구덩이에서 생기지 언덕에서 자라지 않는다. 사당 가운데 길은 기와가 있는 곳이 아니다. 역(鷊)은 수초라고도 하는데 습한 곳에서 생기지, 언덕에서 자라는 것이 아니다.' 이 학설도 통하는 것 같다."

방옥윤(方玉潤) 《시경원시 詩經原始》: "정자(程子)가 말했다. '여미(予美)는 마음속으로 어질다고 여기는 사람이다. 한마디로 그를 폄하하여 그가 임금을 속이고 남을 참소한다는 것이다. 한마디로 그를 간사하다고 하여 그가 선한 사람을 헐뜯고 남을 해친다는 것이다. 이것이 바로 시를 지은 자가 근심 하고 있는 생각이다' 이는 시인의 뜻을 깊게 체득했다고 말할 수 있다."

오개생(吳闓生) 《시의회통 詩義會通》: "왕질(王質)의 《총문 總聞》은 《사기 史記》에 의거하여 말했다. 선공(宣公)이 총애한 여인에게서 낳은 자식 애(欵)를 세우고자 하여, 태자(太子) 어구(御寇)를 죽였다. 공자(公子) 완(完)이 화가 미칠까 두려워 제(齊)로 달아났다. 이것으로써 선공(宣公)이 참언을 잘 믿는다고 증명하였다. 왕질(王質)이 말한 대로라면 여미(予美)는 즉 어구를 말한다. 옛 평론에 '반드시 진짜 이간하는 자가 있는 것은 아니다. 동정하고 어진 마음이 뛰어남을 묘사한 것이다'고 했다. 살펴보니, 이 평론은 주자의 '남녀의 사사로움'이라는 언급으로부터 비롯된 학설이다."

진자전(陳子展) 《시경직해 詩經直解》: "〈방유작소 防有鵲巢〉의 시인은 누군가 그 사랑하는 사람사이에 이간질 하는 것을 걱정하며 시를 지었다. 군신과 관계가 있는 가사인지 그렇지 않으면 남녀와 관계가 있는 가사인지는 아직 모른다. 나의 소견으로는 둘 다 모두 통할 수 있지만 뒤의 설명이 낫다. 그런데 앞의 학설에 의지해서 시를 지금까지 유전되게 하였다. 앞의 것을 위주로 설명한 것으로는 《서 序》에서 말한 진나라 선공이 참소를 잘 믿음을 풍자했다는 것이다. …… 뒤의 것을 위주로 설명한 것으로는, 《이아 석훈 爾雅釋訓》에서 '척척(惕惕)은 사랑이다.'고 했다. 곽박(郭璞)이 주를 달았다. '시경에서 이르길 심언척척 心焉惕惕이라고 했는데 《한시 韓詩》에서는 사람을 기쁘게 한다고 여겼다. 그러므로 사랑을 말하는 것이다.' 주자의 《변설 辨說》과 같은 곳에서는 '이는 그 임금을 풍자한 시가 아니다.'고 했고, 《주전 朱傳》에서는 이르길 '이는 남녀가 사사로움이 있는데, 누군가가 그들을 이간시킬까봐 걱정한 시다.'고 했는데 《한설 韓說》을 인용한 것 같다. 만일 시가 민간 가수로부터 나왔다는 것에 근거해서 말한다면 진실로 또한 옳다고 말할 수 있다."

원매(袁枚) 《시경역주 詩經譯注》: "한 여자의 애인이 다른 사람의 중상모략을 듣고, 그녀에 대한 감정이 냉담하게 변해서 그녀를 애타고 걱정하며 상심하게 만든다."

김계화(金啓華) 《시경전역 詩經全譯》: "어떤 사람이 애인을 속인 것을 걱정하고, 더욱이 애인이 중상모략을 듣고 믿을까봐 염려한다."

번수운(樊樹雲) 《시경전역주 詩經全譯注》: "이것은 자못 특이한 애정시다. 사랑함이 깊었기 때문에 사랑하는 사람이 속임을 당할까봐 늘 걱정한다."

원유안(袁愈荌), 당막요(唐莫堯) 《시경전역 詩經全譯》: "사랑하는 사람이 남에게 속고 기만을 당하기 때문에 마음속으로 걱정을 느낀다."

양합명(楊合鳴), 이중화(李中華) 《시경주제변석 詩經主題辨析》: "이것은 여자가, 애인이 중상모략을 너무 쉽게 믿음을 걱정하는 시다.

정준영(程俊英)《시경역주 詩經譯注》: "이것은 한 시인이, 어떤 사람이 그의 애인에게 이간질할까봐 걱정하는 시다."

고형(高亨)《시경금주 詩經今注》: "이 시의 작자는 남자로서 그가 사랑하는 아내를 잃고 찾을 수 없기 때문에 심정적으로 매우 걱정하고 두려운 것이다."

강음향(江陰香)《시경역주 詩經譯注》: "이것은 남녀에게 사사로운 정이 있었는데 도리어 다른 사람이 이로 인해 말을 하여 그것을 무너뜨릴까봐 걱정하는 것이다. 일설에 이것은 간신이 국왕 앞에서 허튼 말 하는 것을 걱정한 시라고 한다."

八

기부(棄婦: 버림받은 아내)

애정이 없는 혼인은 고통의 무기징역이다. 고대에 불행한 결혼을 한 부녀자들 가운데 설령 어떤 이가 이러한 무기징역의 고통을 감수하기를 원한다 하더라도, 그것조차 할 수 없는 일이었다. 왜냐하면 새로운 것을 좋아하고 오래된 것에 싫증내는 남자가 무정하게 그녀를 집밖으로 내쫓아 그녀를 "버림받은 아내"로 만들어 버리기 때문이다.

〈소반 小弁〉(소아 小雅) 중의 한 부녀자는 중상 모략하는 말을 믿는 남편에 의해 쫓겨난다. 그녀는 강제로 시집을 떠나게 되지만 친정부모가 모두 죽었기 때문에 친정으로 돌아갈 수도 없다. 이 버림받은 아내는 어디로 가야만 할 지 모른다.

〈곡풍 谷風〉(패풍 邶風) 중의 한 아녀자는 가난한 농민에게 시집온다. 부부가 부지런히 일했기 때문에 가정생활은 점차 호전된다. 집안 형편이 부유해지자, 남편은 마음이 변해 늘 아내를 욕하고 때린다. 최후에 그는 아예 아내를 버리고 다시 장가를 들어 처음에 결혼한 아내를 "버림받은 아내"로 만든다. 이 버림받은 아내는 성격이 유약하여 떠나면서도 여전히 섭섭하고 아쉬워한다.

〈맹 氓〉(위풍 衛風) 중의 한 버림받은 아내는 자신이 배반자에게 시집오지 말았어야 했다고 후회한다. 당초를 생각해보니 그 배반자는 필사적으로 그녀에게 구애하고, 그녀를 영원히 사랑한다고 했었다. 처음 결혼했을 때에는 가정형편이 어려웠으나, 그녀가 열심히 일해서 집안을 부유하게 만들었다. 뜻밖에도 그 남자는 새 것을 좋아하고 오래된 것에 싫증내어 "조강지처(糟糠之妻)"를 버린다. 이 버림받은 아내는 성격이 굳세어서 배반자와 단호하게 관계를 끊고 홀로 고통을 감수한다.

1. 〈소반 小弁〉[소아 小雅]①

弁彼鸒斯②	반피여사	즐거운 저 갈가마귀여
歸飛提提③	귀비시시	한가롭게 날며 돌아가는구나
民莫不穀④	민막불곡	남들은 다 잘 되지 않음이 없건만
我獨于罹⑤	아독우리	나만 홀로 불행을 당했네
何辜于天⑥	하고우천	하늘에 무슨 죄를 지었는고
我罪伊何	아죄이하	내 죄가 무엇인가
心之憂矣	심지우의	마음의 시름
云如之何	운여지하	이를 어이하리오
踧踧周道⑦	척척주도	평탄한 큰길에는
鞫爲茂草⑧	국위무초	무성한 풀 가득하구나
我心憂傷	아심우상	내 마음 몹시 슬프네
怒焉如擣⑨	역언여도	근심스러워 가슴앓이 하듯이
假寐永歎⑩	가매영탄	옷 입은 채 자며 긴 탄식하니
維憂用老⑪	유우용로	근심으로 늙어가네
心之憂矣	심지우의	마음의 시름
疢如疾首⑫	진여질수	열이 나네 두통처럼
維桑與梓⑬	유상여재	뽕나무와 가래나무를
必恭敬止	필공경지	반드시 공경하나니
靡瞻匪父⑭	미첨비부	우러러보지 않으면 아버지가 아니오
靡依匪母	미의비모	의지하지 않으면 어머니가 아니지
不屬于毛⑮	불촉우모	아버지 터럭에 이어지지 못하고
不罹于裏⑯	불리우리	어머니 마음에 붙지도 못했네
天之生我	천지생아	하늘이 나를 낳았으니
我辰安在⑰	아신안재	나의 운명은 어디에 있는고
菀彼柳斯⑱	울피유사	무성한 저 버드나무에
鳴蜩嘒嘒⑲	명조혜혜	매미가 울어대고
有漼者淵⑳	유최자연	깊은 연못에

萑葦淠淠㉑	환위비비	물억새 갈대가 무성하구나
譬彼舟流	비피주류	저 배의 흘러감에 비유되듯
不知所屆㉒	부지소계	닿을 곳을 알지 못하니
心之憂矣	심지우의	마음의 시름으로
不遑假寐㉓	불황가매	옷 입고 잘 겨를도 없어라

鹿斯之奔㉔	녹사지분	사슴은 짝을 찾아 내달려
維足伎伎㉕	유족기기	발걸음이 빠르며
雉之朝雊㉖	치지조구	꿩은 아침에 울어
尚求其雌	상구기자	여전히 그 암컷을 찾거늘
譬彼壞木㉗	비피괴목	저 병든 나무에 비유되듯
疾用無枝㉘	질용무지	병들어 가지가 없으니
心之憂矣	심지우의	마음의 시름
寧莫之知	영막지지	어찌 이를 알아주는 이 없는가

相彼投兔㉙	상피투토	저 걸려든 토끼를
尚或先之㉚	상혹선지	누군가 오히려 그물 펴 풀어주며
行有死人㉛	행유사인	길가에 죽은 사람이 있거든
尚或墐之㉜	상혹근지	누군가 의연히 묻어주건만
君子秉心	군자병심	당신의 마음가짐은
維其忍之㉝	유기인지	얼마나 잔인하기만 한가
心之憂矣	심지우의	마음의 시름에
涕旣隕之	체기운지	눈물만 하마 떨어뜨렸네

君子信讒	군자신참	당신이 참소를 믿음이
如或酬之㉞	여혹수지	누군가 권하는 술 받아 마시듯하네
君子不惠	군자불혜	당신은 은혜롭지 못해서
不舒究之㉟	불서구지	그것을 잘 살펴보지도 않았네
伐木掎矣㊱	벌목기의	나무를 벨 때는 줄로 당기고
析薪扡矣㊲	석신치의	장작을 팰 때는 결을 따르거늘
舍彼有罪	사피유죄	저 참언의 죄 있는 자 내버려두고
予之佗矣㊳	여지타의	내게 죄를 덧씌우네

莫高匪山	막고비산	높지 않으면 산이 아니고
莫浚匪泉㊳	막준비천	깊지 않고는 샘이 아니지
君子無易由言㊵	군자무이유언	당신은 참언을 쉽게 믿지 마오
耳屬于垣㊶	이촉우원	귀를 담장에 대고 몰래 들은 것이니까
無逝我梁㊷	무서아량	내 고기 보에 가지 말고
無發我笱㊸	무발아구	내 통발을 들어내지 마오
我躬不閱㊹	아궁불열	내 몸조차 받아주지 못하면서
遑恤我後㊺	황휼아후	어찌 내 뒷일을 보살펴주겠는가

① 〈小弁 소반〉은 남편에게 버림받은 아내의 시다.

　小雅(소아): 서주 왕기(王畿: 주나라 천자가 직접 통치하던 곳으로, 이곳은 현재 섬서성 서안시 주변 일대)의 시가다.

② 弁(반): 즐겁다.

　鸒(여): 까마귀. 갈가마귀.

③ 提提(시시): 편안하고 한가하게 나는 모양.

④ 穀(곡): 좋다. 훌륭하다.

⑤ 罹(리): 재난을 당하거나 질병에 걸리다.

⑥ 何辜(하고): 어떠한 죄가 있는가.

⑦ 踧踧(척척): 평탄하다.

⑧ 鞠(국): 모두 다하다. 가득하다.

⑨ 怒焉(역언): 생각하고 근심하는 모습.

　擣(도): 가슴앓이. 심장병.

⑩ 假寐(가매): 옷을 벗지 않고 자다.

⑪ 維(유): 어조사.

　用老(용로): 이로 인해 늙다.

⑫ 疢(진): 열이 나다. 고열.

　疾首(질수): 두통. 머리가 아프다.

⑬ 桑(상), 梓(재): 주택 근처에 항상 심겨져 있는 두 종류의 나무. 후
　에 사람들이 뽕나무와 가래나무를 고향으로 비유함.

⑭ 靡(미)～匪(비)～: 부정의 부정은 강한 긍정을 표시한다.

　瞻(첨): 공경하고 우러러보다.

⑮ 屬(촉): 연결하다. 잇다.

　毛(모): 털은 바깥에 있는 양(陽)으로써 아버지를 말한다.

⑯ 罹(리): 의지하며 따르다. 종속하다. 붙다.

　裏(리): 마음은 안에 있는 음(陰)으로서 어머니를 말한다.

⑰ 辰(신, 진): 운명. 때(시각).

⑱ 菀(울): 무성한 모양.

⑲ 嘒嘒(혜혜): 매미의 울음소리.

⑳ 有漼(유최): 漼漼. 물이 깊은 모양.

㉑ 萑葦(환위): 물억새와 갈대.

　淠淠(비비): 많고 무성한 모양.

㉒ 届(계): 이르다.

㉓ 遑(황): 한가함. 겨를.

㉔ 奔(분): 여러 사람을 찾다. 배우자를 찾다.

㉕ 伎伎(기기): 빨리 걷는 모양. 일설에는 느리게 걷는 모양.

㉖ 雊(구): 꿩이 울다.

㉗ 壞木(괴목): 나무가 병든 것을 가리킨다.

㉘ 用(용): ～때문에. 즉 병들었기 때문에 가지가 없다.

㉙ 相(상): 바라보다.

　投免(투토): 그물에 걸려든 토끼.

㉚ 尙(상): 아직. 여전히. 그래도. 의연히.

　先之(선지): 그물을 펴서 풀어주다.

㉛ 行(행): 도로. 길.

㉜ 墐(근): 매장하다. 묻다.

㉝ 其(기): 얼마나.

　忍(인): 잔인한 마음. 독한 마음.

㉞ 酬(수): 술을 권하다.

㉟ 舒究(서구): 자세히 연구하고 고찰하다.

㊱ 掎(기): 밧줄로 나무줄기나 나뭇가지 끝을 단단히 잡아서 당기다.

㊲ 析薪(석신): 장작을 패다.

　杝(치): 무늬. 결을 따라.

㊳ 予之佗(여지타): 다른 사람에게 강요하다.

　佗(타): 가하다. 보태다.

㊴ 浚(준): 깊다.

㊵ 無易由言(무이유언): 참언(헐뜯는 말)을 쉽게 믿지 말아라.

㊶ 耳屬于垣(이촉우원): 귀를 벽에 대고서 몰래 엿듣다.

㊷ 逝(서): 가다.

　梁(량): 물을 막아 고기를 잡기 위해 만든 보. 어량.

㊸ 發(발): 열다.

　笱(구): 통발. 어량 끝에 놓고 물고기를 잡기 위해 대나무로 만든 도구로, 물고기가 한 번 들어가면 나올 수 없다.

㊹ 閱(열): 사람들에 의해 받아들여지다 (허용되다)

㊺ 遑(황): 어찌~ 하겠는가? 하물며 ~하겠는가. 어떻게. 틈, 여가, 겨를

　恤(휼): 보살핌이 구석구석까지 미치다. 우려하다.

감상과 해설

〈소반 小弁〉 이 시의 주인공은 버림받은 여인으로, 그녀는 시에서 슬프고

원망 섞인 감정을 하소연하고 있다.

이 시는 전부 8장으로 이루어졌다.

제 1장은 자신이 버림받은 이후의 슬픔을 하소연하고 있다.

"즐거운 저 갈가마귀여 한가롭게 날며 돌아가는구나, 반피여사 귀비시시 弁彼鸒斯 歸飛提提." 이것은 날아가는 새로써 '흥(興)'의 기법을 사용한 것이다. 상공에서 떼를 지어 돌아가는 작은 새가 날개를 나란히 하여 높이 날아가니 얼마나 즐겁겠는가! 그것들은 모두 둥지로 돌아갈 것이다. 스스로 남편에게 내쫓긴 이후에, 돌아갈 곳이 없으니 그야말로 도무지 작은 새만도 못하다.

"남들은 다 잘되지 않음이 없건만 나만 홀로 불행을 당했네, 민막불곡 아독우리 民莫不穀 我獨于罹", 이것은 또 일종의 대비다. 다른 사람의 가정은 모두 행복한데, 유독 자신만 결혼의 불행을 맞게 되었기 때문이다. 그녀는 고개를 들어 창공에 대고 묻는다. "내가 하늘에 무슨 죄를 지었고, 나의 죄는 무엇인가?" 사실 그녀에게 무슨 죄가 있겠는가? 그녀는 무고하게 버려진 것이다.

여기까지 살펴보면, "이를 어이하리오, 운여지하 云如之何"는 그녀가 어떻게 해야 좋을지 모를 정도로 괴로워하는 것을 말한다.

제 2장은 자기가 버림받았을 때의 슬픔을 회상하는 것이다. 고통을 겪고서 이전의 고통을 회상하는 것은 그녀가 하려는 말이 많다는 것이다.

"평탄한 큰길에는 무성한 풀 가득하구나, 척척주도 국위무초 踧踧周道 鞫爲茂草"는 무성한 풀로 '흥'의 기법을 사용한 것이다. 넓은 길가는 전부 야생풀로 가득하니, 이것은 곧 정상적으로 화목한 부부의 감정이 완전히 파괴되었음을 비유한다.

"내 마음 몹시 슬프네 근심스러워 가슴앓이 하듯이, 아심우상 역언여도 我心憂傷 惄焉如擣"는 남편이 변심했을 때, 아내의 마음은 칼로 깎는 듯이 아팠다는 말이다.

"옷 입은 채 자며 긴 탄식하니 근심으로 늙어가네, 가매영탄 유우용로 假寐永歎 維憂用老"는 그녀가 밥도 못 먹고, 잠도 못 자며, 지나치게 걱정함에 따라 초췌해지고 쇠약해졌음을 나타낸다.

"마음의 시름 열이 나네 두통처럼, 심지우의 진여질수 心之憂矣 疢如疾首"는 근심을 해결하기 어려워, 병으로 앓아눕고, 두통을 참기 어렵게 됨을 나타낸다. 남편이 청천벽력과 같이 갑자기 마음이 변하여, 아내는 고통의 수렁텅이에 빠지게 되고 만다.

제 3장은 자신을 낳아주신 부모님을 생각한다. 옛날에는 여자가 남편에게 버림받으면, 부모의 곁으로 돌아가야 한다. 그래서 이 시의 여 주인공은 고통을 참기 힘들 때, 자신의 부모를 생각한다.

"뽕나무와 가래나무를 반드시 공경하나니, 유상여재 필공경지 維桑與梓 必恭敬止."에서 뽕나무와 가래나무는 부모님이 심으신 것으로, 자손들에게 물려주고, 자손들은 그 나무들을 보고서 선조들을 기억하며, 매우 공경을 표한다.

"우러러보지 않으면 아버지가 아니오 의지하지 않으면 어머니가 아니지, 미첨비부 미의비모 靡瞻匪父 靡依匪母"는 세상에 아버지를 공경하지 않는 사람이 없고, 어머니를 의지하지 않는 사람이 없다는 뜻이다. 그러나 시에서 이 버림받은 여자는 그 부모가 이 세상에 없기 때문에 이렇게 말한다.

"아버지 터럭에 이어지지 못하고 어머니 마음에 붙지도 못했네, 불촉우모 불리우리 不屬于毛 不罹于裏"《모시고훈학 毛詩詁訓學》에서는 이렇게 해석하였다. "털은 바깥에 있는 양으로 아버지를 말하고, 마음은 안에 있는 음으로 어머니를 말한다." 시에서 버림받은 아내는 자신이 아비도 어미도 없어, 돌아갈 집조차 없는 사람이 되었음을 나타내고 있다. 그녀는 또 한 번 고개를 들어 하늘에게 묻는다.

"하늘이 나를 낳았으니 나의 운명은 어디에 있는고, 천지생아 아신안재 天之生我 我辰安在" 하늘이 나를 낳았으니 나의 운명은 어디에 있는 건가? 이것은 곧 모든 재난이 그녀 한 사람에게 닥치게 된 것을 불공평하다며 하느님에게 불평하는 것이다.

제 4장은 과거의 정상적인 가정생활을 그리워하고 지금 당장 막다른 골목에 이른 상황에 대해 비탄하는 것이다.

"무성한 저 버드나무에 매미가 울어대고 깊은 연못에 물억새 갈대가 무성하구나, 울피유사 명조혜혜 菀彼柳斯 鳴蜩嘒嘒. 유최자연 환위비비 有漼者淵 萑葦淠淠" 이 네 구는 풍경을 묘사한 것이다. 무성한 가지 위에서 매미가 맴맴 울고 있다. 저 푸른 물 위에 갈대가 무성하게 자라고 있다. 이러한 풍경은 바로 이 버림받은 여자가 일찍이 겪어왔던 생활환경이며, 지금에 와서 회고해볼 때 그녀가 과거의 가정생활에 대한 그리움을 떠올리지 않을 수 없다. 여기서 이 여자가 결혼한 후에 일찍이 보냈던 조용한 생활을 은연중에 드러내고 있으며, 당시 그녀는 매우 만족스러워했다. 그러나 무엇 때문인지는 모르겠지만, 부부감정에 금이 가고 말았다.

"저 배의 흘러감에 비유되듯 닿을 곳을 알지 못하니, 비피주류 부지소계 譬彼舟流 不知所屆"는 마치 물 위에 외롭게 떠있는 배처럼, 물살에 따라 이리저리 흘러가서 어디로 가는지 알 수도 없다는 것이다. 배로 비유를 들어 자기가 처한 상황을 드러내고 있다. 그렇다. 그녀가 남편에게 버림받았으므로, 그녀는 더 이상 시집 식구가 아니다. 부모가 모두 돌아갔으므로 친정집도 없다. 그녀가 이런 상황에 어디로 가야할지 알겠는가?

여기까지 살펴볼 때, "마음의 시름으로 옷 입고 잘 겨를도 없어라, 심지우의 불황가매 心之憂矣 不遑假寐"는 그녀가 근심하고 슬퍼하므로, 옷을 입은 채 잠깐 잠을 자는 등 정신이 안정되어있지 못함을 나타내고 있다.

제 5장은 남편이 정을 저버리고, 도리를 잊은 것에 대해 질책한다.

"사슴은 짝을 찾아 내달려 발걸음이 빠르며 꿩은 아침에 울어 여전히 그 암컷을 찾거늘, 녹사지분 유족기기 鹿斯之奔 維足伎伎, 치지조구 상구기자 雉之朝雊 尚求其雌" 이 네 구는 평야에서 야생 사슴이 짝을 찾기 위해, 암사슴을 향해 급히 뛰어가는 것을 설명한다. 들판 위의 꿩은 새벽에 암꿩을 바라보고 운다. 이것은 즉 사슴과 꿩조차 정이 있는데, 남편이 부부의 정을 전혀 생각하지 않음을 은연중에 질책하는 것이다.

"저 병든 나무에 비유되듯 병들어 가지가 없으니 마음의 시름 어찌 이를 알아주는 이 없는가, 비피괴목 질용무지 譬彼壞木 疾用無枝. 심지우의 영막지지 心之憂矣 寧莫之知" 이 네 구는 그녀 자신을 나뭇잎이 떨어지고, 시들어버린 한 그루의 병든 나무로 비유한 것이다. 하지만, 남편은 마치 자신의 슬픔을 모르는 듯, 그는 무관심하였다.

제 6장은 더 나아가 남편이 옛 정을 생각하지 않는 것을 꾸짖는다.

"저 걸려든 토끼를 누군가 오히려 그물 펴 풀어주며 길가에 죽은 사람이 있거든 누군가 의연히 이를 묻어주건만, 상피투토 상혹선지 相彼投兎 尚或先之. 행유사인 상혹근지 行有死人 尚或墐之" 이 네 구는 그물로 잘못 들어간 토끼를 보고서 어떤 사람은 그것을 놓아 줄 수 있고, 길 위에 죽은 사람을 보고서 어떤 사람은 그를 안장시키러 갈 수 있다는 것을 말한다. 이것은 낯선 사람도 동정심이 있는데, 남편의 마음이 너무 잔인하다는 것을 은근히 질책하는 것이다.

"당신의 마음가짐은 얼마나 잔인하기만 한가, 군자병심 유기지 君子秉心 維其忍之"는 남편이 아내를 버릴 정도로 그의 마음씨가 매우 모질다는 것을 말하고 있다.

"마음의 시름에 눈물만 하마 떨어뜨렸네, 심지우의 체기운지 心之憂矣 涕既隕之"는 자신이 뜻밖에 이렇게 무정한 사람을 만난 것을 생각하자 마음의 슬픔을 참을 수 없어, 눈물을 흘리며 자신의 신세를 한탄한다.

제 7장은 가정이 파괴된 원인을 설명한다.

"당신이 참소를 믿음이 혹 권하는 술잔 받아 마시듯하네, 군자신참 여혹수지 君子信讒 如或酬之"는 남편이 다른 사람의 참언을 그대로 믿은 것으로, 이것은 곧 다른 사람이 권한 술을 먹어버린 것과 같아, 스스로 손해를 입고도 상대방에게 감격하는 것이나 다를 바 없다는 표현이다.

"당신은 은혜롭지 못해서 그것을 잘 살펴보지도 않았네, 군자불혜 불서구지 君子不惠 不舒究之"는 남편이 아내에게 잘 대해주지 않았으며, 아내의 행동에 대해 자세히 관찰하거나 고민해보지도 않고서, 도리어 이유 없이 아내를 오해하고 책망함을 뜻한다.

"나무를 벨 때에도 줄로 당기고 장작을 팰 때에도 결을 따르거늘, 벌목기의 석신치의 伐木掎矣 析薪扡矣", 벌목은 밧줄로 나무기둥에 단단히 잡아서 당기는 것이며, 장작은 나뭇결을 따라 패는 것이니, 모든 일에는 언제나 법칙이 있게 마련이다.

"저 참언의 죄 있는 자 내버려두고 내게 죄를 덧씌우네, 사피유죄 여지타의 舍彼有罪 予之佗矣", 남편이 헛소문을 날조하고 중상모략 하는 사람을 추궁하지 않고 도리어, 죄를 아내에게 전부 돌리고 만다. 시비곡직이 완전히 그에 의해 뒤바뀌게 된 것이다.

제 8장은 자신의 결백함을 서술하고, 남편이 중상모략하는 말을 믿었음을 지적한다.

"높지 않으면 산이 아니고 깊지 않고는 샘이 아니지, 막고비산 막준비천 莫高匪山 莫浚匪泉", 그렇게 중상모략 하는 사람들은 보통 높은 산과 같이 사람을 칭찬하고, 깊은 우물처럼 사람을 비하시키는 등 사실을 무시하고, 입에서 나오는 대로 함부로 지껄여 말에 대해 전혀 책임을 지지 않는다.

"당신은 참언을 쉽게 믿지 마오 귀를 담장에 대고 몰래 들은 것이니까, 군자무이유언 이촉우원 君子無易由言 耳屬于垣", 그녀는 남편에게 중상모략 하는 말을 쉽게 믿지 말라고 권고한다. 왜냐하면 그러한 것들은 모두 여러 사람의 입을 거쳐 듣게 되는 것으로 결코 신뢰성이 없기 때문이다. 그녀는 남편이 오늘부터 한쪽 말만 곧이듣고 속지 말며, 모든 일을 많이 생각해보라고 권고한다.

"내 고기 보에 가지 말고 내 통발을 들어내지 마오, 무서아량 무발아구 無逝我梁 無發我笱"는 버림받은 아내가 떠나기 전에 남편에게 하는 경고로서, 남편이 그녀의 어량에 가고, 그녀의 통발을 만지는 것을 허락하지 않겠다는 것이다.

그러나 돌이켜 생각해보면 "내 몸조차 받아주지 못하면서 어찌 내 뒷일을 보살펴주겠는가, 아궁불열 황휼아후 我躬不閱 遑恤我後"는 자신이 이미 남편에게 인정받지 못했는데, 뒷사정을 고려할 필요가 있겠는가 라는 내용이다.

이 시는 버림받은 부녀자의 슬픈 노래이다. 그녀가 버림받게 된 이유는 남편이 다른 사람의 참언을 듣고 믿었기 때문이다. 이 참언이 무엇이었는지는 비록 우리가 알 길이 없지만, 버림받은 부녀자의 반복되는 진술 가운데, 우리는 그녀가 결백하다는 것을 알 수 있다. 버림받은 부녀자는 집에서 내쫓긴 후에, 친정의 양친이 모두 세상을 떠났기 때문에 돌아갈 집이 없어 그녀는 걱정과 슬픔으로 가득하다.

역대 제가의 평설

《모시서 毛詩序》: "〈소반 小弁〉은 유왕(幽王)을 풍자한 시로서 태자의 사부(師傅)가 지은 것이다."

《맹자 孟子》: "공손추가 물었다. '고자는 〈소반 小弁〉을 소인의 시다.'라고 말합니다. 맹자가 말했다. '어찌하여 그렇게 말하는가?' 공손추가 말했다.
'원망했기 때문입니다.' 맹자가 말했다. '고집불통이로구나! 고유(高叟: 고자)
의 시를 해석함이여. 〈소반〉의 원망은 어버이를 가까이 여긴 것이다. 어버이
를 가까이 여김은 인(仁)이니라.' 공손추가 말했다. '〈개풍 凱風〉은 어찌하여
원망하지 않았습니까?' 맹자가 말했다. '〈개풍 凱風〉은 어버이의 과실이
작은 것이요, 〈소반 小弁〉은 어버이의 과실이 큰 것이다. 어버이의 과실이
큰데도 원망하지 않는다면, 이는 더욱 소원해지는 것이다.'"

주희(朱熹) 《시집전 詩集傳》: "유왕(幽王)이 신(申)나라에 장가들어 태자
의구(宜臼)를 낳았다. 나중에 포사(褒姒)를 아내로 얻었는데, 그녀에게 혹하
였다. 포사(褒姒)가 아들 백복(伯服)을 낳았다. 그녀의 참소하는 말을 믿고는
신(申)나라 왕후를 축출하고, 의구(宜臼)를 쫓아내니, 이에 의구(宜臼)가
이 시를 지어서 스스로 원망한 것이다."

요제항(姚際恒) 《시경통론 詩經通論》: "시는 대신 만들 수 있지만, 슬픔과
원망은 정에서 나오는 것이므로 어찌 대신할 수 있겠는가? 하물며 이 시는
더욱이 슬픔과 원망이 아주 통절하여 기타 시와는 다르다."

왕선겸(王先謙) 《삼가의집소 三家義集疏》: "《노설 魯說》에서 말하길
〈소반 小弁〉은 소아편(小雅篇)으로, 백기(伯奇)가 지은 시다. 백기(伯奇)는
어진 사람이었으나, 부모가 그를 학대함에 따라 〈소반 小弁〉이라는 시를
짓게 된 것이다."

방옥윤(方玉潤) 《시경원시 詩經原始》: "의구(宜臼)가 버려진 것을 스스
로 슬퍼한 것이다."

진자전(陳子展) 《시경직해 詩經直解》: "〈소반 小弁〉은 버려진 자식이
호소하는 시다. 《서 序》에서 말했다. '〈소반 小弁〉은 유왕을 풍자한 것으로,
태자의 사부가 지은 것이다.' 이 시의 첫 장을 《전 傳•*시집전》에서 말했다.
'유왕(幽王)이 신(申)나라 여자와 결혼하여, 태자 의구(宜臼)를 낳았다.

또 포사(褒姒)가 아들 백복(伯服)을 낳자, 그를 후계자로 삼아 의구(宜臼)를 내쫓았다.' 이는 고문 모씨(毛氏) 설이다. 위원(魏源)은 말했다. '〈소반 小弁〉은 윤길보(尹吉甫)의 아들 백기(伯奇)가 버림을 받자 쓴 시다. (원주는 노나라, 한나라 시에서 말한 것임)'

…… 주자가 《맹자 孟子》에 주석을 달면서 《서 序》를 따라서 〈소반 小弁〉을 태자의 사부가 지은 것으로 보았다. 그가 지은 《집전 集傳》에서는 '유왕(幽王)의 태자 의구(宜臼)가 버림받아 이 시를 썼다는 옛 설을 인용한 것이다.'

그러나 그가 지은 《변설 辨說》에서는 의심하기를 이것이 의구(宜臼)의 시가 아니고 더욱이 태자의 사부가 지은 것도 아니라고 하였다. 이처럼 같은 사람의 학설조차도 잇달아 자가당착에 빠지니, 도대체 누구의 말이 옳다는 말인가?"

여관영(余冠英) 《시경선 詩經選》: "이것은 아버지에게 내쫓김을 당하고 나서 근심과 분노를 서술한 작품이다. 구설에서 누구는 주 유왕(周 幽王)이 태자 의구(宜臼)를 쫓아내어, 의구(宜臼)의 사부가 이 시를 지었다고 하기도 하고, 누구는 선왕(宣王) 때에 윤길보(尹吉甫)가 후처에게 현혹되어 전처의 아들 백기(伯奇)를 내쫓아 백기(伯奇)가 이 시를 지었다고도 한다. 이렇게 전해오는 설은 아직 완전히 믿을 만한 것이 못된다. 그러나 참고로 삼으면 시어의 의미를 이해하는 데 있어서는 도움이 된다."

고형(高亨) 《시경금주 詩經今注》: "주 유왕(周 幽王)은 포사(褒姒)를 총애하여, 신(申)을 버린 후, 태자 의구(宜臼: 훗날 주평왕)를 내쫓고 포사(褒姒)를 후비로 삼는다. 포사(褒姒)의 아들 백복(伯服)을 태자로 삼았으니, 이 시는 마땅히 의구(宜臼)가 지은 것으로, 주 유왕(周 幽王)을 풍자하고, 참언한 자를 꾸짖어, 스스로 슬퍼하는 것이다."

원매(袁梅) 《시경역주 詩經譯注》: "이 시는 버림받은 아내의 시다. 이를

노래한 여자의 남편이 참언을 듣고 그대로 믿어 아내를 버린다. 이 여자는
버림받아 내쫓긴 후에, 자신의 슬픔과 원망의 심정을 괴롭게 하소연하고
비 오듯 눈물을 떨어뜨리며 슬픈 심정으로 관계를 끊고자 한다."

김계화(金啓華)《시경전역 詩經全譯》: "버림받은 사람의 탄식으로서
배회하고 방황하며 어디로 가야할지 모른다."

번수운(樊樹雲)《시경전역주 詩經全譯注》: "이 시는 남편에게 버림받은
부녀자가 부모에게도 받아들여질 수 없게 되었기 때문에 토로하는 원망과
슬픔이다. 시 앞부분에서 갈가마귀가 집으로 돌아가는 모습을 보고 부러워
한다. 또 뽕나무와 가래나무는 부모가 심은 것이기에 그것을 공경해야하고
또 어딘들 부모를 바라보고 의지하지 않겠는가? 이것은 곧 부모에 대한
그리움을 잘 나타내 주고 있는 것이다. 그러나 아버지도 도리어 참언을
믿고 딸을 내쫓아 받아주지 않는다.

시에서는 또 꿩이 울면서 암꿩을 찾는다는 내용이 있다. '무서아량 무발아
구 無逝我梁 無發我笱'는 남편을 책망하는 것과 관련 있음을 보여준다.
이 시는 정서와 글이 함께 풍부하고 아름다우며, 자신의 버림받은 울분과
슬픔을 세밀하고 자세하게 서술하였다. 혹은 '흥 興'으로, 혹은 '비 比로,
혹은 반면을 묘사하여 정면을 표현하는 방법으로[반츤 反櫬], 혹은 우의(寓
意)로 여러 가지 수법을 다양하게 사용하였고 구성이 정교하여 예술적
감화력이 상당히 뛰어나다.

원유안(袁愈荌), 당막요(唐莫堯)《시경전역 詩經全譯》: "통치자의 장자
가 버림받아 분노한 것이다. 일설에는 쫓겨난 아내의 슬픔과 원망이라고도
한다."

정준영(程俊英)《시경역주 詩經譯注》: "이 시는 아버지에게 쫓겨난 사람
이 마음속의 슬픔과 원망을 서술한 시다."

2. 〈곡풍 谷風〉[패풍 邶風]①

習習谷風②	습습곡풍	거세게 부는 산골짜기 바람에
以陰以雨③	이음이우	날 흐리고 비가 오네
黽勉同心④	민면동심	한마음 되기를 힘쓰고
不宜有怒⑤	불의유노	노여움 있어서는 아니되지
采葑采菲⑥	채봉채비	순무 뽑고 고구마 캤는데
無以下體⑦	무이하체	뿌리라서 안된다네
德音莫違⑧	덕음막위	그 달콤했던 약속 어기지 않는다면
及爾同死	급이동사	당신과 죽음까지 함께할텐데
行道遲遲⑨	행도지지	터벅터벅 길을 떠나면서도
中心有違⑩	중심유위	마음속은 어긋남이 있네
不遠伊邇⑪	불원이이	멀리 나오지도 않고 가까이서
薄送我畿⑫	박송아기	박정하게도 문턱에서 날 보내네
誰謂荼苦⑬	수위도고	누가 씀바귀를 쓰다 하더냐
其甘如薺⑭	기감여제	냉이처럼 달기만 한데
宴爾新昏⑮	연이신혼	당신은 신혼을 즐기니
如兄如弟	여형여제	마치 형제처럼 보이네
涇以渭濁⑯	경이위탁	경수가 위수보다 흐려 보이지만
湜湜其沚⑰	식식기지	그 강바닥은 더 맑은 걸
宴爾新昏	연이신혼	당신은 신혼을 즐기며
不我屑以⑱	불아설이	나를 거들떠보려 하지 않는구려
毋逝我梁⑲	무서아량	내가 놓은 어살에 가지 말고
毋發我笱⑳	무발아구	내가 놓은 통발도 들추지 마
我躬不閱㉑	아궁불열	이 내 몸도 받아주지 않으면서
遑恤我後㉒	황휼아후	어느 겨를에 내 뒷일을 걱정하겠다는 건가
就其深矣	취기심의	물이 깊은 곳에 가면
方之舟之㉓	방지주지	뗏목 타고 배 타고
就其淺矣	취기천의	물이 얕은 곳에 가면

泳之游之	영지유지	자맥질 하고 헤엄쳐 갔지
何有何亡㉔	하유하망	무엇이 있고 없건 간에
黽勉求之	민면구지	힘써 구해다 주었지
凡民有喪㉕	범민유상	이웃사람들 흉한 일 있으면
匍匐救之㉖	포복구지	있는 힘 다하여 도왔다네

不我能慉㉗	불아능휵	나를 좋아하기는커녕
反以我爲讎	반이아위수	도리어 나를 원수로 여기네
旣阻我德㉘	기조아덕	내 호의마저 이미 뿌리쳤으니
賈用不售㉙	고용불수	팔려고 해도 팔리지 않는 물건 신세
昔育恐育鞫㉚	석육공육국	지난날 가난에 시달릴 때
及爾顚覆㉛	급이전복	당신과 함께 환란을 겪었건만
旣生旣育	기생기육	이제 좀 살 만하니
比予于毒㉜	비여우독	나를 독벌레 같이 여기네

我有旨蓄㉝	아유지축	내 야채를 말려 맛있게 절인 것은
亦以御冬㉞	역이어동	겨우살이를 나기 위함이었는데
宴爾新昏	연이신혼	당신은 새 여자와 즐기니
以我御窮	이아어궁	궁핍을 대비할 때만 나였던가
有洸有潰㉟	유광유궤	때리고 화내며
旣詒我肄㊱	기이아이	나에게 모진 고생만 시키더니
不念昔者	불념석자	지난 날 생각하지 않네
伊余來墍㊲	이여래기	오직 날 사랑한다더니

시구 풀이

① 〈谷風 곡풍〉은 버림받은 아내의 시다.

邶(패): 지금의 하남성 기현 북쪽부터 탕음현 까지의 일대.

② 習習(습습): 계속 끊이지 않는 커다란 바람소리.

谷風(곡풍): 산골짜기로부터 불어오는 바람.

③ 以(이): ~이다.

④ 黽(민): 노력하다. 힘쓰다.

⑤ 有(유): 또[又].

⑥ 葑(봉): 순무.

　菲(비): 고구마.

⑦ 無以(무이): 쓸모가 없다.

　下體(하체): 뿌리 부분을 가리킨다. 무와 고구마의 뿌리, 줄기, 잎
　은 거의 다 먹을 수 있다. 다만 뿌리는 주요 식용 부분이고 줄기와
　잎은 시간이 지나면 시들어 버린다.

⑧ 德音(덕음): 남편이 일찍이 그녀에게 말했던 좋은 말.

⑨ 遲遲(지지): 천천히.

⑩ 中心(중심): 心中. 마음 속.

　有違(유위): 집을 떠나는 행동과 바라는 마음이 서로 어긋남을 가
　리킨다.

⑪ 伊(이): ~이다(是).

　邇(이): 가까운.

⑫ 畿(기): 문턱.

⑬ 荼(도): 쓴 나물. 씀바귀.

⑭ 薺(제): 단 나물. 냉이.

⑮ 宴(연): 안락.

　昏(혼): 옛 '婚'의 글자.

⑯ 涇(경), 渭(위): 모두 물 이름이다. 섬서성에서 합류한다. 경수는
　탁하고 위수는 맑다.

⑰ 湜湜(식식): 물이 맑아 밑바닥까지 보이는 모양.

　沚(지): 강 바닥.

⑱ 不屑(불설): ~하려 하지 않다.

⑲ 逝(서): 가다.

梁(량): 고기를 잡으려고 돌로 쌓은 제방. 어량.

⑳ 發(발): '撥'과 같다. 어지럽히다.

筍(구): 고기를 잡을 때 쓰이는 대나무로 만든 바구니. 통발.

㉑ 躬(궁): 자신.

閱(열): 허락하다. 받아들이다.

㉒ 遑(황): 여가. 한가하다. 하물며~무엇하겠는가? 어찌~하겠는가?

恤(휼): 걱정하다. 근심하다.

㉓ 方(방): 航과 통한다. 뗏목. 方, 舟 두 글자는 여기서 모두 동사로 쓰인다.

㉔ 亡(망): '無'와 같다. 없다.

㉕ 民(민): 이웃사람을 지칭한다.

喪(상): 흉한 일.

㉖ 匍匐(포복): 땅에 엎드려 손과 발이 같이 나아가다. 여기서는 최선을 다하는 것을 지칭한다.

㉗ 慉(휵): '畜'과 같다. 사랑하다.

㉘ 阻(조): 거절하다.

㉙ 賈(고): 팔다.

用(용): 물건. 물품.

㉚ 育恐(육공): 생활이 두렵다. 가난에 떨다.

育鞫(육국): 생활이 궁핍하다.

㉛ 顚覆(전복): 환난을 가리킨다.

㉜ 于(우): ~같다.

毒(독): 독이 있는 벌레.

㉝ 旨(지): 맛있다.

蓄(축): 절여 말린 야채.

㉞ 御(어): 막다.

㉟ 有洸有潰(유광유궤): 즉 洸洸潰潰. 화를 내는 모양. 여기서는 사람

이 폭력을 사용하여 화를 내는 모양을 형용한 것이다.

㊱ 旣(기): 다하다. 전부.

　　詒(이): '貽'와 통한다. 남기다. 남겨주다.

　　肆(이): 노고.

㊲ 伊(이): 오직. 유일한.

　　來(래): 어조사.

　　墍(기): 사랑하다.

감상과 해설

〈곡풍 谷風〉이 시는 남편에게 버림받은 아내를 묘사한 시로써 남편의 무정함과 자신의 치정을 말한 것이다.

시는 모두 6장으로 되어 있다.

제 1장은 버림받은 아내가 남편에게 완곡히 설득하면서 그에게 자신을 버리지 말기를 바라는 내용이다.

먼저 폭풍과 흐리고 비가 오는 것으로써 남편이 자기에게 악질로 대하는 태도를 비유하였다. 이어서 부부간은 마땅히 마음과 덕을 같이 해야 하고, 남편은 그녀에게 마땅히 화를 내지 말아야 한다는 것을 말한다.

또 순무를 뽑았으나 정작 뿌리는 사용하지 않는 것을 비유하여(순무의 뿌리와 잎은 모두 먹을 수 있다. 그런데 그 중 뿌리는 주요 부분이다. 여기서 뿌리로 덕을 비유했고 잎으로 외모를 비유하였다.) 남편은 아내에 대해 단지 외모만 중시하고 덕행을 중시하지 않는 짓을 하지 말아야 하며, 아내의 외모가 쇠퇴한다고 해서 그녀의 재능과 덕을 무시하고 그녀를 버려서는 안 된다는 것을 지적하였다.

그리고 나서 남편을 일깨운다. "당신은 일찍이 나와 같이 살고 같이

죽는다고 하였는데 이러한 듣기 좋은 말은 바라건대 당신이 이 말을 어기지
않아야 비로소 좋다는 것입니다."

제 2장은 자신이 버림받은 고통과 남편이 재혼하면서 기뻐하는 것을
묘사했다. 그녀가 집에서 쫓겨났을 때 발걸음이 무거워 차마 떠날 수 없었다.
박정한 남편은 멀리 배웅하려 하지 않았을 뿐더러 몇 걸음의 가까운 거리까지
도 배웅하려 들지 않고 그녀를 문밖으로 밀어 내쫓아 버렸다. 그녀는 자신의
운명이 쓴 나물보다 더 쓰다고 느꼈으나 남편은 오히려 새로 얻은 여자와
뜨거운 정을 나누었다.

제 3장은 그녀가 버려진 이후 과거의 생활에 대한 그리움에 대하여
썼다.

먼저 "경수는 위수보다 흐리지만, 그 밑은 더 파랗게 맑지요"로 흥을
일으켰다. 이 말은 경수와 위수를 서로 비교해 보아야 비로소 흐리다는
것이 드러나는데, 경수도 그쳐 있어 흐르지 않을 때에는 정말 탁하지 않다는
것을 알 수 있다는 의미이다. 이 말의 숨은 뜻은 자기와 새로 얻은 여자를
서로 비교해 봐야 비로소 못생겼다는 것이 드러나는 것이므로, 자기의
외모를 새로 얻은 부인과 비교를 하지 않는다면 못생겼음도 알 수 없다는
것이다. 게다가 남편은 신혼의 단꿈에 젖어 자신과 같이 살려고 하지 않는다.

마지막으로 남편에게 경고를 한다. '내가 고기를 잡으려는 어량에 가지
말고, 내가 고기를 잡으려는 통발을 들추지 마.' 이것은 새 아내가 자신의
물건에 손을 대는 것을 남편이 허락하지 말라는 경고이다. 그러나 그녀가
다시 생각해 보면 나 자신 조차 남편이 받아들이지 않았는데, 어떻게 미래의
일을 걱정할 수 있겠는가?

제 4장은 그녀가 이전에 진심을 다해 집안일을 돌보고 이웃과 화목하게
지내왔던 것을 회상하여 이야기한다.

제 4장의 앞 네 구에서 말한다. "물이 깊은 곳에서 나는 뗏목과 배를

타고 지나가고, 물이 얕은 곳에서 나는 헤엄쳐 건너간다." 물에 떠서 가는 것을 유(游), 물에 잠겨 가는 것을 영(泳)이라고 한다. 이상의 네 구는 아래의 두 구 "무엇이 있고 없건 간에 힘써 구해다 주었지, 하유하망 민면구지 何有何亡 黽勉求之"를 비유한 것으로 쉽든 어렵든 간에 자신은 전력을 다해 가사를 돌보았다는 것을 말했다.

마지막 두 구는 이웃집이 환난을 당하면 자기가 전력을 다해 도와주러 갔었다고 말한다. 이상의 이러한 말들은 자신이 가정을 다스리고 이웃과 화목하게 지내면서 실수가 조금도 없었으니 마땅히 버림을 받아서는 안 된다고 표명하였다.

제5장은 지금과 옛날을 비교하면서 남편이 은혜를 잊고 의리를 저버렸음을 상세히 말한다.

이 장에서 앞의 네 구는 이렇게 말한다. 당신은 나에게 조금이라도 호감이 있기는커녕 오히려 나를 원수로 여겼다. 나의 선의는 거절당하고 받아들이지 못하여 마치 상인이 물건을 팔지만 팔 수 없는 물건과 같다.

이 장에서 뒤의 네 구의 대의는 이렇다. 이제까지 세월을 보내면서 오직 삶이라고 여길 수도 없는 궁지에 빠져 당신과 함께 고생을 할까 걱정했다. 이제 생계가 문제되지 않을만하니 당신은 나를 마치 독벌레 취급을 하는 것 같다.

제6장은 남편이 흉포하고 옛정을 생각하지 않는 것을 말하고 있다.

앞의 네 구에서 말한다. 당신이 새장가를 들자마자 곧바로 나를 버렸다. 나를 곤궁할 때만 잠시 필요로 하는 비축된 물건으로 마치 겨울에 먹기 위해 비축해 놓은 맛있는 음식처럼 억지로 잠시 놔두는 것과 같다는 것을 말한다. 여기서 "겨울을 나기 위한 맛있는 음식, 지축어동 旨蓄御冬"은 남편의 이기적이고 비루한 연애관을 비유한 것이다.

뒤의 네 구는 남편이 의(義)와 정(情)을 단절한 이후에 그녀에 대한

태도가 포악해져 때리고 욕을 할 뿐 아니라 고생스런 많은 일을 그녀에게
시킨다는 것을 말한다. 그녀는 남편이 옛 정을 생각하지 않는 것을 원망하고
한스러워 한다. 마지막에 그녀는 "당신이 당초에 그렇게 나를 사랑했던가!"
라고 말한다.

이 시는 일인칭의 말투로 버림받은 아내의 불행한 운명을 서술하였다.
제 1장은 앞으로 버려질 것으로부터 시작하여 제 2, 3장은 버려진 것을
서술하였다. 제 4, 5장은 결혼한 후의 생활을 회상하며 썼고 제 6장은
젊은 시절 부부간의 사랑했던 세월로 결말을 맺는다. 시에서 버려진 아내는
그녀를 버리고 돌보지 않는 남편에게 완곡히 하소연을 하고 뜻을 굽혀
타이르며, 치정에 빠진 그 마음이 바뀌어 돌아오기를 바란다. 그녀의 하소연
은 사람으로 하여금 쉽게 눈물이 나오도록 한다. 그러나 단지 새것을 좋아하
고 옛것을 싫어하는 남편에게는 감동을 줄 수 없는 것이 안타깝다. 독자는
이렇게 버림받은 아내의 성격이 너무 연약하여 그 불행을 슬퍼하지만 다투려
하지 않으면서 읊조리고 있다는 것을 반드시 느낄 수 있을 것이다.

역대 제가의 평설

《모시서 毛詩序》: "〈곡풍 谷風〉은 부부의 도가 상실된 것을 풍자한
것이다. 위나라 사람이 그 윗사람을 변화시키고자 신혼에 빠져 그의 옛
아내를 버려 부부가 헤어지게 되고 나라의 풍속이 파괴되었음을 말한 것이
다."

《열녀전 列女傳》: "남편이 총애하는 새 첩을 얻고 옛 아내를 잊으니
의를 버린 것이다. 새 여자를 좋아하고 옛 아내를 업신여기니 은혜가 없다.
그 사람과 힘써 재난을 막고 부유해지자 돌보지 않았으니 예의가 없다.

…… 《시경 詩經》에서 말하지 않았던가? '채봉채비 …… 급이동사 采葑采菲 …… 及爾同死' 아내와 고난을 같이 하고 비록 작은 잘못이 있어도 오히려 그와 죽음을 같이하고 버리지 말아야 하는데 하물며 새 아내와 즐기며 옛 아내를 잊을 수 있는가?"

주희(朱熹) 《시집전 詩集傳》: "아내가 남편에게 버림받아 이 시를 지어서 그 슬프고 원망스런 심정을 서술했다.

《변설 辨說》: "역시 그 윗사람을 교화하는 뜻은 아직 보이지 않는다."

방옥윤(方玉潤) 《시경원시 詩經原始》: "이 시 전제가 모두 버림받은 아내의 가사라는 점은 저절로 이의가 없다. 그런데 '범민유상, 포복구지 凡民有喪, 匍匐救之'는 공적인 일을 첫째로 삼고 정의를 지향하며 뜻을 품는 선비와 함께 기개를 같이 한다고는 말할 수 없다. …… 또 '석육공육국, 급이전복 昔育恐育鞫, 及爾顚覆'도 위험에 처한 사람을 도와주고 곤궁에 빠진 사람을 구제함이 있는 것은 아니므로 고난을 걱정하고 함께 슬퍼하는 사람이라고 아직은 자임할 수 없다. 더구나 어찌 버림받은 부녀자가 맡을 수 있겠는가? 이 시어는 비록 부녀자의 말이지만 그 뜻은 장부의 것이다. 그러므로 그것이 가탁한 가사임을 알 수 있다."

오개생(吳闓生) 《시의회통 詩意會通》: "가만히 생각해보니 이 사람은 임금에게 뜻을 얻지 못한 신하인데 버려진 아내의 말에 가탁하여 스스로 슬퍼하는 것이 아닌가 생각 든다. 반드시 부인이 지은 것은 아니라고 본다."

문일다(聞一多) 《풍시유초 風詩類抄》: "버림받은 아내가 차마 스스로 결정을 하지 못하고 있다."

진자전(陳子展) 《시경직해 詩經直解》: "〈곡풍 谷風〉은 부부의 도를 잃어 남편이 옛 사람을 버리고 새 사람을 귀여워한다. 버림받은 아내가 하소연을 하니 피가 끓고 눈물이 흐르는 걸작이다. 《시서 詩序》에서는 교화를 말하는데 시의 뜻을 크게 해치지는 않았다. 시의 뜻이 분명하여 쟁론이 적어

보인다. 배우자에게 다툼이 있는 것 같다는 말은 여전히 《서 序》의 학설에 있는 것이다. …… 나의 의견으로는 〈곡풍 谷風〉은 실제로 민간의 이야기가 시로 된 것으로 한 편의 운문소설로 읽을 수도 있다. 편 중에는 이야기, 결구, 주제가 있는데, 상세하고 완정하며 돌출적으로 개괄된 예술적 수법은 단편소설의 명인을 배출한 것과 같다고 말할 수 있다.”

여관영(余冠英) 《시경선 詩經選》: “이것은 버림받은 아내의 시로서 옛 남편의 무정함과 자신의 치정을 이야기하고 있다.”

고형(高亨) 《시경금주 詩經今注》: “이 시의 주인은 노동하는 아내다. 그녀와 그녀의 남편은 각기 가정형편이 매우 가난하였으나 나중에 점점 부유하게 되었다. 그녀의 남편은 다른 여자에게 장가들고 그녀를 내쫓아 버렸다. 시 전체는 그녀가 남편에게 괴로움을 하소연하고 분개하며 원망하고 책망하는 것을 썼다.”

원매(袁梅) 《시경역주 詩經譯注》: “이것은 버림받은 아내의 시다. 이 여자의 남편은 새 것을 좋아하고 옛 것을 싫어하여 첩에게 장가를 들어 아내를 버렸다. 아내는 남편의 학대를 견딜 수 없어 슬픔과 분노가 번갈아 들었다. 남편에 대한 질책을 하면서 아울러 자신의 고충을 하소연하고 있다. 중간부터는 고대 혼인제도의 불합리함이 폭로된다. 시의 뜻은 은근히 사람을 감동시켜 한번 부르면 세 번 탄식하게 된다. 원망과 분노, 그리고 치정이 엇갈리고 남은 슬픔이 아직도 미진하니 격앙되어 길게 한숨 쉰다.

정준영(程俊英) 《시경역주 詩經譯注》: “이것은 버림받은 아내가 괴로움을 하소연하는 시다. 그녀의 남편은 원래 가난한 농부였다. 신혼부부가 열심히 일해서 생활이 점점 좋아지게 되니 남편이 변심을 하였다.”

김계화(金啓華) 《시경전역 詩經全譯》: “버림받은 아내의 슬픔과 원망, 그리고 그녀가 자신의 고생과 근면을 상세히 설명하며 남편의 무정함을 고발하고 있다.”

번수운(樊樹雲) 《詩經全譯注 시경전역주》: "이것은 버림받은 아내의 원한을 담은 시다. 한 여인이 남편의 버림을 받아 집을 떠날 때 자신의 불행, 남편이 새 것을 좋아하고 옛 것을 싫어하는 행위에 대해 매우 비난하고 그와 동고동락한 생활이 괴로운 기억으로 남았다는 것을 토로하고 있다."

강음향(江陰香) 《시경역주 詩經譯注》: "이는 아내가 남편에게 버림을 받자 이 시를 지어 그녀 자신의 슬픈 생각을 이야기한 것이다. 일설에는 이것은 신하가 임금하게 추방당한 것이라고 하는데 역시 통한다."

3. 〈맹 氓〉[위풍 衛風]①

氓之蚩蚩②	맹지치치	외지에서 온 남자 히죽거리며
抱布貿絲③	포포무사	베를 안고서 실과 바꾼다더니
匪來貿絲	비래무사	실을 바꾸러 온 것이 아니고
來卽我謀④	내즉아모	혼사를 상의하러 나에게 접근했네
送子涉淇⑤	송자섭기	그대를 전송하느라 기수를 건너
至于頓丘⑥	지우돈구	돈구까지 이르렀지
匪我愆期⑦	비아건기	내가 약속을 어기는 게 아니라
子無良媒	자무양매	그대에게 좋은 중매가 없어서이지
將子無怒⑧	장자무노	청컨대 그대는 노여워하지 말고
秋以爲期	추이위기	가을로 기약하자구요
乘彼垝垣⑨	승피궤원	저 무너진 담장에 올라가
以望復關⑩	이망복관	돌아오는 수레를 바라보네
不見復關	불견복관	되돌아 오는 수레 안보여
泣涕漣漣⑪	읍체연연	눈물이 줄줄 흐르더니
旣見復關	기견복관	되돌려 오는 수레 보고나서는
載笑載言⑫	재소재언	바로 웃으며 말하였네
爾卜爾筮⑬	이복이서	그대가 본 거북점과 시초점
體無咎言⑭	체무구언	점괘에 나쁜 말이 없다하니
以爾車來	이이거래	그대의 수레타고 와서
以我賄遷⑮	이아유천	내 혼수품을 옮겨가야지
桑之未落	상지미락	뽕잎이 떨어지지 않았을 땐
其葉沃若⑯	기엽옥약	그 잎이 윤택하고 부드럽더라
于嗟鳩兮⑰	우차구혜	아, 비둘기여
無食桑葚⑱	무식상심	오디를 따먹지 말지어다
于嗟女兮	우차여혜	아, 여자들이여
無與士耽	무여사탐	남자에게 탐닉하지 말라
士之耽兮⑲	사지탐혜	남자가 탐닉하면
猶可說也⑳	유가설야	그래도 벗어날 수 있지만

女之耽兮	여지탐혜	여자가 탐닉하면
不可說也	불가설야	벗어날 수 없느니라
桑之落矣	상지락의	뽕잎이 지고나니
其黃而隕㉑	기황이운	누렇게 시들어 떨어진다
自我徂爾㉒	자아조이	내 그대에게 시집간 뒤로
三歲食貧㉓	삼세식빈	삼년 동안 가난하게 먹고 살았지
淇水湯湯㉔	기수상상	기수가 넘실넘실 흐르니
漸車帷裳㉕	점거유상	수레의 휘장이 적시는구나
女也不爽㉖	여야불상	여자는 어긋나지 않았는데
士貳其行㉗	사이기행	남자가 행실을 그르치네
士也罔極㉘	사야망극	남자가 지조가 없으니
二三其德㉙	이삼기덕	그 정을 이랬다저랬다 하네
三歲爲婦	삼세위부	삼년 동안 아내가 되어
靡室勞矣㉚	미실로의	집안일을 수고롭다 하지 않고
夙興夜寐㉛	숙흥야매	일찍 일어나 밤늦게 자느라
靡有朝矣	미유조의	아침조차 있지 않았네
言旣遂矣㉜	언기수의	이제 생활이 안정되자
至于暴矣㉝	지우포의	횡포가 잇따르는데
兄弟不知	형제부지	내 형제들 이를 알지 못하고
咥其笑矣㉞	희기소의	허허 하며 크게 웃는구나
靜言思之	정언사지	조용히 생각해 보니
躬自悼矣㉟	궁자도의	내 자신이 서글프구나
及爾偕老㊱	급이해로	그대와 함께 늙고자 했더니
老使我怨	노사아원	늙을수록 나를 원망하게 하네
淇則有岸	기즉유안	기수에는 언덕이 있고
隰則有泮㊲	습즉유반	습지에는 물가가 있듯이
總角之宴㊳	총각지연	미혼시절 즐거울 적에
言笑晏晏㊴	언소안안	웃고 말하며 다정했건만
信誓旦旦㊵	신서단단	간절한 약속과 맹세가

不思其反^⑪	불사기반	이렇게 변심할 줄 생각 못했네
反是不思^⑫	반시불사	맹세를 저버리고 돌아보지도 않으니
亦已焉哉^⑬	역이언재	이제는 모든 게 끝났다

시구 풀이

① 〈氓 맹〉은 버림받은 여자의 시다.

衛(위): 나라이름, 지금의 하남 북부에서 하북 남쪽에 이르는 곳.

② 氓(맹): 옛날에는 외지에서 온 백성을 지칭했다. 여기서는 시 속의 남자 주인공에 대한 칭호이다.

蚩蚩(치치): 히죽거리며 웃는 모양.

③ 貿(무): 교환하다. 베를 안고서 실을 사는 것은 물건으로 물건을 바꾸는 것. 즉 물물교환이다.

④ 卽(즉): 접근하다.

謀(모): 상의하다. 혼사를 상의하는 것을 가리킨다.

⑤ 涉(섭): 건너다.

淇(기): 강 이름. 지금의 하남성 기현에 있다.

⑥ 頓丘(돈구): 지명. 지금의 하남 청풍현(淸豊縣)에 있다.

⑦ 愆(건): (기일을) 어기다. 늦추다.

⑧ 將(장): 청구하다. 요청하다.

⑨ 乘(승): 위에 오르다.

垝垣(궤원): 무너져 내려 부서진 흙담.

⑩ 復(복): 돌이키다.

關(관): 왕래하는 길목에 설치된 검문소, 세관. 이곳은 타지 사람이 왔을 때 반드시 지나는 곳이다.

復關(복관): 수레를 되돌리다.

關(관): (기차, 자동차등의) 차간.

⑪ 涕(체): 눈물.

  漣漣(연연): 눈물을 흘리는 모양.

⑫ 載(재): 즉. 곧.

⑬ 卜(복): 점괘. 불에 탄 거북 껍질 위의 갈라진 틈으로 길흉을 판단
  한다.

  筮(서): 시초[가새풀]. 톱풀. 가지를 배열해서 점괘를 추산해 낸다.

⑭ 體(체): 괘체. 즉 거북이와 톱풀 줄기로 점을 쳐서 나타나는 괘의
  상이다.

  咎言(구언): 길하거나 이롭지 않은 말.

⑮ 賄(유): 재물. 여기서는 시집 갈 때 가지고 가는 물품을 가리킨다.

  遷(천): 이사하다.

⑯ 沃若(옥약): 나뭇잎의 윤택하고 유연함을 형용한다.

⑰ 于嗟(우차): 감탄사.

  鳩(구): 산비둘기.

⑱ 桑葚(상심): 뽕나무의 열매. 비둘기가 뽕나무 열매를 많이 먹으면
  취한다고 전해진다.

⑲ 眈(탐): 연애에 심취하다.

⑳ 說(설): "脫(탈)"과 같다. 벗어나다.

㉑ 隕(운): 떨어진다.

㉒ 徂(조): 가다.

㉓ 三歲(삼세): 여러 해. "三"은 허수이고, 그 많음을 말한다.

㉔ 湯湯(상상): 물의 흐르는 형세가 왕성한 모양.

㉕ 漸(점): 젖다.

  帷裳(유상): 여자가 타는 수레의 차간 양옆의 장식물. 치마처럼 휘
  장을 늘어뜨린 것(※).

㉖ 爽(상): 잘못하다.

㉗ 貳(이): 마땅히 "貣(특: 어긋나다)"으로 쓰여야 한다. 오차. 편차.

㉘ 罔極(망극): 수시로 변함이 반복된다.

㉙ 二三其德(이삼기덕): 남자가 딴 마음을 품어 정을 한곳에 쏟지 않는 것을 가리킨다.

㉚ 靡(미): 없다. 아니하다.

室勞(실로): 집안일에 힘쓰다.

㉛ 夙興(숙흥): 일찍 일어나다.

夜寐(야매): 늦게 자다.

㉜ 言(언): 어조사.

遂(수): 안정.

㉝ 暴(포): 횡포.

㉞ 咥其(희기): 히히 허허 하며 크게 웃는 모양.

㉟ 躬(궁): 자기.

悼(도): 상심.

㊱ 及(급): 함께 하다.

偕老(해로): 남편과 아내가 늙을 때까지 함께 생활함.

㊲ 隰(습): 낮은 습지.

泮(반): 물가.

㊳ 總角(총각): 아이들이 어린 시절에 머리카락을 양쪽으로 작게 땋아 묶는 것. 여기서는 어린 시절을 가리키다.

宴(연): 안락.

㊴ 晏晏(안안): 화기애애하고 따뜻하며 상냥한 모양.

㊵ 旦旦(단단): 맹세의 간절함을 형용한다.

㊶ 不思(불사): 생각하지 못하다.

反(반): 변심.

㊷ 反(반): 위반하다.

是(시): 이것. 처음의 맹세를 가리킨다.

不思(불사): 다시는 돌아봐 주지 않는다.

㊽ 已(이): 그만두다. 이 시구에서는 "더 이상 말하지 말라" "그만둬
    라"의 의미.

![감상과 해설]

〈맹 氓〉이 시는 이혼한 부녀자가 그녀의 어긋나버린 애정과 불행한
혼인을 하소연하고, 그녀의 후회, 그녀의 원한, 그리고 그녀의 결별을 표현하
였다.

전체 시는 모두 6장이다.

제 1장은 연애를 묘사하였다. 처음에 "맹 氓"이라 부르는 남자가 "베를
안고서 실과 바꾸러 오더니, 포포무사 抱布貿絲"를 구실 삼아 혼사를 의논하
기 위해 그녀를 찾아 왔고, 그녀는 바로 응답하지 않았다. 그를 배웅하러
기수를 건너 어느 길가에서, 그녀는 그에게 설명했다. "내가 약속을 어기는
게 아니라 그대에게 좋은 중매가 없어서이지, 비아건기 자무양매 匪我愆期
子無良媒"는 즉, 내가 결혼의 기일을 늦추려 뜻이 있어서가 아니라, 당신이
의견을 맞춰볼 중매쟁이가 없기 때문이라고 한다. 그녀는 그에게 화내지
말고 또 가을철에 혼인 날짜를 잡자고 약속을 한다.

제 2장은 결혼을 묘사한다. 그녀와 그 남자는 헤어진 후, 항상 외진 곳에서
숨어서 그를 기다린다. 그를 보지 못할 때는 곧 상심하여 눈물을 흘린다.
그를 보면 곧 웃으며 이야기한다. 그가 혼사를 위해 점을 쳤는데 그녀는
점괘의 형상이 길하고 상서롭다는 것을 알고서 흔쾌히 그에게 시집갔다.

제 3장은 회한을 묘사하였다. 먼저 뽕나무 잎이 풍성하여 아직 떨어지지
않을 때 뽕잎의 두툼하고 윤택한 것으로써 초기에 그 남자의 그녀에 대한
감정이 깊고 두터움에 비유하였다. 그런 뒤에 비둘기는 오디(뽕 열매, 사랑의
결실)를 먹고 취하지 말라는 경고를 빌어서 어리석은 생각에 빠진 여자들이

남자에 너무 연연해서는 안된다고 권고한다. 왜냐하면 책임을 지지 않는 남자는 아주 쉽게 한 여인을 사랑하게 되고, 또 아주 쉽게 한 여인을 떨쳐낼 수 있지만, 여자들은 일단 한 번 사랑의 올가미에 빠지면 스스로 빠져나오기가 매우 어렵기 때문이다.

제 4장은 버림받은 것을 묘사했다. 먼저 뽕잎이 이미 다 떨어져 말라서 누렇게 되고 시들시들한 것으로써 그녀에 대한 그 남자의 마음이 쇠퇴하고 있음을 비유하였다. 이어서 자기는 결혼 후 비록 장기간 동안 빈곤한 생활을 하였으나 조금도 원망의 말을 하지 않았음을 하소연하고 있다. 이제, 자기는 남편에게 이혼 당한 이후 수레를 타고 가면서 기수 강물에 수레간 양옆을 적시며, 쓸쓸하고 적막하게 친정으로 돌아간다. 그러한 뒤에 자기가 이혼 당한 원인은 남자가 다른 마음을 품어 변덕스럽기 짝이 없었기 때문이며 본인은 조금의 과오도 없었음을 설명하였다.

제 5장은 스스로 상심하고 있음을 묘사했다. 혼인 후 다년간 그녀는 일찍 일어나고 늦게 자면서 혼자서 집안 살림을 챙겼다. 그리고 나서 비록 생활이 호전되었지만 남자는 도리어 그녀에게 난폭하기 시작했다. 형제들은 그녀가 당한 처지를 알지 못하고, 그녀가 친정에 돌아온 것을 보고 매우 즐거워하였다. 그녀는 마음을 가라앉혀, 지난날을 회상하고 앞날을 생각하면서, 단지 혼자서 상심하며 눈물을 흘릴 수밖에 없다.

제 6장은 결별을 묘사하였다. 애당초 흰머리로 늙을 때까지 그와 지내기로 서로 약속하였음을 먼저 말했다. 그러나 지금은 흰머리로 함께 늙는다는 말은 자기로 하여금 더욱 원한을 증가시키게 할 뿐이다. 다음에는 "기수에는 언덕이 있고 연못에는 물가 둔덕이 있다."는 것으로 모든 일에는 한계가 있음을 표현하였다. 이 말의 속뜻은 만약 이러한 남자와 늙을 때까지 지내는 것은 바로 고해가 끝이 없는 것이다.

이어서 말하기를 나이가 젊었을 때 자기와 그 남자는 일단 마음을 던져 뜻을 모아 열렬히 사랑을 하였고, 그는 일찍이 굳게 맹세하며 영원히 서로 사랑 할 것을 표시하였기에 그가 그렇게 빨리 마음이 변하리라고는 생각을 못했다고 한다.

제일 나중에 "맹세를 저버리고 돌아보지도 않으니 이제는 모든게 끝났다. 반시불사 역이언재 反是不思 亦已焉哉"라고 했다. 즉 그의 굳은 맹세에 대해 다시는 어떠한 환상도 남아있지 않으며 이로부터 단호하게 관계를 끊겠다는 것이다.

이 시는 버림받은 아내의 말로서 버림받아 친정으로 돌아가는 길에 지었다. 제 1, 2장은 연애와 결혼의 경과를 묘사했고 제3장은 연애와 결혼에 대한 후회를 묘사했고, 제 4, 5장은 자기의 미덕과 남자의 변심을 묘사했다. 마지막 장은 그녀의 비통한 심정과 그와 결별하는 굳건하고 확정된 태도를 표현하였다.

제3장은 시 전체의 방향을 바꿈으로서, 제3장을 경계선으로 하여 이 시의 내용은 선명하고 강렬한 대비를 형성한다. 그 하나는 그 남자의 전후 태도의 대비이고, 둘은 여자 주인공이 당한 처지와 심정의 대비이다. 이러한 전후의 대비는 그 남자의 흉포하고 인정 없는 성격과 여주인공의 선량하고 온후한 품성을 돌출되도록 표현하였다. 비록 여주인공이 최후에 결별하면서 변심한 사내를 단호히 끊는다고 표시하였지만 그녀의 운명은 너무도 비참하다.

역대 제가의 평설

《모시서 毛詩序》: "〈맹 氓〉은 시대를 풍자했다. 선공 때 예의가 소멸되고 음란한 풍조가 크게 퍼져 남녀가 분별이 없었다. 마침내 서로 유혹하여 도망가서 화려함이 다하고 용모가 쇠하게 되면 다시 상대를 버리고 등졌다. 간혹 바로 곤궁하게 되어 스스로 후회하기도 하고 그 짝을 잃기도 하였다.

그래서 그 일을 서술하여 풍자하였다. 바름으로 돌아감을 찬미하고 음란함을 풍자했다."

주희(朱熹) 《시서변설 詩序辨說》: "이것은 풍자시가 아니다. 선공은 아직 고찰할 수 없기 때문에 '그 일을 서술하여' 이하 역시 옳지 않다. '올바름으로 돌아감을 찬미하고'는 더욱 이치에 닿지 않는다."

《시집전 詩集傳》: "이것은 음란한 부녀자가 남에게 버림받아서 스스로 그 일을 서술하여 그 회한의 뜻을 말하였다."

방옥윤(方玉潤) 《시경원시 詩經原始》: "〈맹 氓〉은 버림받은 부녀자가 지은 시다. …… 여자는 아마 사랑에 눈먼 사람이었을 뿐이리라. 그러므로 스스로 한탄하였다. 즉 뽕나무 잎의 무성함과 쇠락함으로써 외모의 번성함과 쇠락을 비유하여 외지에서 온 남자가 소중히 여기는 것은 외모에 있고 애정에 있지 않음을 보여준다. 자신은 애정에 얽매임을 벗어나지 못해서 한 번 잘못되고 두 번 잘못되어 말할 수 없을 정도에 이르렀다. 욕정을 전환시켜 스스로 훈계하니 그 심정이 더욱 자랑스러울 뿐이다.

이백(李白) 시에 이르길 "외모로 다른 사람을 섬기면 얼마간의 호사를 누릴 수 있을 뿐. 以色事他人, 能得幾時好"이라고 했다. 하물며 섬기는 대상이 히죽거리는 외지인임에랴 …… 이 여자는 처음부터 끝까지 어쨌든 애정 때문에 잘못되었으니 진실로 사랑의 도피로 절개를 잃은 자와 비교할 수는 없다."

진자전(陳子展) 《시경직해 詩經直解》: "〈맹 氓〉과 〈곡풍 谷風〉은 모두 버림받은 여자의 시이며, 한편으로는 그 남편이 새로 여자를 얻어 옛 여자(아내)를 잊은 것을 상심하고, 한편으로는 그 남편이 처음에 사랑하였으나 나중에 버린 것을 원망한다. 이것은 모두 민간 남녀의 혼인하고 변심하는 이야기에 관련된 시이며, 마치 단편소설을 읽는 듯하다.

《序》에서는 이 시를 두고 타인이 그 부녀자를 위해서 그 일을 서술하여

시대를 풍자 했다고 한다. 《주전 朱傳》에서 말했다. '이것은 음란한 여자가 다른 사람에게 버림받고 스스로 그 일을 서술해서 그 회한의 뜻을 표현했다.' …… 내 소견에, 이 시는 아내가 스스로 지은 것이다. 그렇지 않고 타인이 대신 진술한 것이라고 한다면 논쟁이 반복되어 영원히 결정할 수 없다. 즉 시 전체를 통해 누구의 어조인가를 살펴보면, 시에서 나를 지칭하는 것은 작가 자신이므로 아내가 자작한 것이라고 결정해도 옳지 않을 것이 없다.

여관영(余冠英) 《시경선역 詩經選譯》: "한 이혼한 여자가 그녀의 잘못된 애정과 불행한 혼인, 그녀의 후회, 그녀의 한과 그녀의 결단을 진술하였다."

고형(高亨) 《시경금주 詩經今注》: "이 시의 주인공은 노동하는 여자다. 그녀의 남편은 원래 농민이다. 그들은 연애해서 결혼하여 몇 년간 궁핍한 날들은 보낸 뒤에 가정 형편이 점차 넉넉해 졌다. 그녀가 늙어 외모가 쇠해지자 결국 그녀의 남편에게 버림을 받게 되었다. 시의 주요 내용은 지난날을 후회하고 현재를 저주하며 남편을 원망하고 자기의 운명을 개탄한 것이다."

원매(袁梅) 《시경역주 詩經譯注》: 이것은 한 노동하는 여인이 혼인문제에 있어서 기만당하고 버림받은 후에 부른 원망의 노래이다. 그녀는 고달프고 알릴 곳 없는 환경 아래에서, 당초에 그녀에게 구혼했던 남편이 얼마나 은근하게 그녀에게 구혼했는지, 신혼 후 한 가닥 은애로운 마음조차도 시간의 경과에 따라 생활 속에서 얼마나 변화가 많았던 풍파인지를 회상하였다. 또 눈앞의 비참한 운명을 생각했다. 지난날을 회상하고 앞일을 여러모로 생각하자 더욱 남편에게 한이 맺힌다. 그녀는 마침내 화가 나서 변화무상한 남편과의 관계를 단호하고 철저하게 끊어 내기로 결정한다.

번수운(樊樹雲) 《시경전역주 詩經全譯注》: "이것은 버림받은 여자의 유명한 시다. 시인은 연애와 결혼에서부터 버림받은 데 이르기까지의 과정

을 진술하였다. 아름다움과 추함의 대비에서는 버림받은 여자의 불행한
운명을 반영함으로써 계급사회 내의 여성의 비참한 운명을 심각하게 표현하
였다."

정준영(程俊英)《시경역주 詩經譯注》: "이것은 버림받은 여자의 시다.
시에서 여주인공은 자기의 연애결혼의 경과와 혼인 후 학대받고 버림받은
운명을 후회하며 한스럽게 서술하였다. 그러나 그녀는 결코 미련을 남겨
배회 하지 않고 '이제는 모든 게 끝났다 亦已焉哉'는 결연한 태도를 품으며
그녀의 강건한 성격과 반항적 정신을 표시하였다."

김계화(金啓華)《시경전역 詩經全譯》: "버림받은 여자가 그녀의 불행한
운명을 서술하였다. 남자가 구혼 할 때는 허장성세로 하였다. 결혼이 이루어
진 후 그녀에게 집안일을 떠맡기고 그녀를 난폭하게 대하기 시작하였다.
그녀는 형제들에게 웃음거리가 되고 혼자서 비탄에 빠졌다. 최후에는 조금
의 미련도 없음을 표시하고 단념한다."

원유안(袁愈荌), 당막요(唐莫堯)《시경전역 詩經全譯》: "성실하고 선량
한 여인이 그녀의 버림받은 불행한 운명을 슬프게 이야기하였다. 이 시는
당시의 부녀자들이 압박당하던 사회 제도를 반영하고 후세에 〈비파행
琵琶行〉, 〈장한가 長恨歌〉, 〈공작동남비 孔雀東南飛〉 등 유명한 시편의
효시가 되었다."

강음향(江陰香)《시경역주 詩經譯注》: "이것은 부정한 여자가 어떤 사람
에게 버림받아서 그녀가 자기의 일을 이야기하면서 회한의 뜻을 표시하였
다."

九

상우(喪偶: 사별한 배우자)

    옛 부터 "백년해로"는 바로 사랑하는 부부의 공통된 바람이다. 배우자가 일찍 세상을 뜨는 것은 인생 최대의 불행이다. 살아 있는 한쪽은 옛정을 깊이 마음에 새기고 이 세상을 떠나 다른 세상으로 가서 배우자와 잇대어 사랑하기를 기다린다.

    〈녹의 綠衣〉(패풍 邶風) 중의 한 남자는 침통하게 세상을 뜬 아내를 추모한다. 그는 자신이 입고 있는 옷을 보는데, 이는 아내가 손수 바느질하여 만들어 준 것이다. 그는 이전에 자신에게 어떤 잘못이 있으면, 아내가 좋은 말로 충고해 주었던 것을 생각한다. 부부가 의기투합하고, 서로 아끼며 사랑했다. 지금, 아내가 인간 세상에 없으니, 아내를 잃은 고통이 영원히 끝나지 않을 것임을 느낀다.

    〈갈생 葛生〉(당풍 唐風) 중의 한 여자는 마음속 깊이 세상을 뜬 남편을 애도한다. 여름의 기나긴 낮부터 겨울의 지루한 밤까지, 또한 겨울의 지루한 밤부터 여름의 기나긴 낮까지 그녀는 시간이 유수처럼 빨리 사라지는 것만 볼 수 있고, 남편이 돌아오는 것은 볼 수가 없다. 그녀는 의지할 데가 없고, 외롭고 가난하여 견디기가 힘들다.

부부가 함께 생활할 때 쓰던 물건을 보기만 해도, 그녀의 마음은 곧 비통해진다. 그녀의 유일한 희망은 죽은 후 남편과 합장하여 영원히 이별하지 않는 것이다.

1. 〈녹의 綠衣〉[패풍 邶風]①

綠兮衣兮	녹혜의혜	녹색이여 저고리여
綠衣黃裏②	녹의황리	녹색 저고리에 황색 속옷
心之憂矣	심지우의	마음에 이는 시름은
曷維其已	갈유기이	언제나 그치려나
綠兮衣兮	녹혜의혜	녹색이여 저고리여
綠衣黃裳	녹의황상	녹색 저고리에 황색 바지
心之憂矣	심지우의	마음에 이는 시름은
曷維其亡③	갈유기망	언제나 없어지려나
綠兮絲兮	녹혜사혜	녹색이여 실이여
汝所治兮	여소치혜	그대가 물을 들였지
我思古人④	아사고인	내 고인을 생각하니
俾無訧兮⑤	비무우혜	날 허물이 없게 해주었네
絺兮綌兮⑥	치혜격혜	고운 베옷 거친 베옷
凄其以風	처기이풍	바람에 을씨년스럽구나
我思古人	아사고인	내 고인을 생각하니
實獲我心	실획아심	실로 내 마음 알아주었네

시구 풀이

① 〈綠衣 녹의〉는 죽은 아내를 그리워하는 시다.

邶(패): 지금의 하남성 기현 이북에서 탕음현에 이르는 지역.

② 裏(리): 안에 입는 옷. 곧 아랫 장의 "황상 黃裳"의 裳을 가리킨다.
상하로 말하자면, 의(衣)는 웃옷이며, 상(裳)은 아래에 입는 옷이
다. 안팎으로 말하자면, 衣는 겉옷이며, 裳은 속옷이다.

③ 亡(망): 忘이라 된 것도 있다. 잊다.

④ 古人(고인): 죽은 사람. 여기서는 죽은 아내를 가리킨다.

⑤ 訧((우): 잘못. 과실.

　俾(비): ~로 하여금 ~하게하다.

⑥ 絺(치): 고운 갈포(칡의 섬유로 짠 베).

　綌(격): 거친 갈포.

감상과 해설

〈녹의 綠衣〉는 물건을 보고 사람이 생각나서 아내를 애도하여 그리워하는 시다.

전체 시는 모두 4장으로 나뉘어져 있다.

제 1장은 녹색의 겉옷과 황색의 내의는 아내가 직접 바느질하여 만든 것으로, 내의와 겉옷을 모두 자신이 여전히 입고 있지만 옷을 만들어 준 아내는 이 세상에 없다는 것을 묘사한다. "마음에 이는 시름은 언제나 그치려나, 심지우의 갈유기이 心之憂矣 曷維其已"는 마음속의 슬픔이 언제쯤에야 그칠 것인지를 말하고 있다.

제 2장에서는 녹색의 웃옷과 황색의 하의는 아내가 손수 바느질해서 만든 것으로, 웃옷과 아래옷을 모두 자신이 여전히 입고 있지만 옷을 만들어준 아내는 이미 세상을 떠났다고 적었다. "마음에 이는 시름은 언제나 없어지려나, 심지우의 갈유기망 心之憂矣 曷維其亡"은 마음속의 슬픔이 언제쯤에나 잊혀질 것인지를 말하고 있다.

제 3장에서는 녹색의 실 한올한올 모두 아내의 솜씨 있는 손처리를 거친 것이라고 쓰고 있다. "내 고인을 생각하니 날 허물이 없게 해주었네, 아사고인 비무우혜 我思古人 俾無訧兮"는 죽은 아내가 생전에 자신을 바로

잡아 잘못을 범하지 않게 해주었음을 회상하고 있다.

제 4장은 죽은 아내가 갈포로 만들어준 옷을 입고 스스로 아주 시원함을 느낀다고 쓰고 있다. "내 고인을 생각하니 실로 내 마음 알아주었네, 아사고인 실획아심 我思古人 實獲我心"은 내가 세상을 떠난 아내를 생각해보니 그녀가 정말로 나의 마음을 알아주었다고 말한 것이다.

시인은 죽은 아내가 직접 만들어준 옷을 보며, 물건은 남아 있어도 아내는 이미 죽었다는 것을 통감하여 마음의 슬픔이 그치지 않는다. 겉옷, 속옷, 상의, 하의, 녹색실, 갈포의 순서대로 하나하나씩 써내려간다. 그러면서 첫째로 직접 옷을 만들어준 아내의 노고에 감사하고, 둘째로 아내의 어질고 현명한 품덕을 찬미하고, 셋째로 부부감정의 기쁨을 회상하고 있다.

요컨대, 아내가 만들어준 물건을 보며 아내를 그리워하는데 그 감정이 점점 발전하여, 현명한 아내를 잃은 비통함이 자연스럽게 나타나고 있는 것이다.

역대 제가의 쟁설

《모시서 毛詩序》: "〈녹의 綠衣〉는 위나라 장강(莊姜: 莊公의 부인)이 스스로를 상심하는 시다. 첩이 위로 참람하여, 부인이 그 지위를 잃자 이 시를 지은 것이다."

주희(朱熹)《시집전 詩集傳》: "장공이 첩에게 미혹되었으므로, 부인 장강이 현명했지만 그 지위를 잃게 되었다. 그래서 이 시를 지은 것이다. 녹색 겉옷에 황색 속옷을 입었다고 말함으로써 천한 첩이 득세하고 본처가 밀려남을 비유하여 자신으로 하여금 그 근심을 스스로 멈추지 못하게 한다고 했다."

요제항(姚際恒) 《시경통론 詩經通論》: 〈소서 小序〉에서 이르기를 '장강이 스스로를 상심하는 것'이라고 하였다. 《좌전 左傳》에 따르면 '위나라 장강은 아름다웠는데 자식이 없었다. 공자 주우(州吁)는 첩의 아들로 총애를 받고 싸우기를 좋아하였다. 장공이 그것을 금지시키지 않았기 때문에 장강이 그를 미워하였다.' 이 시에서부터 뒤의 여러 편들까지(※원래 《시경》의 순서에 의한 차례를 말함.) 모두 부녀자의 말씨로 표현되었다. 또한 모든 시에서 원망은 하고 있으나 노하지 않았다. 이것은 어진 부녀자이기 때문에 바로 장강이 지었다고 보는 것이 옳다."

문일다(聞一多) 《풍시유초 風詩類抄》: "옛 일에 느낀 것이다. 부녀자가 잘못이 없는데도 쫓겨났다. 이는 부인도 원하는 바가 아니었다. 훗날 그는 아내가 예전에 만들어준 옷 때문에 감동하고 그를 그리워하여 드디어 이 시를 지은 것이다. …… 옛 시 '새 사람이 비록 좋다고 해도, 옛 사람의 뛰어남보다 못하다'라는 말은 이미 쫓겨난 전처를 두고 이르는 것이다. 이 시에서 고인(古人)은 곧 죽은 사람(故人)과 같은 뜻이다."

진자전(陳子展) 《시경직해 詩經直解》: "〈녹의 綠衣〉는 위나라 장강이 부인으로써 그 지위를 잃고, 총애 받고 있는 첩을 시샘하며 스스로를 가련하게 여기는 시다. 시의 뜻은 자명하다. 《시서 詩序》의 말은 옳다. 이 시는 옛부터 심한 논쟁이 없었다. …… 다만 〈녹의 綠衣〉, 〈연연 燕燕〉을 관찰해 보면 '내(我)'라고 일컬은 것은 분명히 장강 자신이거나 혹은 시인이 장강을 대신한 것이다. 〈석인 碩人〉 시에서 석인만을 일컬은 것과는 같지 않다. 그러므로 장강이 직접 지은 것이 분명히 아니다. 아마 그때 그 나라의 시인이 장강을 대신해서 지어 주었을 것이다.

여관영(余冠英) 《시경선 詩經選》: "이것은 아내가 만들어준 물건을 보고 남자가 죽은 아내를 그리워하는 시다. '녹색의 웃옷과 황색의 바지'는 '죽은 아내'가 직접 만든 것으로, 옷은 아직도 자신이 입고 있는데, 옷을 만들어준 사람은 이미 보이지 않는다(생이별. 혹은 사별).

고형(高亨) 《시경금주 詩經今注》: "이 시는 남편이 죽은 아내를 애도하며 지은 것이다."

원매(袁梅) 《시경역주 詩經譯注》: "이 시는 배우자를 잃은 남자가 죽은 아내의 유물을 보자 무한한 슬픔을 느끼게 되고, 또 죽은 아내의 여러 좋은 점이 연상되어 더욱더 아내를 슬퍼하는 것이 끝이 없다."

김계화(金啓華) 《시경전역 詩經全譯》: "남편은 죽은 아내를 그리워 하는데, 만들어준 물건을 보니 아내가 생각난다. 그 애정을 잊기 어려운 것이다."

번수운(樊樹雲) 《시경전역주 詩經全譯注》: "죽은 아내를 애도하는 시다. 시인은 죽은 아내가 만들어 준 물건을 보고 생각이 끊이지 않아서 죽은 아내를 애도하기 위하여 지은 것이다."

원유안(袁愈荌), 당막요(唐莫堯) 《시경전역 詩經全譯》: "시인은 물건을 보고 상심하여 그 감정이 얽히자, 죽은 아내를 애도한다. 이 시는 죽은 사람을 애도하는 시[도망시 悼亡詩]의 근본이 되었다."

정준영(程俊英) 《시경역주 詩經譯注》: "이것은 시인이 물건을 보고 사람이 그리워져 가버린 아내를 생각하는 시다. 이 아내가 죽었는지 혹은 이혼한 것인지는 알 수가 없다."

강음향(江陰香) 《시경역주 詩經譯注》: "위나라 장공이 첩을 총애하자, 그의 부인 장강이 매우 현명하고 은혜로웠으나, 부인으로써 지위를 잃게 되어, 스스로 마음에 슬픔이 있었다. 그래서 이 시를 지은 것이다."

2. 〈갈생 葛生〉[당풍 唐風]①

葛生蒙楚②	갈생몽초	칡넝굴 자라 가시나무 덮고
蔹蔓于野③	염만우야	가위톱 덩굴 들판에 뻗었네
予美亡此④	여미망차	내 고운 님 여기 없으니
誰與獨處⑤	수여독처	누가 홀로 사는 나를 짝해줄까

葛生蒙棘	갈생몽극	칡덩굴 자라 대추나무 덮고
蔹蔓于域⑥	염만우역	가위톱 덩굴 묘지에 뻗었네
予美亡此	여미망차	나의 고운 님은 여기 없어
誰與獨息⑦	수여독식	누가 홀로 쉬는 나를 짝해줄까

角枕粲兮⑧	각침찬혜	뿔 베개 선명하고
錦衾爛兮⑨	금금란혜	비단 이불 빛나네
予美亡此	여미망차	내 고운 님 여기 없으니
誰與獨旦⑩	수여독단	누가 홀로 날 새는 나를 짝해줄까

夏之日	하지일	긴긴 여름 낮
冬之夜	동지야	긴긴 겨울 밤
百歲之後⑪	백세지후	백년 뒤에는
歸于其居⑫	귀우기거	그 머무는 곳으로 돌아가리

冬之夜	동지야	긴긴 겨울 밤
夏之日	하지일	긴긴 여름 낮
百歲之後	백세지후	백년 뒤에는
歸于其室⑬	귀우기실	그 방 안으로 돌아가리

시구 풀이

① 〈葛生 갈생〉은 여자가 죽은 남편을 애도한 시다.

唐風(당풍): 춘추시대 당나라(지금의 산서성 경내)의 시가.

② 葛(갈): 덩굴로 자라는 넝쿨 식물이다.

蒙(몽): 덮다.

楚(초): 가시나무.

③ 蘞(렴): 백렴(白蘞)이라고도 하는 가위톱인데 일종의 덩굴로써 더위잡고 오르는 야생초다.

蔓(만): 뻗어나다.

④ 予(여): 나.

美(미): 아름다운 사람. 여기서는 죽은 사람을 가리킨다.

亡(망): 있지 않다. 없어졌다.

此(차): 인간 세상을 가리킨다.

⑤ 誰與(수여): 누구와 함께 생활할까?

獨處(독처): 홀로 살다. 誰與獨處(수여독처)는 남편이 죽은 뒤 자기와 함께 지낼 사람이 없음을 말한 것이다. 일설에는 죽은 자가 홀로 교외에 있는 것을 가리킨다.

⑥ 域(역): 묘지.

⑦ 息(식): 잠자고 쉬다.

⑧ 角枕(각침): 모서리가 있는 네모난 베개. 일설에는 짐승 뿔로 장식한 베개.

粲(찬): 燦(찬)과 같다. 선명하고 화려한 모양.

⑨ 錦衾(금금): 비단으로 만든 이불. 각침과 금금은 그들 부부가 함께 살며 썼던 물건. 일설에는 각침과 금금이 모두 시체를 거두는 물품.

⑩ 獨旦(독단): 홀로 날이 샐 때까지 지냄

⑪ 百歲之後(백세지후): 죽은 뒤란 말과 같다. 여기서는 인간 연령의 극한선에서부터 말한 것이다.

⑫ 其居(기거): 죽은 사람이 머무는 곳. 무덤을 가리킨다.

⑬ 其室(기실): 무덤 안을 가리킨다.

감상과 해설

〈갈생 葛生〉은 부녀자가 죽은 남편을 애도하는 시다.

전체 시는 모두 5장으로 나뉜다.

제 1장은 칡, 가위톱 등의 넝쿨 생물로써 흥을 일으켜 처량한 환경을 묘사하여 여주인공이, 남편이 죽은 뒤에 외롭고 적막한 심정을 간접 표현했다. 옛날에는 칡넝쿨로 시신을 싼 뒤에도 관을 칡넝쿨로 얽는 풍속이 있다고 전해진다. 시인은 망자를 애도하면서 '칡넝쿨이 자라는 것, 갈생 葛生'으로 흥을 일으켜 전체 시를 비참한 분위기로 넘치게 만들었다.

제 2장도 여전히 칡, 가위톱 등의 넝쿨 식물로 흥을 일으켜 애달픈 분위기를 더욱 색칠하였다. 칡과 가위톱은 모두 더위잡고 올라가는 성질을 지닌 넝쿨식물이기에 반드시 다른 식물위에 붙어야만 비로소 생존할 수 있다. '넝쿨이 자라고' '가위풀이 뻗는, 염만 薟蔓' 것으로 흥을 일으켜 아내가 남편을 의지하는 생활을 비유하였다. 그런데 지금 남편은 이미 없으니 아내는 기댈 데가 없어서 바로 '가위톱이 묘지에 뻗어있다'는 것처럼 더위잡을 곳이 없다는 것이다.

제 1장의 '누가 홀로 사는 나를 짝해줄까, 수여독처 誰與獨處'와 제 2장의 '누가 홀로 쉬는 나를 짝해줄까, 수여독식 誰與獨息'은 모두 남편이 죽은 후 같이 지낼 사람이 없음을 말한 것은 물론 밝은 대낮이나 어두운 밤이나 언제나 자기 혼자라는 것으로 이는 여주인공의 과부 생활이 어려움을 탄식한 것이다.

제 3장은 물건을 보고 사람을 그리워하는 것이다. 그녀는 침상위의 베개와 이불을 보고 이들 물건이 모두 그 부부의 공동생활에 쓰던 물건이라고 느끼자 상심이 그치지 않는다. '누가 홀로 날 새는 나를 짝해줄까, 수여독단 誰與獨旦'은 남편이 죽은 뒤 밤마다 홀로서 날이 샐 때까지 참고 견디지만

날이 새어도 마음의 슬픔과 고통을 하소연할 사람이 없는 것을 말하고 있다.

제 4장과 제 5장은 그녀가 이제부터 긴긴 세월을 의지할 데도 없이 오직 죽기를 기다려 남편과 무덤을 같이해야 비로소 돌아가 잘 수 있음을 묘사하였다.

이 시는 한 젊은 아내가 짝을 잃은 뒤 외롭고 괴로워 의지할 데가 없어서 오직 자신의 형체와 그림자만이 서로 불쌍히 여기는 생활을 묘사했다. 아득한 대낮도 서로 짝할 사람 없고 긴긴 밤에는 더욱 견디기 어려웠다. 그녀는 오직 죽은 뒤에라야 남편과 무덤을 같이 하는 데 희망을 기댔다. 전체 시는 처참하고 고통스런 분위기가 충만 되어 읽는 이로 하여금 눈물을 재촉하게 한다.

역대 제가의 평설

《모시서 毛詩序》: "〈갈생 葛生〉은 진(晉) 헌공(獻公)을 풍자했다. 침략전쟁을 좋아하면 국민이 많이 죽는다."

주희(朱熹) 《시집전 詩集傳》: "아내는 그 남편이 오랫동안 원정을 나가 돌아오지 않았기 때문에 칡넝쿨 자라 가시나무 덮고 가위톱 덩굴 들판에 뻗어 있어 각기 의탁하는 바가 있음을 말했다. 그러나 나의 아름다운 님은 유독 여기에 없으니 누가 독수공방을 함께해 줄 것인가?"

요제항(姚際恒) 《시경통론 詩經通論》: "〈소서 小序〉에서 "헌공을 풍자했다"는 주장이 옳다. 조씨(曹氏)는 헌공 20년 동안 11번 전쟁했다고 헤아렸으므로 아내가 원정 나간 남편을 그리는 일이 많았을 것이다. 이 시는 혹 산 자를 그리워한 것, 혹 죽은 자를 애도한 것이라고 말하는데 산자를 그리워 한 것에 근거를 두는 것이 옳다."

　　오개생(吳闓生)《詩意會通 시의회통》: "그 가사는 과부가 남편을 애도하여 지었다."

　　문일다(聞一多)《풍시유초 風詩類抄》: "망자를 애도했다."

　　진자전(陳子展)《시경직해 詩經直解》: "〈갈생〉은 남편이 종군에서 돌아오지 않자 생사를 모르는 아내가 집에서 원망하고 그리워하면서 지었다. 《시서》는 틀리지 않았고,《정전》도 맞다. 3가(三家)도 이의가 없다. 송나라 유학자들도 새로운 설이 없다.

　　오직 왕백(王柏)이《시의 詩疑》에서 말한 것이 보일 뿐이다. '내가 여미(予美) 두 글자를 관찰해 보니 부부의 정당함이 아닌 것을 알 수 있다. 이는 반드시 사통한 사람을 애도한 것이다.'

　　그러나 이 주장은 근거 없는 오류이다. 아마도 그 자신의 생각에 사특함이 있고 심리상태가 비정상임을 알지 못한 것 같다. 어찌 신 프로이드주의로 이를 진단하고 분석할 수 있단 말인가? 〈소 騷〉에서 미인을 일컬었던 사례는 접어두고라도 〈시 詩〉에서도 그것이 입증된다. 〈진풍 방유작소, 陳風 防有鵲巢〉의 '수주여미 誰侜予美'에 대해 〈전 箋〉에서 '선공(宣公)을 미화한 것이다.'고 했으므로 '여미' 두 글자는 더러운 말이 아니다. 진환(陳奐)이 말했다. '아내가 남편을 미(美)라고 일컫는 것은 부(夫), 량(良)이라고 일컫는 것과 같다.'"

　　여관영(余冠英)《시경선 詩經選》: "이것은 여자가 애도를 한 것이거나 혹은 죽은 남편을 곡하는 시다."

　　원매(袁梅)《시경역주 詩經譯注》: "젊은 아내가 배우자를 잃어서 외롭고 괴로워 의지할 데 없는 생활을 지냈다. 그녀는 깊고 절실하게 죽은 남편을 그리워하며 충정과 순결한 애정을 품으면서 죽은 뒤에 황천에서 함께 영면하려고 한다."

　　정준영(程俊英)《시경역주 詩經譯注》: "이것은 아내가 남편을 애도한 시다. 시구는 처량하고 슬퍼서 사람을 깊이 감동시킨다."

고형(高亨)《시경금주 詩經今注》: "이것은 남자가 죽은 아내를 추도하는 시로서 옛 사람들이 말하는 도망시(悼亡詩)다."

번수운(樊樹雲)《시경전역주 詩經全譯注》: "이것은 죽은 아내를 애도하는 시다. 시인이 묘지에 서서 가시나무가 더부룩히 자라는 것을 보고 처량한 마음으로 죽은 아내가 여기에 홀로 묻혀 외롭고 괴롭게 짝이 없는 것을 생각하였다. 상심이 극에 달하여 자기가 죽은 뒤에 장차 아내와 같이 무덤에서 영면할 것을 연상하면서 위로와 애도를 보인 것이다. 일설에 이것은 종군했다가 죽은 남편을 추모하는 시라고 한다."

김계화(金啓華)《시경전역 詩經全譯》: "아내가 남편을 잃고 나서 처량하고 비통하여 세월을 견디기 힘들어한 것이다."

원유안(袁愈荌), 당막요(唐莫堯)《시경전역 詩經全譯》: "이것은 남편이 종군했다가 죽은 것을 애도한 시다. 반전(反戰) 사상을 지니고 있다."

강음향(江陰香)《시경역주 詩經譯注》: "이것은 아내가 그녀의 남편이 집을 나간 지 오래되어서 홀로 집에서 독수공방했다. 그래서 시에서 그녀의 원한을 표시했다."

후기(後記)

몇 해 전 봄에, 나는 몇 권의 애정 시집을 조사하다가 문득 《시경의 애정시》를 편찬하여 저술하고 싶은 욕구가 촉발되었다.

그러나 독서가 적은 탓인지 나는 이제껏 완전한 체계를 갖춘《시경》의 애정시를 소개하거나 분석한 전문서적을 보지 못했다.

만약 나의 노력을 통해 독자로 하여금 우리 중국의 먼 옛날 시대의 연애, 혼인, 그리고 가정의 풍모를 이해하게 할 수 있다면 이 얼마나 좋을까!

생각이 여기에 미치자 나는 즉각 착수하여 흥미진진하게 자료를 수집하고 정리하였다.

대학 중문과의 교수로서 매 학년 마다 두 개의 기초과목을 담당하였기 때문에 오직 강의 여가에만 쓸 수 있었다.

나는 이미 나이가 반백을 넘고 처자식이 딸린 처지라서 일상적인 가사를 뛰어 넘어 마음을 가라앉히고 원고를 쓸 수가 없었다. 매일 강의와 가사처리 이후에 얼마나 시간이 있겠는가? 늙은 소가 망가진 수레를 끌고서 앞으로 나간다면 몇 년 몇 달이나 걸려야 완성할 수 있을 것인가?

지금 돌이켜보니 내가 일년 반 만에 초고를 쓸 수 있었던 것은 아내의 커다란 조력 때문이었다. 그녀는 일의 여가에 집안의 모든 중요 가사를 도맡아 나의 시간과 정력을 원고지로 기어오르도록 해주었다. 여기서 먼저 그녀에게 감사를 해야겠다.

작년 여름 나는 초고를 지니고 안절부절못하며 무한출판사(武漢出版社)

의 편집 동지를 찾아갔다. 그들은 원고의 목록을 본 뒤에 바로 제목 선정이 괜찮다고 칭찬하며 원고를 놓고 가면 자세히 검토해서 다시 말하겠노라고 응답했다.

반년의 시간을 기다린 뒤 출판사 동지가 회신을 했다. 회신에서 제목 선정의 논증에서 통과되었다는 것이다. 당시의 심정은 마치 오래된 신생아가 탄생하는 것과 같아서 놀랄 만큼 기뻤다. 여기서 나는 무한출판사의 지도와 편집에 특히 감사하며 처음부터 끝까지 이 원고에 마음을 써준 왕원언(王遠彦) 동지에게 감사한다.

금년 봄 나의 졸작이 출판될 때 마음이 또 한번 안절부절하였다. 《시경》은 우리 중국의 가장 오래된 시가 총집인데 거기서 수많은 애정시를 판별하기란 쉽지 않다. 설사 학자가 애정시라고 단정한 편, 장이라고 해도 대가의 견해로 보면 서로 일치하지 않을 수 있다.

나의 수준은 한계가 있어서 애정시에 대한 감별, 귀납, 주석, 번역, 평술 등에서 틀림없이 타당하지 못한 점이 많을 것이다. 독자들의 많은 비판과 질정을 간절히 기대한다.

뚜안추잉(段楚英)

1993년 3월 동영(董永) 고향에서

저자소개

뚜안추잉段楚英

전(前) 중국 호북공정대학교(湖北工程大學校) 인문대학 중어중문학과 교수

역자소개

박종혁朴鍾赫

국민대학교 문과대학 중어중문학과 교수

詩經의 사랑 노래 - 家庭篇 -

초판 인쇄 2015년 7월 10일
초판 발행 2015년 7월 20일

편 저 자 | 뚜안추잉段楚英
역   자 | 박종혁
펴 낸 이 | 하운근
펴 낸 곳 | 學古房

주   소 | 서울시 은평구 대조동 213-5 우편번호 122-843
전   화 | (02)353-9908 편집부(02)356-9903
팩   스 | (02)6959-8234
홈페이지 | http://hakgobang.co.kr/
전자우편 | hakgobang@naver.com, hakgobang@chol.com
등록번호 | 제311-1994-000001호

ISBN   978-89-6071-531-8 04820
         978-89-6071-528-8 (세트)

값 : 14,000원

이 도서의 국립중앙도서관 출판시도서목록(CIP)은 서지정보유통지원시스템 홈페이지
(http://seoji.nl.go.kr)와 국가자료공동목록시스템(http://www.nl.go.kr/kolisnet)에서 이용
하실 수 있습니다.(CIP제어번호: CIP2015019239)

■ 파본은 교환해 드립니다.